DONGSUH MYSTERY BOOKS 109

THE MOVING FINGER

움직이는 손가락

애거서 크리스티/김유경 옮김

동서문화사

옮긴이 김유경(金有卿)

숙명여자대학교 미술대학〈서양화 전공〉졸업. 창작미협전「정월」특선 목
우회전「주왕산」입상. 동서문화사 편집인. 지은책《조선 세시 열두달 이
야기》옮긴책《몽고메리·완역 빨강머리앤전집》《잉걸스·초원의 집》

DONGSUH MYSTERY BOOKS 109

움직이는 손가락

애거서 크리스티 지음/김유경 옮김
초판 발행/1977년 12월 1일
중판 발행/2003년 11월 1일
발행인 고정일/발행처 동서문화사
창업 1956. 12. 12. 등록 16-345(윤)
서울강남구신사동 540-22 ☎ 546-0331~6 (FAX) 545-0331
www.epascal.co.kr

*

이 책의 출판권은 동서문화사(동판)가 소유합니다.
의장권 제호권 편집권은 저작권 법에 의해 보호를 받는 출판물이므로
무단전재와 무단복제를 금합니다.

편찬·필름·제작 일체「동판」자본으로 이루어짐에 따라
출판권 소유권자「동판」에서 제조출판판매 세무일체를 전담합니다.
사업자등록번호 211-90-02201
ISBN 89-497-0205-3 04840
ISBN 89-497-0081-6 (세트)

움직이는 손가락
차례

움직이는 손가락

잠수함 설계도

내 사랑하는 친구,
시드니와 메어리 스미스 부부에게 드립니다.

등장인물

제인 마플   추리를 좋아하는 독신 노부인

제리 버튼   상이군인, 화자(話者)

조애너 버튼   제리의 여동생

딕 시밍튼   변호사

모나 시밍튼   딕의 아내

미건 헌터   모나의 전남편 딸

엘지 홀랜드   시밍튼 집안의 가정교사

아그네스 워델   시밍튼 집의 하녀

로즈   시밍튼 집의 요리사

오엔 그리피스   의사

에메 그리피스   오엔의 여동생

에밀리 버튼   리틀파즈 저택의 주인

패트리지   리틀파즈 저택의 하녀

딘 칼스롭 부인   목사 부인

너시   지방경찰서 경감

제1장

1

겨우 깁스를 풀었다. 의사들은 성에 찰 때까지 내 손을 잡고 이리 저리 방을 돌아다녔고, 간호사들은 호들갑스럽게 칭찬을 하며 조심스 레 내 발을 움직여 보았다. 마치 갓난아기라도 어르듯 귀찮게 말을 걸어와서 나는 아주 넌더리를 내고 있었는데, 마커스 켄트 의사가 퇴 원하면 시골에서 지내는 것이 좋겠다고 권했다.

"맑은 공기와 조용한 생활, 그리고 아무것도 신경 쓰지 않는 것이 야말로 당신에게 가장 좋은 약입니다. 여동생에게 보살펴달라고 해 서 부디 잘 먹고 잘 자는, 식물처럼 생활하십시오."

나는 다시 비행기를 탈 수 있을지 없을지 묻지 않았다. 묻고 싶은 것은 산더미처럼 많았지만 과연 무슨 대답을 들을지 두려워 차마 물 을 수가 없었던 것이다. 지난 5개월 동안 나는 그런 식으로 지내왔 다. 평생토록 누워서 지내야할지 모른다는 걱정이 앞서서 아무것도 묻지 못했다. 간호부장이 노발대발할까 무서웠다.

"어머! 그토록 심한 질문을 하시다니! 여기서는 절대 그런 말 하시면 안 됩니다."

그래서 묻지 않았다. 하지만 모두 쓸데없는 걱정이었다. 아주 비참한 꼴은 되지 않았던 것이다. 발이 움직이면서 내 몸은 일어섰고, 이윽고 두어 걸음 걸을 수도 있었다. 무릎이 조금 후들거리고, 발바닥이 부드러운 면을 깔고 신발을 신은 것처럼 느껴졌고, 이제 막 걸음마를 시작한 갓난아기처럼 위태로움도 느꼈으나, 오랜 시간 누워만 있어서 근육이 약해진 것뿐 곧 아무렇지 않게 된다는 것이다.

"당신은 깨끗이 완치될 것입니다."

명의라 불리는 마커스 켄트는 내가 한번도 묻지 않았던 말을 대답해주었다.

"지난 주 화요일에 마지막 정밀검사를 하기까지는 단정을 내릴 수 없었지만 지금은 자신을 갖고 말씀드릴 수 있습니다. 그러나 꽤 많은 시간이 필요할 것입니다. 아니, 시간뿐 아니라 아주 지루한 일상이 되겠지요. 신경이나 근육을 회복하려면 두뇌도 협력하지 않으면 안 되므로 초조하고 불안한 마음을 갖지 않도록 하십시오. 결코 단시간에 나으려고 욕심을 부려서는 안 됩니다. 그런 짓을 하다간 다시 병원으로 되돌아오게 될 테니까요. 조용히, 느긋한 마음으로 지내십시오. 템포는 레가토(두 개 이상의 음을 끊지 않고 부드럽게 잇는 일)입니다. 당신 몸은 정양이 필요할 뿐 아니라, 오랜 기간 약을 많이 사용했기 때문에 신경도 약해져 있답니다. 그러니 역시 시골로 가는 게 가장 좋을 듯하군요. 집을 하나 빌려서 지방정치며 마을의 뉴스, 그리고 소문 따위에 재미를 붙이고 지내보세요. 이웃을 자세히 관찰한다거나 하면서 흥미를 가져보는 것도 좋겠지요. 좀더 욕심을 부리자면 친구가 전혀 없는 곳으로 가는 것이 가장 이상적이라고 저는 생각합니다."

나는 고개를 끄덕였다.

"예, 저도 그렇게 하려고 생각했습니다."

함께 놀던 친구들이 떠들썩하게 병문안을 와서 멋대로 떠들고 갈 것을 생각하니 그것만으로도 집에 있기가 싫어졌다.

"하지만 제리, 자네는 참으로 얼굴빛이 좋군. 그러니 더 이상 아무 문제도 없는 거겠지? 그건 그렇고 파스타 녀석이 지금 뭐할 거라고 생각하나?"

그래, 집에 있는 것은 별로 좋을 게 없으리라. 그런 면에서 보면 개는 아주 영리한 동물이다. 몸을 다치면 곧장 창고 그늘 속으로 숨어들어가 열심히 상처를 핥으며 몸이 다 나을 때까지는 절대 친구들과 어울리지 않으니까.

그리하여 나와 여동생 조애너는 영국 전역을 입이 닳도록 칭찬해대는 여행업자의 말을 모두 들어본 끝에, 림스톡의 리틀파즈 저택을 우선 한번 둘러보기로 결정했다. 아직 한 번도 림스톡에 간 적이 없다는 것과 그 주변에는 아는 사람이 하나도 없다는 것이 그렇게 결정한 가장 큰 이유였다.

리틀파즈 저택을 보러가서 조애너는 단박에 그 집에 마음을 빼앗기고 말았다.

림스톡 마을에서 반마일 정도 떨어진 곳에 있는 집이었는데 사냥터로 가는 길목에 있었다. 지붕이 낮고 회반죽을 바른 웅장한 풍격의 그 집에는 빅토리아 왕조풍의 색바랜 녹색 베란다가 딸려 있었는데, 그곳에서는 가문비나무로 덮인 비스듬한 골짜기가 아름답게 펼쳐지고 멀리 왼편으로는 림스톡의 교회 첨탑이 보였다.

이 집에는 본래 버튼이라는 성을 가진 미혼의 아가씨들로 이루어진 가족이 살고 있었는데, 지금은 그 자매 가운데 막내인 에밀리만 혼자 남아 있었다.

에밀리 버튼은 귀여운 아주머니로 그 집과는 굉장히 잘 어울렸다. 부인은 다정한 말투로 지금까지 이 집을 한 번도 남에게 빌려준 적이 없고, 빌려주려고 생각한 적도 없었다며 어쩐지 미안해했다.

"하지만 요즘은 사정이 달라져서요. 세금도 많이 나올 뿐더러 제가 갖고 있는 주식이나 채권도 배당이 거의 없어져버렸거든요. 개중에는 은행 지배인이 권해주어서 정말 안심하고 산 것도 있었는데 말이에요. 외국의 주식이지요. 덕분에 생활이 좀 힘들어져서요. 당신들은 다정해보이니까 제 마음을 이해해주실 것 같은데, 사실 모르는 사람에게 집을 빌려주기란 생각만 해도 싫은 일이지만 사람마다 어쩔 수 없는 사정이란 게 있잖아요. 그러니 이왕이면 당신 같은 분들이 와서 살아주면 정말 좋겠어요. 젊은 분들은 보는 사람도 기분이 좋으니까요. 솔직히 말해서 당신들을 만나기 전까지는 남자에게 집을 빌려준다는 건 생각만으로도 등골이 오싹했다고요."

이쯤에서 조애너가 내 사정을 설명해야했다. 에밀리 부인은 안심하는 기색이었다.

"어머, 그러셨어요? 비행기 사고라니, 정말 안됐어요. 젊은 분이 아주 용감하시군요. 아가씨 오빠는 그럼 상이용사인 셈인가요?"

상이용사라는 사실이 이 친절한 아주머니를 다소 안심시킨 모양이었다. 그녀가 두려워하고 있는 난폭하고 남성적인 행동이 몸을 다친 나로서는 불가능하다고 생각하는 듯했다. 그녀는 조심스럽게 내가 담배를 피우는지 물어보았다.

"굴뚝처럼 노상 입에 달고 있어요." 조애너가 대신 대답하면서 이렇게 덧붙였다. "실은 저도 그렇고요."

"하긴! 아무렴, 그렇겠지요. 괜히 그런 걸 물어서 정말 미안해요. 내가 아무래도 시대에 많이 뒤처졌나 봐요. 언니들도 굉장히 오래 살았고, 어머니만 해도 97살까지 사셨어요. 정말 보기 드물게 오래 사셨지요. 네에, 그럴 거예요. 지금은 담배를 안 피우는 사람은 별로 없으니까요. 그런데 어쩌죠? 집에는 재떨이가 하나도 없으니

......"

조애너는 우리가 재떨이를 잔뜩 가져오겠다고 대답하면서 방긋 웃었다.

"불 붙은 담배를 댁의 고급 가구에 올려놓아 태울 일은 절대 없을 테니 안심하십시오. 우리 역시도 다른 사람이 그런 행동을 하고 있는 것을 보면 가슴이 조마조마하니까요."

이리하여 문제는 결론이 났고, 우리는 6개월간 이 집을 빌리는 것으로 계약하고 사정에 따라서는 3개월 더 연장할 수 있다는 단서를 붙였다. 에밀리 버튼은 옛날에 부리던 하녀의 집에 갈 수 있게 되어서 다행이라고 조애너에게 말했다.

"프로렌스는 15년간이나 우리와 함께 살다가 결혼을 했어요. 마음 씀씀이가 너그러운 여자였는데 목수와 결혼해서 지금은 큰길에 아담한 이층집도 갖고 있어요. 이층에는 훌륭한 방도 두 개나 있어서 나도 거기라면 마음 편히 지낼 수 있을 거예요. 프로렌스가 아주 기뻐하며 내게 빌려주었지요."

이렇게 모든 일이 술술 풀려 계약서의 서명도 끝나고, 머지않아 조애너와 나도 리틀퍼즈에서 살게 되었다.

에밀리 버튼의 하녀 패트리지는 그대로 남아서 우리 일을 도와주기로 상의가 되었다. 머리는 좀 둔해보였지만 마음이 착해 보였기 때문이다.

패트리지는 입이 무겁고 몸이 마른 중년여인이었는데 요리솜씨가 아주 뛰어났다. 에밀리 부인은 찐 계란 하나로 저녁을 가볍게 해결하는 편이었기에 우리의 저녁식사 메뉴를 보고는 아주 난색을 표했지만, 내가 영양분을 충분히 섭취해서 하루빨리 건강한 몸이 되어야 한다는 점을 아주 잘 이해해주었다.

우리가 리틀퍼즈에 산 지 일주일쯤 지났을 때, 에밀리 부인이 아주

점잔을 빼고 나타나서 명함을 놓고 갔다. 이어서 변호사의 아내가 된 시밍튼 부인, 그리고 의사의 여동생 그리피스, 목사 부인인 칼스롭, 수도원장의 아들인 파이 씨 등이 차례로 찾아와서 명함을 놓고 갔다.

조애너는 대단히 감격했다.

"이곳 사람들은 일일이 명함을 들고 방문하는 것이 관습인가 봐요." 깜짝 놀란 말투였다.

"당연하지. 넌 시골에 대해서는 아무것도 모르는구나."

"어머, 나도 주말 같은 땐 시골사람들과 지낸 적도 몇 번 있다고요."

"그것과 이건 전혀 차원이 다른 이야기지."

나는 조애너보다 5살이 많아서 어린시절에는 커다랗고 허름한 시골집에서 지낸 기억이 있었다. 강을 향해 넓은 밭이 비스듬한 경사를 그리며 펼쳐져 있었고, 정원사의 눈을 피해 나무딸기 줄기에 쳐 둔 그물망 아래로 기어 다녔던 기억과 헛간의 허연 먼지 냄새, 그리고 그곳을 가로지르던 노란 고양이며 마냥 바닥을 패고 있던 말굽 소리 등은 지금도 선명히 눈앞에 떠오른다.

그러나 내가 7살 되던 해, 그러니까 조애너가 2살이 되면서 우리는 숙모와 함께 런던에서 생활하게 되었다. 그 뒤로는 크리스마스나 이스터 축제 때에도 우리는 연극이나 영화를 보거나 켄징턴 가든으로 가서 보트놀이를 하게 되었고, 조금 더 커서는 스케이트 링크에 가게 되었다. 그리고 8월이면 바닷가 어느 호텔에서 지내게 되었던 것이다.

나는 그때를 떠올리면서, 지금 나까지 이기적인 환자가 되어 숙모처럼 동생을 끌고 왔다는 생각에 조금 마음이 무거웠다.

"이런 곳에 와서 넌 심심하고 외롭겠구나. 여긴 아무것도 없으니까 말야."

조애너는 아름답고 성격도 밝아서 댄스나 칵테일파티, 이성과의 교제를 즐겼고, 스피드를 올려 자동차를 달리는 것도 좋아했기 때문이다.

조애너는 깔깔 웃으며 전혀 신경 쓰지 않는다고 말했다.

"그보다는 사실 난 귀찮은 일에서 해방되어 정말 기쁜 걸요. 도시의 사람들 틈에선 이미 지칠 대로 지쳤고, 오빠는 어쩜 동정해줄지 모르겠지만 사실 폴과도 절교했거든요. 그러니 그런 일들을 잊기까지 여기서 조용히 지내는 것도 좋을 거 같아요."

나는 동생의 그런 말에는 다분히 회의적이었다. 조애너의 연애사건은 늘 같은 길을 걷고 있으니까. 동생은 우유부단한 남자를 천재라고 착각하면서 정신을 못 차리는 버릇이 있다. 그리고 그 남자의 끝없는 불평불만에 귀를 기울이면서 어떻게 해서든 그 남자의 마음에 들어보려고 부단히 가엾은 노력을 되풀이한다. 그러다 자기 노력이 그에게는 조금도 고맙게 받아들여지지 않는다는 것을 문득 깨달으면서 어느날 갑자기 실연해버리고 마는 것이다. 그렇지만 채 3주도 지나기 전에 어느새 다음 상대가 나타나길 되풀이 하니, 나는 동생의 실연을 별로 진지하게 받아들이지 않는 편이다. 그러나 어쨌든 시골에서 지낸다는 것은 이 아름다운 동생에게 새로운 기회가 되리라는 것은 틀림없을 것 같다.

"그런데 오빠, 내 옷차림은 괜찮아요?"

나는 엄격한 눈으로 동생을 찬찬히 살펴보았지만 도저히 동의할 수는 없었다.

조애너는 디자이너가 만든 스포티한 옷을 입고 있다. 눈이 휘둥그레지는 요란한 체크무늬가 들어간 타이트스커트에, 과장되게 작은 소매가 달려 있는 셔츠를 입고, 얇은 비단스타킹에 최신 구두를 신고 있었다.

"아냐, 전혀 아니올시다. 그런 요란한 치마가 아니라 낡은 트위드 스커트를 입어야지. 빛바랜 녹색이나 흐릿한 갈색으로 말이야. 그리고 거기에 잘 어울리는 질 좋은 캐시미어 점퍼나 카디건을 걸치고, 펠트 모자를 쓰고, 두툼한 양말을 신고, 낡은 구두를 신는 게 좋아. 그런 차림이야말로 림스톡 큰길을 배경으로 서 있으면 자연스럽게 녹아들지, 지금 같은 차림으로는 너무 눈에 띄어."

나는 한마디 더 했다.

"너의 얼굴도 문제지."

"이래도 안 된다고요? 난 나름대로 시골풍의 화장 가운데 두 번째 방법으로 아주 빈틈없이 화장했다고 생각했는데……."

"흐음, 그랬군. 하지만 림스톡에 살 생각이라면 분은 코가 반짝이지 않을 정도로 칠하고, 입술연지도 그냥 바른 둥 만 둥하게 발라야지 그토록 정성껏 칠할 필요는 없어. 눈썹도 4분의 1만 남겨두지 말고 전부 자라도록 내버려 둬."

조애너는 눈을 동그랗게 뜨고 흥미진진한 얼굴로 듣고 있었다.

"그럼 이 고장 사람들은 내가 너무 화려하다고 생각한다는 말이에요?"

"아니, 그냥 웃긴다고 생각할 거야."

조애너는 방문자가 남겨놓고 간 명함을 살펴보았다. 다행인지 불행인지 조애너가 만난 사람은 목사 부인뿐이었다.

"그야말로 행복한 사람들만 다녀갔군. 변호사 부인에, 의사 여동생, 그 외 기타 등등!"

동생은 흥분해서 목소리가 높아졌다.

"오빠, 이 고장은 좀 근사하다는 생각 안 들어요? 고풍스럽고 재미난 곳이어서 평화를 깨뜨리는 건 아무것도 없을 거예요."

나는 동생의 말을 가벼운 농담처럼 생각하고 빙그레 웃으며 고개를 끄덕였다. 따라서 불과 일주일 뒤에 내가 그 최초의 편지를 받게 되리라고는 꿈에도 짐작하지 못했다.

2

림스톡이 어떤 마을인지 모르면 내 이야기도 이해가 되지 않을 텐데, 어쩌다 보니 내가 그만 순서를 뒤바꾼 모양이다.

림스톡은 아주 오래된 마을이다. 노르만 정복 당시에 이미 요충지 가운데 하나로 손꼽혔는데 가장 큰 이유는 교회 때문이었다. 림스톡에는 수도원이 하나 있는데, 대대로 야심적인 덕망 높은 원장이 그 자리를 이어오면서 주변의 왕족이며 귀족들이 수도원에 토지를 헌납하고 충성을 맹세했다. 그리하여 림스톡 수도원은 부와 권위를 겸비하면서 수세기에 걸쳐 전국에 그 위광을 떨치게 되었다. 그러나 헨리 8세 시대에 접어들면서 수도원은 마침내 시대의 흐름을 거스르지 못하고 마을의 지배권을 성주에게 넘겨줬다. 그러나 수도원의 지위는 조금도 변함이 없었다. 여전한 권위와 부와 특권을 자랑했다. 하지만 17세기 후반에 이르면 림스톡도 문명이라는 진보의 파도에 떠밀리고 만다. 성은 멸망했다. 철도도 근처를 지나지 않았다. 그리고 지금은 완만하게 솟아오른 목축지와 한가롭고 고즈넉한 주변 농원들로 지탱되는 작은 시골마을에 지나지 않게 되었고, 마치 세상으로부터 잊혀진 듯 고립된 느낌마저 주었다.

일주일에 한 번 장이 서면 마을의 모든 골목길과 거리는 가축들로 메워진다. 또한 일년에 두 번 풀밭에서 소규모 경마가 개최되는데 출전하는 말들은 한결같이 이름도 없는 무명마들뿐이다. 아담한 거리마다 고색창연한 장중한 건물들이 늘어서 있지만, 그 건물 아래층 창가에는 달콤한 빵이며 야채에 과일이 진열되어 있는 뒤죽박죽 우스꽝스러운 풍경이다. 큰길에는 입구가 굉장히 넓은 상점들이 아무렇게나 물건을 쌓아두고 있는 천 가게며, 커다란 물건까지 구색을 잘 갖춘 철물점, 거창한 우체국, 무슨 장사를 하는지 종잡을 수 없는 야릇한 가게들, 서로 경쟁이 치열한 두 푸줏간, 그리고 수입품 가게까지 있다. 또한 의사도 있고, 갈브레이스와 시밍튼 두 사람이 공동 경영하는 변호사 사무실도 있다. 게다가 14세기부터 지금까지 오랜 역사를 자랑하는 눈이 번쩍 뜨일 만큼 아름다운 큰 교회에는 지금도 색슨인의 자손들이 늘어나 변함없이 지키고 있고, 그 밖에도 새롭고 아담한 초등학교와 술집이 두 군데 눈에 들어온다.

림스톡의 분위기가 본래 그런데다 우리를 찾아온 사람들 가운데 특히 에밀리 버튼의 설득이 주효해서 조애너는 장갑을 사거나 그다지 어울리지도 않는 벨벳 베레모를 사서 쓰기도 했지만 이내 그것들을 반품하러 쏜살같이 달려 나가곤 했다.

우리에게는 그 모든 것들이 참신하고 흥미로웠다. 어차피 평생을 여기서 살 것도 아니므로 이곳에서의 생활을 짧은 연극처럼 마음 편하게 즐겼는지도 모른다. 나는 의사의 충고대로 오로지 이웃에게만 관심을 집중했다.

물론 조애너도 즐거워했지만 나도 그런 놀이가 아주 재미있었다.

시골마을에 떠도는 소문들을 즐기면서 느긋하게 생활하라고 한 마커스 켄트의 조언을 나는 또렷하게 기억하고 있었다. 그러나 그 소문들이 어떻게 해서 내 귀에 들어오게 되는지는 한번도 상상해본 적이 없었다.

따라서 지금 되돌아보면 기이한 일이지만, 그 편지가 처음 날아들어왔을 때 우리 두 사람은 재미있어 어쩔 줄 몰라했다.

한창 아침식사를 하고 있을 때 나는 그 편지를 받았다. 아무 하릴 없이 빈둥빈둥 지내는 사람들이 보통 그렇듯이 나는 우선 그 편지를 이리저리 뒤집어 한동안 앞뒤로 살펴보았다. 받는 사람을 타이프로

친, 이 마을에서 보낸 편지였다.

나는 런던에서 온 두 통의 편지보다 그것을 먼저 개봉했다. 다른 하나는 영수증이 들어 있다는 것을 이미 알고 있었고, 다른 하나는 상당히 지겨운 편지를 쓰는 사촌이 보낸 것이었기 때문이다.

봉투를 여니 편지지 한 장에 인쇄된 단어와 글자가 빼곡히 붙어있었다. 나는 잠시 무슨 의미인지 얼른 알아차리지 못하고 멍하니 그 조각들을 바라만 보고 있다가, 뒤늦게 비명을 지르고 침을 꿀꺽 삼켰다.

눈썹을 찌푸리며 무슨 영수증을 들여다보고 있던 조애너가 깜짝 놀라 고개를 들었다.

"왜 그래요? 그토록 당황한 얼굴로?"

그 편지에는 아주 상스런 표현으로 조애너와 내가 절대 남매일 리가 없다고 적혀 있었다.

"익명으로 보낸 건데 아주 기분 나쁜 편지야."

충격에서 완전히 벗어나지 못한 나는 단지 그 소리만 했다. 림스톡처럼 한가로운 시골마을에서 이런 편지를 받으리라고는 미처 상상도 못한 일이었다. 조애너가 눈을 빛냈다.

"어디 봐요. 누가 그런 소릴 써 놓았지?"

대개의 소설을 보면 익명으로 쓰여진 상스런 편지는 결코 여성에게 보이지 않는 것으로 나와 있지만 나는 대뜸 조애너에게 건네줬다.

아나나 다를까, 신경이 무딘 여동생은 놀라기는커녕 완전히 기쁨에 들떠 있었다.

"끔찍하군요! 이런 편지를 받아본 것도 처음이지만 어쨌든 익명의 편지란 건 모두 이 꼴인가 보죠?"

"글쎄다. 나 역시도 처음 겪는 일이라서 말야."

조애너는 눈망울을 이리저리 굴렸다.

"오빠가 내 화장에 대해 이런 저런 잔소리를 하던 게 틀린 말은 아닌 모양이에요. 내가 여자로 보인 게 틀림없어요!"

"어쨌거나 내가 아버지를 닮아서 키가 크고 머리칼도 검고 얼굴이 긴데 비해, 넌 엄마를 닮아서 금발에 체구도 작고 눈 색깔이 파래서 더한층 그런 오해를 불러일으키는 모양이야."

조애너가 이상하다는 얼굴로 고개를 끄덕였다.

"하긴 그러고 보니 우리 두 사람은 너무 다르게 생겨서 아무도 남매간이라고는 보지 않겠네요."

"사실 남매가 아니라고 생각하는 녀석이 어딘가 틀림없이 있다는 말인데……."

나는 별 생각 없이 말했다. 조애너는 정말 웃기는 이야기라고 떠들면서 편지를 팔랑팔랑 흔들면서 이것을 어떻게 하는 게 좋을지 물었다.

"꼴도 보기 싫으니 난로에 태워버려."

내가 진짜 집어던지는 흉내를 내면서 그렇게 대답하니 조애너가 박수를 치면서 칭찬했다.

"끝내주는 결정이에요! 난로에는 아직 불씨도 남아 있으니 그야말로 안성맞춤이에요."

"고작 쓰레기통에 집어넣는대서야 어디 폼이 나겠니? 깨끗이 재로 변하는 것을 느긋하게 지켜보는 것도 그럴싸하지 않겠니?"

"좀처럼 타지 않고 금방 꺼지곤 해서 성냥을 몇 개비나 그어댄다면 아주 보기 흉할 거예요."

동생은 벌떡 일어나 창가로 가서 갑자기 몸을 틀었다.

"하지만 이런 편지를 보낸 사람은 과연 누구일까요?"

"짐작이 안 가."

"그렇죠?" 조애너는 잠시 말이 없었다. "하지만 정말 이상해요.

이 마을사람들은 우리에게 모두 호감을 갖고 있는 줄 알았는데."

"그건 아마 틀림없을 거야. 그러니까 이것은 그냥 머리가 좀 이상한 어떤 미친 녀석의 장난에 지나지 않을 거라고."

"그럴 거예요. 하지만 정말 기분 나쁜 녀석이군요!"

조애너가 햇볕이 내리쬐는 뜰로 나갔을 때, 나는 식후 담배를 태우면서 동생 말이 옳다고 생각했다. 정말이지 기분 나쁜 짓이다. 누군가가 우리를 질투하여, 또는 조애너의 화사한 자극과 아름다움을 시기하여 이런 몹쓸 짓을 한 것이겠지만 그냥 웃어버리고 말아야 한다.

하지만 별로 유쾌한 일은 아니었다.

그날 오전 중에 그리피스 선생이 찾아왔다. 주마다 한 번씩 왕진을 받는 것이다. 나는 이 오엔 그리피스가 꽤 마음에 들었다. 피부색이 검고 풍채도 보잘것없고 행동도 어쩐지 아슬아슬 위태로워 보였지만, 손이 무척 아름다웠고 손재주도 좋았다. 과묵하고 내성적인 성격처럼 보였다.

그는 내 몸이 순조롭게 회복되고 있는 중이라고 경과를 알려주면서 이렇게 덧붙였다.

"기분은 어떻습니까? 그냥 내 생각인지는 모르겠지만 오늘 아침은 어쩐지 기분이 좀 가라앉아 보이는군요."

"아닙니다. 몸은 별로 이상이 없습니다. 그저 오늘 아침식사 시간에 익명으로 된 기분 나쁜 편지가 와서 좀 꺼림칙해요."

의사는 깜짝 놀라더니 왕진가방을 털썩 바닥에 떨어뜨렸다. 까무스름한 여윈 얼굴이 기이하게 흥분한 눈치였다.

"이런! 당신도 그런 편지를?"

그는 신음처럼 소리 질렀다. 이상한 생각에 나는 되물었다.

"그럼, 그런 이상한 편지가 사방팔방에서 나돈다는 말씀인가요?"

"네. 얼마 전부터요."

"그랬군요. 나는 또 우리가 외부에서 흘러들어온 사람이어서 누군가 우리를 싫어하는 모양이라고 대뜸 그런 생각부터 했습니다."

"아니, 절대 그런 일은 없습니다. 그것과는 전혀 관계가 없습니다. 그저……."

그리피스 선생은 말꼬리를 흐리더니 잠시 사이를 두었다. 그러고는 마치 지나가는 소리처럼 무심하게 물었다.

"그런데 무슨 이야기가 적혀 있었습니까? 아니, 아닙니다." 그는 얼굴을 붉혔다. "아니에요, 이런 질문을 해서는 안 되는데."

"아니, 괜찮습니다. 사실 말도 안 되는 소리니까요. 저와 함께 사는 여동생이 남매가 아니라 부부라는 헛소리였습니다. 너무 터무니없어 도저히 입이 다물어지지 않더군요."

"저런! 참으로 고약한 말이군요. 여동생도 굉장히 화가 났겠군요?"

"조애너는 잠시 크리스마스 트리의 맨 꼭대기에 장식하는 여신 같은 표정을 지었습니다만 원체 애가 시원시원한 성품인데다 신경도 무뎌서 오히려 재미있어하더군요. 여동생은 처음 겪는 일이거든요."

"무슨 말씀을! 그런 일이 뜬금없이 있어서야 어디 사람이 견디겠습니까?"

"하긴요. 하지만 웃어넘길 수밖에 달리 도리가 없는 일이지요. 정말이지 기가 막힐 소리예요."

"그렇군요. 하지만……." 그는 또다시 말꼬리를 흐렸다.

"비겁하고 질이 나쁜 장난이에요!" 내가 말했다.

"하지만, 난처하게도 이런 장난은 한 번 시작되면 점점 그 도가 더 심해지는 법이랍니다."

"그럴지도 모르겠군요."

"물론 병적인 행위라고 보아야겠죠."

나는 고개를 끄덕였다.

"범인이 누굴지 혹시 짐작 가는 사람은 없습니까?"

"유감스럽게도 전혀 모르겠어요. 익명의 편지를 보내는 그런 열병 같은 짓을 하는 원인은 대개 두 가지라고 봅니다. 하나는 특정한 개인 및 일련의 사람들을 대상으로 하는, 즉 명확한 동기가 있는 특수한 경우입니다. 상대에게 무슨 원한을 품고(물론 그 원한의 시비는 별도로 제쳐두고 말입니다) 아무도 몰래 어떤 비열한 수단을 써서 복수를 하려고 하는 것이지요. 이 경우는 비록 방법은 비열하고 악질적이지만 어쨌건 일관성 있는 형태를 취하고 있어서 범인도 찾기가 비교적 용이해지지요. 대개 해고된 하녀라든가 질투심 많은 여자들이 곧잘 그런 짓을 하지요.

그러나 막연한 대상을 가진 경우는 정말 골치가 아픕니다. 범인은 아무랄 것 없이 무작위로 편지를 보내 열등감이라고나 할까, 아무튼 그런 감정을 보상받으려 하지요. 저로서는 정말이지 병이라고 생각합니다. 광기가 옆에서 거드는 그런 질병인 셈이죠. 물론 결국은 범행이 드러나겠지만, 이것이 때로는 전혀 예상도 못한 엉뚱한 사람이 범인으로 밝혀져서 사람들에게 충격을 던지곤 하지요. 작년에도 어떤 지방에서 이와 비슷한 소동이 일어났는데, 범인은 어떤 커다란 백화점에서 액세서리 매장을 맡고 있는 주임으로 밝혀졌답니다. 장기간 그곳에서 근무한 점잖고 교양 있는 여인이었지요. 나도 이곳에 오기 전까진 계속 북쪽 지방에서 개업했었는데 순전히 개인적인 원한으로 이 비슷한 사건을 몇 번 경험했습니다. 그러나 역시 솔직히 말씀드리면 이런 일은 아주 걱정스럽군요!"

"꽤 오래 전부터 계속된 일입니까?" 내가 물었다.

"확실하진 않지만 아마 아닐 겁니다. 편지를 받은 사람들이 그리

공공연하게 떠들고 다니지는 않으니까요. 그저 난로에 던져버리고 묵살하는 사람들이 많은 편이죠." 그는 잠시 말을 끊었다. "나도 한 통 받았고, 변호사 시밍튼 씨도 한 번. 그리고 내 환자 가운데 두 명도 그런 이야기를 한 사람이 있습니다."

"모두 같은 편지였습니까?"

"네, 그렇더군요. 모두 남녀관계에 대해서만 적혀 있었어요."

의사는 쓴웃음을 지었다.

"시밍튼은 그의 사무실 여직원과 관계를 했다고 비난하더라고 했어요. 여직원이라고 해봤자 긴티 양은 이미 40살이나 되는데 말입니다. 코안경을 쓰고 토끼 같은 앞니를 가진 여자인데, 시밍튼은 편지를 받은 즉시 경찰서로 가져갔습니다. 제 경우는 여자환자에게 저속한 행동을 했다고 하는 게 이유였습니다. 하여간 꼬치꼬치 상세하게 늘어놓았더군요. 참으로 어처구니없고 황당한 말이지만 그 표현이 실로 야비하고 노골적이어서……."

그의 안색이 눈에 띄게 어두워졌다. "정말 소름이 확 돋는군요. 그런 편지는 자칫 잘못하단 아주 위험하게 되기 십상이니까요."

"그렇겠군요." 나도 힘없이 대답했다.

"지금은 그저 황당하고 어처구니없는 소리만 늘어놓는 것에 지나지 않지만, 계속되다보면 소 뒷걸음에 쥐 밟히는 식으로 무슨 봉변을 당할지 어떻게 압니까? 생각만 해도 끔찍하군요! 게다가 의심도 많고, 교육도 못 받은, 머리 나쁜 사람들에게 끼칠 영향을 한번 생각해보십시오. 정말 걱정스럽지 않습니까? 행여 누구에게 온 편지를 그런 사람들이 본다고 가정해보십시오. 모두 사실일 거라고 굳게 믿고 말 겁니다. 그렇게 되면 도저히 손쓸 길이 없어지겠지요. 틀림없어요!"

"제가 받은 편지는 굳이 따진다면 그다지 교양이 없는 사람이 쓴 편지 같더군요."

나는 아침에 받은 편지를 떠올리며 그렇게 말했다.

"과연 그럴까요?"

그렇게 말하며 오엔은 자리에서 일어났다.

그 뒤 나는 편지에 대해 곰곰이 돌이켜보았지만, '과연 그럴까요?' 라고 하던 의사의 말이 어쩐지 귓전에 남았다.

제2장

1

나는 익명의 편지가 와도 별로 신경 쓰지 않겠다고 억지로 태연하게 가장할 생각은 전혀 없다. 정말이지 처음에는 무척 마음에 걸렸다. 그러나 시간이 흐르면서 곧 잊어버리고 말았다. 그 정도로 중대한 일이라고는 생각지 않았던 것이다. 외진 시골마을에서 흔히 일어날 수 있는 일 정도로 치부하면서, 누군가 연극적인 행동을 하기 좋아하는 어떤 히스테릭한 여자라고만 생각해버렸다. 어차피 말도 안되는 헛소리일 뿐이니까 우리에게 직접 해를 끼칠 일은 절대 없다고 믿었다.

이것을 과연 사건이라 불러야하는지 잘 모르겠지만, 다음 사건은 그로부터 일주일 정도 지나서 발생했다. 그날 아침 패트리지가 근엄한 얼굴로 다가와서, 출퇴근하는 하녀 베아트리스가 오늘은 못 온다는 이야기를 전했다.

"몸이 좀 안 좋은 모양인데……."

나는 패트리지가 하는 말을 정확히 알아듣지는 못했지만 어쨌든 여성들의 생리적인 지장을 완곡하게 표현한 것이라고 해석했다. 그래서 '유감이군, 빨리 좋아져야 할 텐데'라고만 대꾸했다. 그러자 패트리지가 힘주어 말했다.

"아니, 몸은 아무 문제 없습니다. 그저 정신적으로 힘든 것뿐이지."

"무슨 소리요?"

나는 영문을 몰라 저절로 목소리가 커졌다.

"그 애에게 묘한 편지가 왔는데, 별로 곱지 못한 사연이 적혀 있었나 봐요."

패트리지의 눈에 험한 기운이 감돌면서 어쩐지 의미심장한 말투였으므로, 나는 그 곱지 못한 사연이라는 것이 어쩌면 내가 관계된 일이라는 느낌을 받았다. 나는 길에서 만나도 베아트리스가 누군지 한눈에 쉽게 분간도 안 갈 정도로 관심이 없었는데, 이런 꼴을 당하게 되자 적지않게 당황했다. 목발을 짚고 힘겹게 걸어 다니는 장애자인 내가 이런 시골마을의 촌여자와 염문을 일으킨다는 역할이 도저히 견디기 힘든 탓도 있었지만, 나는 짜증이 나서 고함부터 질렀다.

"도대체 누가 그런 귀신 씨나락 까먹는 소릴 한담!"

"저도 그 애 엄마에게 그렇게 말은 했습니다. 내가 이 집을 맡아서 일하고 있는 동안 지금까지 그런 불미스런 일은 한번도 일어나지 않았고, 앞으로도 없을 것이라고 말해주었지요. 베아트리스에 대해서는, 요즘 애들은 옛날과는 달라서 남몰래 남자를 만난다고 해서 내가 거기까지 잔소리할 생각은 없다고도 잘라 말했어요. 그런데 베아트리스와 함께 자주 돌아다니던 정비소에서 일하는 남자가 역시 묘한 편지를 받았는데, 그자가 또 어른스럽지 못하게 온 동네방네 떠들고 다닌답니다."

"질리는군! 정말 미치겠어!"

나는 속이 부글부글 끓어올랐다.

"어쨌거나 그 애를 당장 그만두게 하는 게 좋을 성싶습니다. 그 애에게 아무 마음이 없었다면 상대도 그토록 길길이 날뛰지는 않을 테니까요. 어쨌든 아니 땐 굴뚝에 연기 나겠느냐는 속담도 있으니."

내가 그 속담의 뜻을 아는데 이토록 고생할 줄은 예전에는 미처 몰랐다.

2

그날 아침 나는 조금 용기를 내어 혼자서 마을까지 가볼 생각을 했다(조애너와 나는 림스톡을 마을이라고 부르고 있다. 이렇게 부르는 것이 당연히 잘못된 호칭이라는 것도 잘 알고 있고, 이 고장 사람들로서는 심히 당황스러울 것이라고 충분히 이해한다).

햇빛은 찬란했고, 달콤한 봄 향기가 공기 중에 떠다니는 상쾌하고 화창한 날씨였다. 나는 끝까지 따라나서려는 조애너를 만류한 뒤, 목발을 짚고 길을 나설 채비를 했다.

"나는 어르고 달래는 보모는 필요없어. 살 것도 좀 있는데다 본래 혼자 돌아다녀야 일도 빨리 끝나는 법이지. 게다가 갈브레이스 & 시밍튼 사무실에 가서 주식관리도 부탁해야 하고, 빵집에 들러서 포도빵에 대해 불평도 좀 늘어놓고, 빌려온 책도 돌려주어야 하고, 은행에도 다녀와야 하지. 그러니 혼자 다녀오게 내버려두렴. 이렇게 계속 입씨름만 하고 있으면 금방 오후가 되고 말 거야."

결국 조애너는 점심식사 때까지 올 수 있도록 차로 마중을 나와 언덕 위에서 함께 돌아오기로 하고서야 간신히 물러났다.

"지금 가면 림스톡 사람들과 만날 거예요."

"모르긴 몰라도 마을사람 대부분은 만나게 되겠지."

왜냐하면 큰길은 아침마다 장보러 나온 사람들로 집회장처럼 변하기 때문인데, 거기서 매일 아침 새로운 뉴스들이 교환되곤 했다.

그러나 사실 나는 마을까지 혼자서 간 것은 아니었다. 집을 나와 200야드쯤 갔을 무렵, 뒤에서 자전거 경적소리와 함께 귀청이 떨어져라 브레이크 밟는 소리가 들려왔다. 그러더니 미건 헌터가 내 바로 옆에서 자전거에서 굴러 떨어지면서 겨우 멈춰 섰다.

"안녕하세요 ? "

그녀는 벌떡 몸을 일으키고는 흙먼지를 툭툭 털면서 가쁜 숨을 몰아쉬었다.

나는 미건에게 늘 동정에 가까운 호감을 느끼고 있었다.

미건은 시밍튼 변호사의 의붓딸이었다. 즉 시밍튼 부인과 전남편 사이에서 난 딸인 것이다. 전남편이었던 헌터 씨(더러는 헌터 대위라고도 불렸다)에 대해서 사람들은 별로 입에 올리지 않았다. 아마 하루빨리 잊혀졌으면 싶은 남자인 모양이다. 소문에 의하면 그는 시밍튼 부인을 몹시 학대했다고 하는데, 결국 결혼한 지 1년인지 2년만에 이혼했다는 것이다. 부인은 혼자서 충분히 살아갈 수 있을 만큼 재산이 있었음에도 '잊어버리기 위해서' 딸과 함께 림스톡으로 이사 왔고, 여기서 유일하게 적당한 상대였던 리처드 시밍튼과 재혼했다. 두 사람 사이에서 사내아이가 둘 태어났고, 양친은 눈에 넣어도 아프지 않을 정도로 아들을 귀여워하여 내가 보기에 미건은 거의 찬밥신세로 전락해 있었다. 그녀는 어머니를 전혀 닮지 않았다. 미건의 어머니는 몸집이 작고 빈혈증세를 보이면서 빨리 늙는 것이 눈에 띄게 표가 났는데, 하녀들에 대한 불평이며 자기 건강에 대한 불만을 종알종알 침울한 목소리로 하소연하는 타입이었다.

미건은 키가 크고 볼품없는 처녀였다. 실제로는 20살이나 되었지만 아직도 16살 정도로밖에는 보이지 않았다. 부석부석한 갈색 머리

털, 초록빛이 도는 푸른 눈, 바짝 여위어 뼈가 튀어나온 얼굴로 미인이라고 하기에는 좀 무리가 있었지만, 이따금 아무도 예상 못한 아주 귀엽고 사랑스런 표정을 지을 때가 있었다. 하지만 입고 있는 옷은 보기가 딱할 정도로 늘 누더기였고, 신고 있는 면양말도 어딘가 항상 구멍이 나 있었다.

오늘 아침 그녀를 새삼스레 찬찬히 살펴보니, 인간이라기보다는 차라리 말에 가깝다는 생각이 들었다. 미건은 늘 숨 돌릴 틈도 주지 않고 급하게 말을 했다.

"나는 축사에 다녀왔어요. 있잖아요, 그 왜 라서의 축사 말이에요. 거위알이 어떻게 되었는지 궁금해서 보러갔지요. 그런데 아주 귀여운 새끼돼지가 가득하지 뭐예요. 정말 너무 귀여웠어요! 혹시 당신도 돼지를 좋아하세요? 난 정말 좋아해요. 돼지 냄새도 너무 좋잖아요!"

"잘 손질한 돼지는 냄새도 별로 없는 모양이더군."

"어머! 진짜예요? 하지만 이 근처 돼지들은 모두 냄새가 많이 나는데…… 읍내 가는 길이죠? 당신이 혼자 걸어가는 걸 보고 함께 가려고 자전거를 세웠는데, 너무 급하게 브레이크를 밟아서 그만. 헤헤."

"양말에 구멍이 났어!"

미건은 원망스런 눈초리로 오른발을 내려다보았다.

"정말이네. 뭐, 어쩔 수 없지. 어차피 전부터 구멍이 두 개는 나 있었으니까."

"미건, 넌 네 손으로 양말도 못 꿰매니?"

"가끔, 엄마에게 들켰을 때만 꿰매요. 하지만 엄마는 내게 좀처럼 눈길을 주지 않으니까 어쩌면 다행인지도 모르겠어요."

"하지만 미건도 이젠 어른이잖니?"

"당신 여동생이라도 본받으라는 말인가요? 하지만 과연 그토록 모양을 낼 필요가 있나요?"

나는 그런 비판에 조금 마음이 상했다.

"조애너는 늘 깔끔하고 청결해서 보기에도 기분이 좋아지지 않니?"

"그래요, 무척 깨끗한 분이죠." 미건도 동의했다. "하지만 여동생은 당신과는 전혀 닮지 않았던데 무슨 까닭이에요?"

"형제라고 반드시 닮는다는 법은 없지."

"그렇네요. 나도 브라이언이나 코린과는 전혀 닮지 않았고, 브라이언과 코린도 서로 닮지 않았으니." 그녀는 잠시 침묵했다. "정말 이상한 일이에요."

"뭐가?"

그녀는 짤막하게 대답했다.

"가족이요!"

"하긴."

나도 대답을 얼버무렸다.

미건이 무슨 생각을 하는지 조금은 짐작이 되었다. 한동안 침묵을 지키고 그냥 걷기만 했는데, 망설이는 듯 미건이 주저하면서 조심스레 엉뚱한 물음을 던졌다.

"당신은 비행기를 조종할 수 있죠?"

"그래."

"그래서 부상을 입었나요?"

"응. 추락했거든."

"이 마을에는 비행기를 몰 수 있는 사람이 아무도 없어요."

"그런가 보더군. 그런데 넌 비행기를 타보고 싶니?"

"나요?"

미건은 깜짝 놀란 모양이었다. "천만에요! 틀림없이 속이 울렁거리면서 아주 괴로울 거예요. 기차에서도 멀미를 했거든요."

잠시 입을 다물고 있더니 갑자기 어린애처럼 천진하게 물었다.

"몸이 다시 건강해지면 다시 비행기를 타게 되나요? 아니면 아주 은퇴한 건가요?"

"의사는 틀림없이 완쾌될 거라고 말은 해주었지만 글쎄다."

"그래요? 절대 거짓말은 아니겠지요?"

"설마! 거짓말할 의사가 아니야. 충분히 신뢰할 수 있는 사람이지."

"그렇다면 다행이지만. 사실 거짓말하는 사람이 너무 많잖아요."

나는 이 지당한 의견에 말없이 고개를 끄덕이는 것으로 동의를 표했다.

미건은 이제 비판조로 말했다.

"나는 당신이 늘 얼굴을 잔뜩 찌푸리고 있어서 평생 불구가 되어서 그런 줄 알았어요. 그래서 걱정했지요. 하지만 다행이네요. 그런데 그게 이유가 아니면 또 무슨 일로 그렇게 인상을 쓰고 다니시는 거예요?"

"글쎄, 별로 얼굴을 잔뜩 찌푸린 기억은 없는 것 같은데?"

"그럼 초조해 하는 거예요?"

"빨리 회복했으면 하고 초조하게 생각한 것은 사실이야. 그러나 이런 병은 안달해도 소용없지."

"그럼 초조해하지 말면 되겠네요."

나는 웃었다.

"너도 목을 길게 빼고 무언가를 기다리면서 초조해한 적은 있겠지?"

미건은 잠시 생각에 잠기더니 조금 뒤에야 대답했다.

"아니오. 빨리 왔으면 하고 초조하게 기다려본 일 따윈 전혀 없어요."

어쩐지 쓸쓸한 울림이 담긴 대답이었다.

"넌 여기서 대개 무엇을 하며 지내지?"

그녀는 어깨를 으쓱했다. "특별히 하는 일은 없어요."

"무슨 취미 같은 건 없어? 운동은? 그래도 친구 정도는 있겠구나?"

"난 운동을 잘 못해요. 별로 좋아하지도 않고요. 그리고 동갑내기 여자애들은 많이 있지만 하나같이 별로예요. 모두 날 비뚤어졌다고 멋대로 생각하거든요."

"왜지?"

미건은 고개만 저었다.

"넌 학교를 다니지 않았니?"

"아니, 다녔어요. 1년 전에 졸업했어요."

"학교는 재미있었니?"

"뭐 크게 나쁘진 않았지만, 가르치는 방법이 너무 바보 같았어요."

"어째서?"

"생각해보세요. 마치 더덕더덕 기운 누더기나 조각보 같잖아요. 이걸 찔끔 배우다 저걸 찔끔 공부하고. 잠시도 가만 있지 못하고 늘 오락가락하잖아요. 싸구려 학교예요. 선생들도 멍청하고. 학생이 질문해도 제대로 대답도 못하는 선생들뿐이었어요."

"제대로 대답을 할 줄 아는 선생이 그리 흔한 것도 아니지."

"왜요? 하지만 어쨌든 선생이라면 아무거나 잘 대답해주어야 하지 않아요?"

나도 어쩔 수 없이 고개를 끄덕였다.

"나는 머리가 나빠요." 미건이 말했다. "그래서 학교 수업은 그다지 재미가 없었어요. 이를테면 역사 같은 건 아예 끔찍할 정도였죠. 하지만 이상하지 않아요? 다른 책을 보면 전혀 다른 내용이 적혀 있거든요!"

"그런 점이 바로 역사의 재미있는 부분 아니겠니?"

"게다가 문법도 마찬가지예요. 작문도 역시 시시했고요. 또 종달새가 어쩌구 저쩌구 하면서 시답잖은 말이나 깐죽거리고 있는 셸리의 시라든지, 별 것 아닌 수선화가 엄청 마음에 들었다는 식의 워즈워스, 셰익스피어라고 크게 다르지 않아요."

"셰익스피어의 어디가 마음에 안 들지?"

나는 흥미를 느껴 물어보았다.

"일부러 어렵고 빙빙 돌리는 얄미운 말투를 쓰니까 도대체 의미를 알기 어렵잖아요. 하지만 셰익스피어는 좋은 점도 있어요."

"그가 네 얘기를 들으면 틀림없이 기뻐할 거다."

미건은 내 말을 조롱이라고는 생각지 않았던 모양이다. 갑자기 얼굴이 환해졌다.

"가령 고네릴이나 리건(리어왕의 두 딸)은 좋아해요."

"왜 그 두 사람이 좋지?"

"이유는 잘 모르겠지만 어쨌든 좋아요. 그녀들이 왜 그렇게 되었다고 생각해요?"

"그렇게라니?"

"그런 인간이란 말이죠. 무언가 그녀들을 그런 인간으로 만든 이유가 틀림없이 있을 것 같은데……"

나는 뜨끔했다. 지금까지는 리어왕의 두 딸을 그저 나쁜 여자라고만 생각하고 있었는데 미건의 말을 듣고 나니 갑자기 굉장한 흥미가 끓어올랐다.

"어디 한번 곰곰이 생각해보자." 나는 대답했다.

"아니에요, 상관없는 일이에요. 문득 그런 생각이 든 것뿐이니까요, 어차피 영문학에 관한 이야기에 지나지 않는 걸요."

"하긴, 그랬지. 달리 재미있던 과목은 없었니?"

"수학뿐이에요."

"수학?"

나는 조금 놀랐다.

미건의 얼굴이 환하게 피어올랐다.

"나는 수학이 정말 좋아요. 하지만 선생들은 별로 상세하게 가르쳐주지 않았어요. 난 수학은 계속 공부하고 싶었어요. 굉장히 재미있거든요. 숫자란, 잘은 모르겠지만 굉장히 매력적인 구석이 있잖아요?"

"글쎄다. 내게는 전혀 매력적이지 못했거든!"

결국 나는 속내를 드러내고 말았다.

우리는 이윽고 큰길로 접어들었다. 그러자 미건이 재빨리 속삭였다.

"저기, 그리피스 양이 와요. 정말 꼴 보기 싫어!"

"그녀를 싫어하니?"

"꼴도 보기 싫어요! 소녀클럽에 들라고 아주 귀찮게 굴거든요. 난 그런 덴 정말 싫어요. 제복을 입고 조를 지어 걸어간다거나, 배지를 붙이고, 이상한 짓을 시키거든요. 아무 의미도 없는 일을 말이에요. 아마 당신도 보면 절대 희한하다고 생각할 거예요."

나는 미건의 생각에 찬성하지만 어느새 그리피스 양이 코앞까지 왔으므로 그것을 말로는 표현하지 못했다.

에메(^{사랑받다}의 의미)라고 하는, 자기와는 전혀 어울리지 않는 이름을 아주 마음에 들어하는 이 의사의 여동생은, 오빠와는 달리 아주 드센 타입이었다. 목소리는 굵고 높았으며, 남자처럼 볕에 탄 얼굴에서는 건강미가 물씬 풍겨 나왔다.

"어머, 안녕하세요?"라고 그리피스가 먼저 인사했다. "오늘 아침은 정말 좋은 날씨로군요! 미건, 마침 너를 찾던 중이었어. 보수연합회 때문에 봉투에 주소 적는 일을 좀 도와주었으면 했거든."

미건은 무어라 중얼중얼 핑계를 대면서 한쪽 길가에 자전거를 세우더니 수입품 가게로 재빨리 달아나버렸다.

"정말 못 말릴 애야!"

그리피스는 그녀의 뒷모습을 지켜보면서 탄식했다.

"게으름뱅이에다 새벽부터 어딘가 돌아다닌다니깐. 저러니 시밍튼 씨도 속을 썩일 밖에. 저 애 어머니는 무슨 기술이라도 배우게 하려고 마음고생이 이만저만 아니던데. 타이피스트라든가 요리, 앙고라토끼 사육법 같은 거 말이에요. 저런 애는 반드시 인생에 흥미를 느끼게 해줄 필요가 있다고요."

그녀가 하는 말도 바른 소리지만, 내가 만약 미건이라 해도 그리피스의 제안에는 억지고집을 부리며 결사반대할 것 같았다. 그녀의 위압적인 성격이 어쩐지 상대로 하여금 반발을 불러일으키게 만들기 때문이다.

"마냥 저러구 건들건들 놀고만 있는 것은 절대 못 봐주겠어요."

그리피스 양이 계속 떠들었다. "특히 젊은 사람이 그러면 안 되잖아요? 더군다나 미건은 이쁘지도 귀엽지도 않고, 그런 면은 전혀 틀렸으니까 말이에요. 나는 이따금 저 애가 저능아가 아닐까 의심스러워요. 저 애 어머니도 이젠 두 손 들었나 보더라구요. 저 애 아버지는(여기서 목소리를 죽였다) 아주 질이 나쁜 사내였대요. 그러니 자칫하단 아버지를 닮지 않을까 걱정이죠. 어머니도 머리가 아플 게 당연해요. 세상 참, 십인십색 희한하다니깐!"

"좋게 생각해야죠." 나는 얼렁뚱땅 상대했다.

에메 그리피스는 입을 크게 벌리고 웃었다.

"그래요. 모두 같은 꼴이라면 재미가 없겠지요. 하지만 나는 다른 사람이 저토록 어리석은 삶을 살고 있는 걸 보면 가만히 못 있겠더라구요. 나는 내가 삶을 충분히 만끽하는 것과 마찬가지로 남들도 저마다 인생을 즐겼으면 하고 바라니까요. 사람들은 걸핏하면 내게 이런 시골에서 지내기가 무척이나 심심하겠다고 말들 하지만, 나는 조금도 그렇지 않아요. 늘 바쁘고, 늘 행복하거든요. 시골에는 뭔가 늘 재미있는 일이 있으니까요. 나는 소녀클럽을 꾸려가기도 하고 갖가지 강습회에도 참석하지요. 물론 오빠를 보살피는 일도 게을리하지 않고요. 그러니 전혀 심심할 짬이 없어요."

그때 그리피스 양은 반대편에 아는 얼굴을 발견하고 귀청이 떨어져라 소리를 지르면서 길을 건너갔다. 겨우 해방된 나는 은행으로 향했다.

나는 그리피스 양의 정력과 적극적인 성품에는 실제로 감탄했고, 자기 생활에 만족하고 그 삶을 구가하고 있는 점에 대해서는 저절로 미소가 벌어졌고, 여자들에게 흔한 음험한 불평 따위를 절대 하지 않는 점은 높이 평가하지만 어쩐지 위압적인 태도여서 좀처럼 받아들일 수가 없었다.

은행의 볼일도 무사히 끝나고 이번에는 갈브레이스 & 시밍튼의 법률사무실로 향했다. 사무소는 그런 이름이었으나 과연 그곳에 진짜 갈브레이스라는 사람이 있는지는 정작 알지 못했다. 왜냐하면 한번도 그를 만난 적이 없으니까. 어쨌든 나는 곧 리처드 시밍튼의 안쪽 사무실로 안내되었다. 그 방은 아주 오래 전에 설립된 법률사무실다운 그윽하고 고풍스런 분위기가 감돌고 있었다.

빼곡한 서류상자마다 라벨이 붙어 있고 호프 부인이니 이베라드 카경, 윌리엄 예피호어즈 씨 같은 이름들이 적혀 있어서, 이 사무실의 오랜 역사와 이 지방의 유서 깊은 가문들을 자랑하고 있었다.

시밍튼 씨가 내가 들고 온 서류를 넘겨보는 동안, 나는 찬찬히 그를 관찰했다. 그 결과, 시밍튼 부인은 첫 결혼에서는 비참한 결과를 초래했는지 모르지만 두 번째 결혼은 무난히 진행되고 있는 듯한 느낌을 받았다. 리처드 시밍튼은 냉정한 신사의 전형 같은 남자였다. 그는 아마 부인에게는 티끌만한 걱정도 시키지 않으리라. 목이 긴데 울대가 굉장히 높아 눈에 띄는 편이며, 안색은 조금 창백하고, 코는 가늘고 길었다. 틀림없이 굉장히 친절하고 좋은 남편에 좋은 아버지일 것이다. 불쑥 성질을 부리며 화를 내는 일 따위는 아마 꿈에도 없으리라.

이윽고 시밍튼 씨가 입을 열었다. 똑 부러지는 발음에 또박또박 신중하게 말하는 폼이 풍부한 양식과 뛰어난 두뇌를 짐작케 했다. 용건은 간단하게 정리가 되었고, 나는 일어나서 걸어가며 말을 건넸다.

"댁의 따님과 언덕에서 만나 함께 왔습니다."

시밍튼 씨는 따님이라는 것이 누구를 가리키는지 잠시 어리둥절한 표정을 지었으나 이내 웃음으로 얼버무렸다.

"아, 미건 말이군요? 그 애는 작년에 학교를 졸업했답니다. 좋은 직장을 찾아주려고 생각하고 있습니다만 아직 어린애인데다 지능도 좀 떨어지는 것 같아서…… 사람들도 곧잘 내게 그런 말을 하더군요."

나는 방을 나왔다. 바깥 사무실에는 꽤 나이가 많은 노인이 책상에 앉아 무언가를 열심히 적고 있었다. 그 밖에는 건방진 표정을 한 소년이 하나 보였고, 코안경을 쓰고 곱슬머리를 한 중년여인이 엄청나게 빠른 속도로 타이프를 치고 있었다.

만약 그 여인이 긴티라면, 고용주와 어떤 핑크빛 염문이 나돈다는 것은 도저히 상상할 수 없다던 오엔 그리피스 의사의 말도 깊이 마음에 와 닿았다.

나는 빵집으로 가서 포도빵 이야기를 꺼냈다. 가게 주인은 놀라서 그런 일은 절대 없다고 발뺌하면서도 죄송하다고 열심히 사과했다. 그러면서 새로 구운 포도빵을 대신 내밀었다.

"방금 가마에서 꺼낸 것이에요."

말 그대로 아직 따뜻한 온기가 전해졌다.

가게를 나와 조애너가 벌써 마중을 나와 주기를 기대하면서 거리를 둘러보았다. 이미 너무 걸어서 기운이 다 빠진 상태라 목발도 포도빵도 아주 무겁게 느껴졌던 것이다. 그러나 조애너는 그림자도 보이지 않았다.

그때 나는 너무 큰 기쁨과 놀라움으로 눈이 휘둥그레졌다.

어떤 여신이 하늘을 날아 내 쪽으로 다가왔던 것이다. 아니, 사실 그렇게 밖에는 달리 표현할 길이 없는 모습이었다.

청초한 얼굴, 눈부시게 물결치는 금발, 균형 잡힌 아름다운 몸매! 게다가 공기를 안고 하늘을 헤엄치듯 걸어오는 자태는 금방 여신을 떠올리게 했다. 고결한 아름다움이었다. 내 눈을 의심할 정도로 아름다운 여인이었다.

아마 너무 흥분한 나머지 나는 잠시 넋이 나갔던 모양이다. 포도빵이 내 손에서 툭 떨어져 땅바닥을 굴렀다. 나는 당황해서 빵을 따라가다 그만 목발을 놓쳐버렸고, 발이 미끄러지면서 금방이라도 넘어질 듯했다.

그 순간 살포시 날아와 내 팔을 잡아준 것은 바로 그 여신이었다. 나는 우물쭈물 고맙다는 인사를 했다.

"이, 이런 감사합니다. 정말 고, 고맙습니다."

그녀는 포도빵과 목발을 주워 내게 건네주면서 다정한 미소를 던지고는 경쾌하게 걸음을 옮겼다.

"천만에요. 정말 다행이에요."

단조롭고 기계적인 그녀의 음성이 내 귓전에 울려 퍼지면서 마법은 스르르 풀리고 말았다.

더 이상 그녀는 건강하고 아름답고 참한 여성이 아니었다. 나는 이 때 만약 신이 트로이의 헬레네에게 저런 음성을 주었다면 과연 어떻게 되었을까 잠시 상상했다. 입만 꼭 다물고 있으면 남자의 마음을 한없이 울렁거리게 하는 여성이, 어째서 입만 벌리면 그 마법이 순식간에 깨어지고 마는지 정말 기이했다.

그러나 물론 그 반대의 경우도 있을 것이다. 나는 그런 여자를 알고 있다. 그 어느 누구도 두 번 다시 돌아보고 싶어하지 않을 못난 원숭이처럼 생긴 여자지만, 일단 입만 열면 갑자기 마법이 살아나서 클레오파트라가 눈앞에 서 있는 듯한 착각을 불러일으키는 그런 여자를.

마침 조애너가 길가에 차를 세우고 있었다. 그리고 무슨 일이냐고 물었다.

"아니, 별 일 아냐." 나는 다시 냉정을 되찾고 태연하게 대답했다. "그저 트로이의 헬레네를 잠시 생각하던 참이었어."

"꼭 그런 곳에서 그런 느닷없는 생각은 안 해도 좋을 텐데요?" 조애너가 대답했다. "너무 멍청해 보여요. 포도빵을 껴안고 입은 쩍 벌리고 덜떨어진 모습으로 멍청히 서 있다니!"

"안 그래도 나도 놀랐어. 트로이에서 날아와서 금방 다시 날아가 버렸으니까."

나는 우아하게 걸어가는 그 여자의 뒷모습을 가리키며 덧붙였다.

"저 여자가 누군지 아니?"

조애너는 차창으로 뒤를 돌아보며 시밍튼의 가정교사라고 대답했다.

"오빠를 깜짝 놀라게 한 게 저 여자에요?" 조애너가 물었다. "예쁘긴 하지만 느낌은 별론데."

"그렇지? 그냥 친절한 여자였을 뿐이야. 그런데 조금 전까지는 그야말로 아프로디테처럼 보이더군."

조애너는 차문을 열어주었고 나는 안으로 들어갔다.

"이상한 일이지요, 미인은 분명하지만 전혀 섹스어필하지 않은 여자가 있는데, 방금 그 여자가 딱 그러니. 좀 미안한 얘기지만."

그녀가 가정교사라고 하니 차라리 다행이라고 나도 대답했다.

제3장

1

그날 오후 우리는 파이 씨 댁의 다과회에 초대를 받았다.

파이 씨는 여자처럼 동글동글 살이 찐 작은 남자로, 작은 의자며 드레스덴에서 구운 목동 도자기 같은 것을 모으는 골동품 애호가였다. 그는 지금 옛 수도원 터에 남아 있는 수도원장의 숙소에 살고 있었다.

수도원장의 숙소는 훌륭한 저택이었다. 마침 사는 사람이 꼼꼼한 성격의 파이 씨였던 만큼 구석구석 손질이 잘 되어 있었다. 가구는 번쩍번쩍 윤이 나게 닦여 있었고, 저마다 알맞은 자리에 배치되어 있었다. 커튼이며 쿠션의 색상 배합도 절묘했는데 모두 호사스런 비단으로 꾸며져 있었다.

하지만 그곳은 사람이 사는 곳이라기보다는 박물관이나 역사관처럼 느껴졌다. 파이 씨의 일상은 다양한 사람들을 초대하고, 그 사람들을 이리저리 안내하는 것이 낙이었다. 따라서 전혀 관심도 없는 이웃사람들마저 강제로 끌려오다시피 초대되곤 했다. 가끔 라디오와 칵테일 바, 욕실, 벽으로 둘러싸인 침실만 있으면 세상 불만이라고는 없다는 사람도 만나지만, 이런 경우도 파이 씨는 전혀 주눅 들지 않고 거창한 물품들을 하나하나 꺼내들고 그 필요성을 지치지 않고 역설했다.

그가 자기의 보물을 설명할 때면 그 통통한 작은 손은 감동으로 파르르 떨렸는데, 특히 베로나의 집에서 이탈리아풍의 침대를 운반해오던 그 감격적인 과정을 설명할 때면 귀에 거슬리는 그의 쉰 목소리도 한층 더 높아졌다.

조애너와 나는 골동품이나 오래된 가구를 좋아했으므로 이야기는 점점 활기를 띠었다.

"당신들처럼 말이 통하는 사람들이 이 마을에 오셔서 정말 기쁩니다. 이 마을 사람들은 마음은 착하지만 어쨌거나 촌사람들이어서, 제 편견일지는 모르지만 교양없는 촌무지렁이에 지나지 않거든요. 도무지 예술을 이해하지 못한답니다. 그러니 어디 아무 집이나 한번 둘러보십시오. 그냥 슬퍼질 정도로 스산할 겁니다. 안 그렇습니까?"

조애너는 꼭 그렇지만은 않았다고 대답했다.

"그러나 내가 무슨 말을 하는지는 잘 이해하겠지요? 하여간 엉망진창 뒤죽박죽이지요. 보기가 민망해 눈이 아플 지경이랍니다. 아주 처참하지요. 한 예로 어떤 집에는 실로 대단히 훌륭한 세라튼 ^{(영국의 가구설계가.} _{1751~1806})의 작은 가구가 있답니다. 참으로 잘 만들어진 진짜 세라튼이지요. 그런데 말입니다, 그 옆에는 무엇이 놓여 있는지 아십니까? 빅토리아풍의 손님용 테이블이라든가 살짝 표면을 그을린 오크나무로 만든 조립식 책장이 서 있는 형국입니다. 놀랍지 않습니까? 불로 그을린 오크나무 조립책장입니다!"

그는 몸을 부르르 떨면서 말을 이었다.

"어떻게 그다지도 모를 수 있습니까! 아마 당신들은 찬성할 거라고 생각하는데 나는 미술이 없는 세상은 아무 낙도 없다고 봅니다."

열기를 뿜는 그의 웅변에 휩쓸려 들어가 조애너는 그저 맞장구만 칠 뿐이었다.

"그런데 사람들은 왜 그런 이상한 물건들을 옆에 두는 거죠?"

조애너는 정말 기묘한 일이라고 한마디 거들었다.

"기묘? 아니, 그건 차라리 범죄입니다! 나는 그런 것을 꼭 범죄라고 부르고 싶습니다. 게다가 그들의 변명을 들어보면 몸서리가 쳐집니다. 그렇게 하는 것이 훨씬 마음도 안정되고 이색적이지 않느냐고 되묻지요. 아아! 이색적이라니 정말 너무하지 않습니까?"

파이 씨는 점점 더 흥분해서 말이 많아졌다.

"당신들은 에밀리 버튼의 집에 살고 있다고 들었습니다. 꽤 좋은 집이지요. 게다가 그녀는 꽤 훌륭한 가구들을 가지고 있고, 아주 좋은 물건도 두어 가지 될 것입니다. 그녀는 취미를 가지고 있는 거지요. 물론 나와는 다른 의미에서 말입니다. 즉, 그녀의 취미는 한마디로 감상이라고 할 수 있습니다. 아마 틀림없을 겁니다. 그녀는 옛 물건을 단지 그 자리에 그대로 보존하는 것뿐입니다. 고상한 동기라든가 조화를 가늠하는 그런 기분은 전혀 없고 단지 그녀의 어머니가 그런 것을 좋아했다는 그런 이유뿐이지요."

그는 내게로 고개를 돌리면서 목소리를 바꾸었다. 열광적인 예술가의 목소리에서 이제는 소문을 좋아하는 단순한 중년사내의 목소리로.

"당신은 그 가족에 대해 알고 계십니까? 하긴 집을 빌려주면서 그런 이야기까지 할 까닭은 없겠지요. 그러나 알아두는 편이 좋을 것입니다. 우리가 여기 왔을 때만 해도 그 집에는 아직 주인아주머니가 살아계셨어요. 즉 그녀의 어머니인데, 대단한 양반이었습니다. 아마 그런 사람은 괴물이라 불러야 마땅하겠지요. 오래된 빅토리아 시대의 괴물 말입니다. 결국 자식들을 다 죽인 거나 마찬가지니까요. 아무튼 몸집이 엄청 큰 노파였는데 한 17스톤가량 나갔을 겁니다. 다섯 딸은 아무도 시집을 못가고 그 노파를 모시며 살고 있었지요. 노파는 딸들을 '할멈!'이라고 불렀답니다. 딸들을 '할멈'이라고 말입니다. 사실 제일 위의 딸은 그때 이미 60살이 넘었으니까 할멈은 할멈이지요. 그런데 가끔은 '빌어먹을 할멈!'이라고 부를 때도 있었어요. 쉽게 말해 한마디로 '노예'였다는 말입니다. 시시콜콜 잔소리를 얻어먹으면서 하나에서 열까지 제 어머니의 시중을 드느라 등골이 휘어졌으니 노예라고 해도 틀린 말이 아니에요. 10시에는 무조건 자야 하고, 방에는 절대 난로를 피우지 못하게 했지요. 친구를 집에 불렀다는 이야기도 전혀 들어본 적이 없어요. 또한 딸들은 아무도 결혼을 못해서 그 일로 제 어머니에게 더 바보취급을 당했는데, 사실 따지고 보면 다 그 노파 때문이었지요. 딸들을 아무도 못 만나게 막은 거나 다름없었으니까요. 딱 한 번, 에밀리였는지 에인즈였는지는 기억은 잘 안 나지만 교회 목사보(牧師補)와 연애를 한 적이 있었답니다. 그러나 상대의 집안이 별로라고 노파가 기어코 두 사람을 떼어놓았다고 하더군요."

"소설 같군요!" 조애너가 말했다.

"정말입니다. 그로부터 얼마 안 가 그 끔찍한 노파는 세상을 떠났지만 이미 때는 늦었어요. 딸들은 그 집에서 여전히 같은 생활을 계속할 수밖에 없었던 것입니다. 오로지 죽은 어머니의 뜻을 거스르지 않도록 조심하면서 말이지요. 딸들은 벽지를 바꾸는 것도 무슨 엄청난 모독행위라도 가하는 듯 부들부들 몸을 떨었어요. 그러나 나름대로는 평화롭고 즐거운 삶을 살았다고 할 수 있습니다. 그런데 딸들은 별로 오래 살지 못하고 하나둘 죽어갔습니다. 에디스는 유행성감기로 죽고, 미니는 수술 결과가 별로 좋지 못하여 곧 죽었습니다. 마벨은 중풍에 걸려 에밀리가 오랜 기간 홀로 돌보았습니다. 10년이라고 하는 긴 세월을 그 간병으로 시간을 다 보냈으니 정말 가엾은 여자지요. 만나보니 어땠습니까? 호감을 주는 여자가 아니던가요? 드레스덴에서 만들어낸 도자기 인형처럼 말입니다. 가엾게도 최근에는 생활마저 곤란한 모양인데 모든 주식이 폭락했으니 어쩔 수 없는 일 아니겠습니까?"

"어쩐지 그 집에서 사는 것이 꺼림칙한 생각이 들어요."

조애너가 말했다.

"아니 그렇게 생각하시면 안 됩니다. 에밀리를 지금도 충실하게 돌보고 있는 프로렌스의 이야기를 듣자하니, 좋은 분에게 집을 빌려주어 아주 기쁘게 생각한다고 하더랍니다."

파이 씨는 가볍게 고개를 끄덕였다.

"네에, 참 운이 좋았다고 기뻐하는 것이지요!"

"그 집은 어쩐지 굉장히 고즈넉한 침묵에 휩싸인 것처럼 느껴지더군요."

파이 씨가 재빨리 내게로 시선을 돌렸다.

"호오! 그렇습니까? 그것 참 흥미롭군요. 나는 어떨까 싶어 조금 걱정했는데……."

"무슨 뜻이지요?" 조애너가 되물었다.

파이 씨는 두툼한 손을 펼쳐보였다.

"아닙니다. 특별한 의미가 있는 것은 아닙니다. 단지 어떤 사람은 전혀 다른 이야기를 하고 있거든요. 그러나 나는 분명 분위기라고 하는 것이 존재한다고 생각합니다. 어떤 집에 사는 사람들의 사상이나 감정이 저절로 벽이나 가구에 스며들어 배어나오는 것이지

요."

나는 잠시 입을 다물고 주위를 둘러보면서 과연 이 집의 분위기는 어떻게 표현해야 할까 하고 살펴보았다. 그런데 기묘한 일이지만, 이 집에는 분위기라고 하는 것이 아예 존재하지도 않았다! 아무리 둘러보아도 틀림없었다.

그런 생각을 하느라 나는 잠시 조애너와 파이 씨의 이야기를 전혀 듣지 못했다. 그런데 불쑥 조애너가 '이제 그만 물러가겠다'는 인사말을 하는 것을 듣고서야 비로소 꿈에서 깨어나, 깜빡 정신을 차린 뒤 황급히 함께 인사를 했다.

우리 세 사람이 홀로 나와 입구로 향해 가고 있을 때, 우편물을 받아들이는 현관문 구멍으로 편지가 한 통 쑥 들어오더니 팔랑팔랑 매트 위로 떨어졌다.

"오후 우편물이군." 파이 씨는 중얼거리며 그것을 집어 들었다.

"그럼 꼭 다시 놀러오십시오. 예술을 아는 식견이 있는 분들을 만난다는 것은 무척 기쁜 일이니까요. 이 고장 사람들은 가령 발레라는 말을 들어도 고작해야 발끝으로 빙글빙글 돈다는 정도거나 새털처럼 얇은 비단 스커트, 또는 점잖은 신사가 쌍안경으로 무대를 본다는 정도밖에는 모르니까요. 하여간 도무지 말이 안 통하지요. 아마 평균 한 50년은 시대에 뒤떨어져 있다고 보면 될 겁니다. 틀림없어요. 영국이란 나라는 실로 괴상한 나라니까요. 뻐끔한 구멍처럼 전국에 림스톡 같은 기이한 지역이 곳곳에 존재하죠. 골동품 수집가의 눈으로 보면 정말이지 흥미로운 지역입니다. 마치 유리로 된 천장이라도 달고 있는 양, 비바람도 없고 눈도 없이 똑같은 일상을 그저 태평스레 살아가는 것이지요."

그는 우리와 두 번이나 굳게 악수를 하고 나서 내가 차에 오르는 것을 도와주는 등, 떠들썩하게 우리를 배웅했다. 조애너는 핸들을 잡고 깨끗하게 손질된 잔디 정원을 따라 빙 둘러가는 도로를 신중하게 빠져나갔다. 이윽고 똑바로 난 차도에 이르자 현관에 서서 아직도 눈으로 배웅하고 있는 집주인에게 다시 한 번 손을 흔들어 인사를 하려고 했다. 나도 동생을 따라서 손을 흔들었다.

그러나 우리의 인사는 상대에게 전해지지 않았다. 파이 씨가 좀 전에 받은 편지를 펼쳐보았기 때문이다. 그는 손에 든 편지를 어안이 벙벙한 얼굴로 들여다보고 있었다.

언젠가 조애너는 그를 가리켜 포동포동 살이 찐 천진한 아기 같다는 소리를 한 적이 있었다. 그러나 지금 그는 아무리 보아도 토실토실 살이 찐 천진한 아기 같지는 않았다. 자줏빛으로 피가 몰린 얼굴은 놀람과 분노로 형편없이 일그러져 있었던 것이다.

나는 그 순간, 조금 전 편지를 보았을 때 어쩐지 눈에 익은 봉투라고 막연히 떠오르던 생각이 불쑥 되살아났다.

"어머나! 저 분이 무슨 엄청난 충격을 받은 것 같지 않아요?"

조애너가 말했다.

"혹시 그 익명의 편지 아닐까?"

동생은 깜짝 놀란 눈길로 나를 돌아보았다. 차가 도로에서 벗어나려고 했다.

"조애너, 조심해! 뭐야? 바보 같이!"

조애너는 다시 시선을 앞으로 고정시켰다. 눈썹이 잔뜩 찌푸려져 있었다.

"우리가 받은 편지랑 똑같은 편지라는 말이에요?"

"그럴지도 모른다는 말이지."

"여긴 참 이상한 동네군요."

조애너는 한숨을 쉬었다. "보기에는 평화롭고 느긋하고 아늑한 보통 시골마을처럼 보이지만……"

"파이 씨의 말로는 전혀 변화가 없는 마을이라고 했지만, 아무래도 지금은 사정이 달라진 모양이야. 틀림없이 무슨 일이 일어나고 있어!"

나는 강하게 단정했다.

"그럼 그 편지를 쓴 사람은 누구일까요?"

"난들 어떻게 알겠어? 아마 뭔가로 불만이 많은 어떤 바보가 이 근처에 있는 거겠지."

"하지만 도대체 왜 그런 짓을 하는 거죠? 정말 바보 같아!"

"프로이트나 융을 잘 읽어보면 이유는 충분히 알 수 있지. 아니면 오엔 선생께 물어보든가."

조애너는 턱을 앞으로 쑥 내밀었다.

"오엔 선생님은 내가 별로 마음에 들지 않는가 봐."

"넌 거의 만난 적도 없지 않니?"

"큰길에서 자주 보는데 나만 보면 슬금슬금 옆길로 숨어버려요."

"그래? 참 이상한 짓을 하시는구나." 나는 다정하게 동생을 위로했다. "그런 일을 당하면 얼마나 당황스러울까!"

"그러게 말예요, 오빠, 그런데 왜 익명의 편지 같은 걸 쓰는 걸까요?"

"내가 좀 전에 말했잖니, 미쳐서 그렇다고. 그런 짓을 함으로써 자기 충동을 만족시키는 거야. 너라도 만약 세상 사람들로부터 무시당하거나 냉대를 받고, 멸시받는 비참한 생활을 보내고 있다면 행복한 사람들에게 어떤 해코지를 하고 싶다는 생각쯤 들지 않을까?"

조애너는 몸을 떨었다.

"아이, 그런 건 정말 싫어!"

"아마 이 고장 사람들은 근친 결혼이 많을 거야. 그렇게 되면 이상한 사람도 많이 나오는 법이지."

"저능해서 제대로 말도 못하는 사람이 아닐까? 만약 제대로 충분한 교육을 받았다면……"

조애너는 중도에 말을 끊었다. 나는 아무 말도 하지 않았지만, 교육이 모든 병에 효험이 있는 만병통치약이라고 믿는 안이한 사고에는 좀처럼 찬성할 수 없었다.

마을을 지나 언덕길로 접어들 때까지 나는 큰길을 걸어가는 사람들의 모습을 살피듯 바라보았다. 과연 저토록 건강한 시골 아낙네 가운데 한 사람이 소박한 눈망울 아래 악의와 저주를 감추고 남몰래 끔찍한 원한을 풀 엄청난 계획을 꾸미고 있다는 말인가!

그러나 나는 아직 이때까지도 사태의 중대함을 직시하지 못했다.

2

이틀 뒤 우리는 시밍튼 씨 집 브리지파티에 참석했다.

토요일 오후였다. 토요일은 사무실이 반공일이므로 오후에는 늘 시밍튼 씨 집에서 파티가 벌어졌다.

테이블이 두 개 준비되었고, 참가자는 시밍튼 부부, 우리, 에메 그리피스, 파이, 버튼, 애프리튼 소령이었다. 애프리튼 소령은 7마일 정도 떨어진 컴비클 마을에 살고 있어서 우리와 만난 것은 이번이 처음이었다. 전형적인 비만형으로 나이는 60살 전후로 보였다. 그는 '대박'을 좋아한다고 하면서, 그렇게 하면 반드시 적의 득점을 까마득히 상회하는 좋은 성적을 올릴 수 있다는 게 그의 지론이었다. 그는 조애너가 아주 마음에 들었는지 하루 종일 동생만 물끄러미 지켜보았다.

어쩔 수 없이 나도, 조애너가 이 림스톡에서는 드물게 보는 매력적인 아가씨라고 인정해야만 했다.

우리가 도착했을 때, 가정교사인 엘지 홀랜드는 조각이 들어간 서재 책상의 온 서랍을 휘저어 여벌의 트럼프 득점표를 찾고 있던 중이었다. 이윽고 그녀는 득점표를 찾아냈고, 그동안 나는 처음 만나는 것처럼 장중한 걸음걸이로 엄숙하게 다가갔지만 그녀의 마력은 두 번 다시 발산되지 않았다. 아름다운 외양만이 허무하게 빛나는 듯한 느낌이었다. 그러나 나는 그녀의 새하얀 치아가 의외로 커다란 비석 같은 느낌을 주면서 웃을 때마다 잇몸이 드러나는 것을 처음으로 깨달았다. 게다가 더욱 불행한 일은 그녀가 뜻밖에도 굉장히 말이 많다는 것이었다.

"부인, 이것이죠? 제가 그만 깜박해서 어디에 넣었는지 잊어버렸어요. 지난번에 제가 이것을 들고 내려왔을 때 브라이언이 장난감 기관차가 움직이지 않는다고 나를 불러서 급하게 넣어두느라 미처 생각이 안 났지만, 모서리가 조금 누렇게 된 걸 보니까 이게 틀림없을 겁니다. 에인즈에게 5시에 차를 내라고 일러둘까요? 저는 여러분을 방해하지 않도록 아이들을 데리고 롱 바로 쪽으로 산책이나 다녀오겠습니다."

친절하고 명랑한 아가씨였다. 문득 조애너와 눈길이 마주쳤다. 나는 싸늘하게 되돌려주었다. 조애너는 단숨에 내 마음을 읽는 데 능숙했다. 오래 같이 살다보니 훈련이 된 모양인데, 내가 아주 질색하는 부분이기도 했다.

우리는 저마다 정해진 자리에 앉았다.

나는 곧 림스톡의 브리지 애호가들의 실력에 대해 상세한 지식을 전수받았다. 시밍튼 부인은 상당히 실력이 뛰어난 편이고, 세끼 밥보다 브리지게임을 더 좋아한다는 설명을 들었다. 지성적이지 않은 여성들이 종종 그렇듯, 그녀도 타고난 놀라운 감각을 지니고 있었다. 그녀의 남편은 견실하고 다소 지나치게 신중한 성격이었고, 파이 씨의 실력은 그야말로 놀랍다는 한마디로 충분했는데 특히 심리전에서는 단연 뛰어난 재주꾼으로 타의 추종을 불허했다. 나와 조애너는 이 파티의 주된 손님격으로 시밍튼 부인과 파이 씨와 함께 테이블에 앉았다. 시밍튼 씨는 걸핏하면 정체하게 마련인 게임의 윤활유 역할을 하면서, 타고난 재능으로 세 경기자 사이의 트러블을 보기 좋게 조정해 나갔다. 애프리튼 소령은 조금 전에도 설명한 대로 무조건 크게 걸고 보는 타입이었다. 에밀리 버튼은 내가 알고 있는 모든 사람 가운데서도 가장 실력이 떨어지는 부인이었는데, 그럼에도 본인은 즐거워서 어쩔 줄 몰라하는 기색이 역력했다. 처음에는 바닥에 깔린 패와 같은 카드를 내려고 무던히 노력을 했지만 어느새 곧 자기가 잡고 있는 패가 최고라는 착각에 빠져 무조건 끝장을 보려고 맹렬히 덤볐다. 아직 카드의 종류도 다 알지 못했고, 때로는 어떤 카드를 내야 하는지도 금방 잊어버리곤 했다. 에메 그리피스의 태도는 다음과 같은 그녀의 말로 충분히 그 설명을 대신하리라 생각한다.

"나는 정정당당하게 게임하는 것을 좋아해서, 얕은 속임수를 쓰는 사람은 정말이지 혐오해요. 고작해야 즐기자고 하는 게임에 지나지 않는데 말이죠."

대충 이런 멤버들이었으니 주인의 어려운 입장이 충분히 짐작될 것이다.

그럼에도 게임은 비교적 공정하고 화기애애하게 진행되었다. 단지 애프리튼 소령이 조애너에게 넋을 잃고 이따금 자아를 망각한다는 것만 제외하고는.

식당의 커다란 테이블에 차가 마련되었다. 우리가 차를 마시기 시작했을 때 사내아이 두 명이 방으로 뛰어 들어왔다. 시밍튼 부인이 자랑스런 얼굴로 우리에게 그 아이들을 소개했다. 아버지도 역시 흐뭇한지 얼굴이 환히 밝아졌다.

그 뒤 티타임도 끝나갈 무렵, 내 앞에 놓인 접시 위로 사람 그림자가 어른거렸다. 뒤돌아보니 프랑스식 창문 앞에 미건이 서 있었다.

"아! 그랬지. 이 애는 미건이에요."

시밍튼 부인이 미건을 소개했다. 마치 그녀의 존재를 새까맣게 잊고 있었다는 말투였다.

미건은 방으로 들어와서 어색하게 악수를 했다.

"이런 어떡하니? 네게도 차를 준다는 게 그만 깜박했구나."

시밍튼 부인이 말했다.

"홀랜드 양이 동생들을 밖으로 데리고 가서 오늘은 간식을 준비하지 않았단다. 너도 함께 간 줄 알았는데?"

미건은 고개를 끄덕끄덕했다.

"괜찮아요, 난 부엌으로 갈 테니까."

그녀는 고개를 떨구고 방을 나갔다. 변함없이 초라한 행색이었고, 양말 뒤꿈치에는 여전히 구멍이 뻥 뚫려 있었다.

부인이 웃음으로 얼버무리며 변명했다.

"미건은 지금도 여전히 손이 많이 가는 아이랍니다. 금방 학교를 졸업한 딸아이는 아직 어른이 아니어서 그런지 이상하게 부끄럼을 타든가 괜히 이상한 꼴로 다니길 좋아한답니다."

그때 나는 조애너의 턱이 불쑥 앞으로 나오는 것을 보았다. 그녀가 반격에 나설 때면 으레 나타나는 버릇이다.

"하지만 미건은 벌써 20살 아니에요?" 조애너가 반박했다.

"물론 그렇고말고요, 하지만 저 애는 나이보다 뒤떨어져요, 아직 어린앤걸요, 뭐 어쨌든 딸애가 너무 빨리 어른이 되지 않는 편이 저는 좋다고 생각하지만 말이에요."

시밍튼 부인은 다시 호호 소리내어 웃으며 말을 이었다.

"엄마들은 누구나 자식들을 언제까지나 어린애 취급하고 싶어하는 법이죠."

"글쎄요."

조애너가 계속 물고 늘어졌다.

"덩치는 어른인데 정신 연령만 6살짜릴 품에 끼고 있어봤자 아무리 엄마라도 그리 기분이 좋지 못할 것 같은데요?"

"어머, 그건 너무 극단적인 생각이에요." 시밍튼 부인이 대답했다.

나는 그때 시밍튼 부인에게 정나미가 떨어졌다. 빈혈증에 걸린 듯한 핼쑥하고 아름다운 그 얼굴에서 게걸스런 탐욕이 스멀스멀 기어나오는 듯한 착각에 빠졌는데, 다음 이야기까지 들으니 더더욱 만정이 떨어졌다.

"미건은 좀 까다로운 아이예요. 무언가 저 애가 할만한 직업을 찾아주고 싶다는 생각은 하는데 좀처럼 힘든 일이군요. 지금은 통신으로도 여러 가지 기술을 배울 수 있으니까 양재라든가 타이프라이터 같은 일이라면 어쩜 저 애도 할 수 있을지 모른다는 생각은 하거든요."

조애너의 눈에 이글거리는 야릇한 불꽃은 좀처럼 꺼질 줄 몰랐다. 우리가 다시 브리지 테이블에 앉았을 때, 동생이 먼저 입을 열었다.

"미건은 파티 같은 것도 아주 좋아할 것 같은데, 혹시 댄스는 가능한가요?"

"댄스요?"

시밍튼 부인은 영문을 모르겠다는 얼굴을 했다.

"아니오. 집에서 그런 건 가르치지 않습니다."

"그래요? 그럼 테니스라든가 그런 것만 하겠군요?"

"집에 있는 테니스코트는 이미 몇 년이나 사용하지 않은걸요. 리처드도 그렇고 나도 테니스는 하지 않거든요. 좀더 시간이 지나 사내아이들이 자라면 그땐 또 모르지만 말이에요. 어쨌거나 미건도 이

제 곧 일을 하게 되면 바빠질 테죠. 지금은 고삐 풀린 망아지처럼 멋대로 지내지만 이제는 뭐랄까, 제가 또 부모 노릇을 해야겠지요?"

마침내 그들과 작별인사를 하고 차에 올랐다. 조애너는 차에 오르자마자 거칠게 액셀을 밟더니 기세좋게 출발시켰다.

"그애가 너무 가여워!"

"미건 말이니?"

"네. 그 엄마란 여자는 좀처럼 좋아할 수가 없어요."

"하긴!"

"정말 그렇죠? 재혼하는 엄마들이 대개 자기 자식들을 별로 좋아하지 않는 것은 알지만, 미건의 경우는 아예 거추장스러운 짐짝 취급을 하잖아요! 단지 시밍튼이라는 그 집 틀에만 맞지 않을 뿐인데도 말이에요. 미건만 없으면 그 집 식구들은 아주 꿍짝이 잘 맞는 가족이 되겠지만, 감수성이 민감한 여자애여서 그런 걸 생각하면 얼마나 가슴 아프고 슬프겠어요? 미건은 굉장히 예민한 아이던데."

"그래, 그런 것 같더군."

나는 금방 입을 다물었다.

조애너가 의미심장하게 웃었다.

"오빠도 그 가정교사를 생각하면 운이 좋았다고 생각하죠?"

"무슨 뜻이니, 그건?"

나는 태연을 가장하고 물었다.

"흥! 이젠 그렇게 얘기하는군요. 오빠가 그녀를 만났을 때 얼굴이 어땠냐 하면 굉장히 실망하는 눈치였어요. 알만해요. 정말 기운이 쪽 빠졌죠?"

"무슨 말을 하는지 난 도무지 영문을 모르겠구나."

"하지만 난 기뻐, 처음으로 오빠의 생기있는 얼굴을 보았거든요. 오빠가 병원에 입원해 있었을 때에는 정말 걱정을 많이 했다고요. 그때는 멋진 간호사가 옆에 있었는데도 전혀 눈길조차 주지 않았잖아요? 매력적이고 남자를 좋아하게 생긴 간호사였는데 말이에요. 사실 환자에겐 좀 과분한 여자였지만 말예요. 호호!"

"못된 말만 골라서 하는군!"

동생은 못 들은 척 계속 떠들었다.

"그래서 오늘은 오빠가 아직도 예쁜 여자에게 관심이 있다는 것을 알고 기뻤단 말이에요. 그녀가 굉장히 아름답긴 하잖아요. 이상하게 성적 매력이 없다는 것만 빼고 말이에요. 그런 걸 갖고 있는 여자와, 전혀 갖고 있지 않는 여자가 있다는 것을 오늘 처음 알았어요. 살풋 인사만 건네도 남자들이 환장하는 그런 여자도 사실 있잖아요? 신은 이따금 선물을 잘못 전해주실 때가 있는가 봐요. 아프로디테의 아름다운 용모뿐 아니라 여자다운 그런 묘한 기질이라는 것도 있는 법인데, 때로는 그것이 조금 헝클어져서 아프로디테의 기질이 아주 못생긴 여자에게만 주어진다거나 해서 남자들이 이상한 여자에게 넋을 잃는다고 다른 여자들은 또 뒤에서 이러쿵저러쿵 질투를 하게 되고."

"그런 얘긴 이제 그만해."

"하지만 내 말이 맞잖아요?"

나는 쓴웃음을 지었다.

"그래, 사실 좀 실망했다."

"그래도 이 고장에서 혹시 오빠가 좋아할 만한 여자가 또 있을까? 아니야, 고작해서 에메 그리피스 정도니까."

"그런 끔찍한 농담은 삼가해주렴."

"그녀도 꽤 예뻐요."

"아마조네스는 절대 사양이다."

"그렇게 보이는 걸 그녀로서는 꽤 즐기는 눈치 아니에요? 정말이지 상대가 주눅이 들 정도로 기세가 좋으니! 자칫하단 매일 아침 혹시 냉수마찰이라도 하는 건 아닐까요? 어쩌면 진짜 그럴지도 모르겠군."

"그런데 넌 어때?"

내가 슬쩍 물었다.

"저요?"

"그래. 넌 또 슬슬 자극이 그리울 시기가 아니냐?"

"여동생에게 그런 몹쓸 말을! 폴을 잊지 말라구요."

생각났다는 듯이 조애너는 아예 땅이 꺼져라 한숨을 쉬었다.

"나보다는 절대 네가 먼저 잊어버릴걸? 한 열흘 정도 지나면 틀림없이 이렇게 말할 거야. 폴이 누구지? 난 전혀 들어본 적이 없는 이름인걸?"

"아이, 정말 너무 못됐어! 동생을 마치 바람둥이처럼 말하다니."

"상대가 폴 같은 남자라면 부디 네가 빨리 잊어주는 편이 나로서는 차라리 안심이지."

"오빠 그를 싫어하는군요. 하지만 그는 거의 천재 수준이라고요."

"흐음, 천재라고! 어쨌든 내가 알기로 천재라는 작자는 모두 정나미가 떨어지는 녀석들뿐이더군. 그건 그렇다치고 아무리 너라 해도 이곳에서는 설마 천재를 발견하지 못하겠지?"

조애너는 장난스럽게 고개를 갸웃하며 슬픈 듯이 중얼거렸다.

"아마 그럴 것 같아요."

"오엔 그리피스 정도가 고작일걸? 이 근처에서 독신 남자라곤 그 사람밖에 없으니 말이야. 물론 애프리튼 소령이라는 늙은 너구리도 있겠지. 그는 오늘 마치 굶주린 늑대처럼 널 바라보고 있지 않았니?"

나는 동생을 약올렸다.

조애너가 웃음보를 터뜨렸다.

"어머 그랬어요, 아이, 정말 싫은 사람이에요!"

"흥! 아주 싫은 표정은 아닌데?"

조애너는 말없이 문을 지나 차고로 들어갔다. 그리고 내게 물었다.

"그런데 그건 어떻게 된 일일까요?"

"그거라니?"

"남자들이 길에서 나를 보면 왜 쑥덕거리면서 숨어버리는 건지 모르겠어요. 정말 신경질 나 미치겠어!"

"그랬군. 그래서 퉁퉁 부어 있는 거야?"

"어쨌든 그런 일을 당하면 별로 기분이 좋지 않단 말이에요."

나는 천천히 차에서 내려와 목발을 짚은 뒤 정색을 하고 동생에게 충고했다.

"한 가지 주의를 주지. 오엔 그리피스는 지금까지 네가 사귀었던 울보 겁쟁이들과는 전혀 다른 남자야. 신중하게 처신하지 않으면 나중에 굉장히 골치 아픈 일이 생길 거야. 어떻게 보면 좀 위험한 타입이지."

"설마 그럴라고요?"

조애너는 아주 유쾌한 말투로 되물었다.

"그 사람에게 무슨 마음을 먹고 있다면 그만두는 게 좋을 거야."

나는 엄숙한 얼굴로 진지하게 대답했다.

"하지만 그는 길에서 나를 보면 금방 옆길로 숨어버린다고요. 도대체 왜 그러죠?"

"여자들은 왜 이다지도 집요하니? 어쨌든 쓸데없는 장난을 하면 그의 여동생 에메에게 아주 미움을 받게 될 거야. 틀림없어!"

"그녀에게는 이미 미움받고 있는걸요."

조애너가 의기양양한 얼굴을 했다.

"조애너! 우린 여기 요양하러 온 거야. 조용히, 느긋하게 정양하기 위해 온 거라고!"

내 뒷말이 조금 거칠어졌다. 그러나 어차피 처음부터 바라지 못할 헛된 꿈에 지나지 않았다.

제4장

1

베이커 부인이 내게 할 말이 있어 잠시 시간을 내주길 원한다고 패트리지가 물어본 것은 그로부터 일주일쯤 지나서였다.

베이커 부인이라는 이름은 처음 들어보았다.

"어떤 사람이죠?"

나는 물어보면서도 썩 내키지 않아서 이렇게 덧붙였다.

"여동생이 대신 만나보면 안 되는 일이오?"

그러나 상대가 만나고 싶어하는 사람은 나라는 딱 부러지는 대답이었다.

베이커 부인이라는 여인은 베아트리스의 어머니였다.

그러고 보니 나는 베아트리스에 대해서는 까맣게 잊고 있었다. 한 2주 전부터 흰머리가 드문드문 섞여 있는 호리호리한 중년부인이 욕실이며 계단, 또는 통로 같은 데서 무릎을 꿇고 일하고 있다가 내가 지나가면 게걸음으로 비실비실 옆으로 피하는 것을 몇 번 본 적이 있어, 그 부인이 베아트리스 대신 새로 일하러 오는 사람이라는 것은 이미 알고 있었지만, 뒤늦게 베아트리스 어머니가 또 찾아올 만큼 내가 따로 그녀와 관련된 어떤 일을 한 기억은 전혀 없었다.

하필이면 조애너는 외출하고 없었고, 또 내가 베아트리스의 어머니를 굳이 피할 이유도 없었다. 그렇지만 어쩐지 만나고 싶지 않았다. 행여 베아트리스를 내가 농락이라도 했다고 비난이나 하지 않을까 두려웠던 것이다. 그 익명의 편지를 쓴 사람은 무심코 한 장난이겠지만 참으로 원망스러운 일이 아닐 수 없었는데, 지금와서는 어쩔 수도 없는 일이어서 도리없이 그녀의 어머니를 방으로 들어오게 했다.

베이커 부인은 햇볕에 그을린 보기에도 아주 튼튼해 보이는 건장한 여인으로 달변이었다. 어쨌든 별로 화난 기색이 아니어서 나도 조금 마음이 놓였다.

"갑자기 실례해서 정말 죄송합니다."

그녀는 패트리지가 문을 닫기 바쁘게 바로 이야기를 시작했다.

"실은 여러모로 생각한 끝에 이렇게 찾아왔습니다. 아무래도 한번 당신을 만나 뵈면 어떤 조치를 취하는 게 좋을지 좋은 의견을 주실 것 같아서요. 사실 꼭 무슨 수라도 써야할 형편이고, 저 역시도 그런 일을 아무렇게나 내팽개쳐둔다는 것은 별로 마음에 들지 않으니까요. 그래서 저 혼자 아무리 탄식해본들 아무 소용없다는 생각에, 지난 주 목사님의 말씀대로 오늘은 '무조건 부딪쳐 본다'는 각오로 이렇게 뵙기를 청했습니다."

나는 부인의 거창한 말발에 조금 민망한 생각이 들어 얼굴을 붉혔다. 그러면서 혹시 내가 무슨 중요한 사항을 흘려들은 건 아닌가 갑자기 걱정이 밀려들었다.

"아, 그렇습니까?"

불안한 대응이었다.

"자, 어서 이리로 앉으십시오. 제가 도울 수 있는 일이라면 기꺼이

상담해 드리겠습니다."

나는 상대의 반응을 기다렸다.

"감사합니다."

베이커 부인은 의자 끝에 걸터앉았다.

"친절하게 말씀해주셔서 정말 안심했습니다. 만나뵙기를 잘한 것 같군요. 베아트리스가 허구헌날 질질 짜고 있어서, 제가 버튼 씨는 런던에서 오신 신사니까 틀림없이 무슨 방책을 세워주실 거라고 딸애를 달래고 여길 찾아오게 된 것입니다. 무슨 대책이든 마련해야 하는 절박한 형편인데도 젊은 사내들은 뒷마무리가 너절해서 욱하니 성질만 부리고, 도무지 여자들 말에는 귀를 안 기울이니 정말 말이 안 통합니다. 그래서 제가 베아트리스에게 이렇게 말했답니다. 만약 내가 너라면 어떻게 해서든 상대를 살살 달래 말을 듣게 할 거라고요. 정말이지 나는 물장수하는 여자들보다 더 잘할 자신이 있답니다!"

나는 더더욱 몸 둘 바를 몰랐다.

"실례지만 저는 도무지 무슨 영문인지 아직 전혀…… 무슨 일이십니까?"

"원인은 편지랍니다. 아주 지독한 편지. 비열한 말로 주절주절 잘도 주워섬겼더라고요. 성서에는 절대 나오지 않을 말들만 골라서요."

드디어 본론으로 접어든 것이다. 나는 조심스레 물었다.

"따님은 그런 편지를 여러 번 받으셨습니까?"

"아닙니다. 딱 한 번이었어요. 그래서 이곳도 그만두게 되었지요."

"그 일은 전혀 근거가 없는 헛소문……"

내가 말을 꺼내기 무섭게 베이커 부인이 곧 정중한 말투로 가로막았다.

"그건 이미 잘 알고 있습니다. 그 편지에 쓰여진 내용은 모두 거짓부렁이지요. 저는 패트리지 부인에게도 들었습니다만, 아니, 누구에게 딱히 무슨 소릴 듣지 않아도 충분히 알 수 있는 일이지요. 더군다나 몸도 좋지 못하신데 말입니다. 하지만 거짓말은 거짓말이지만 저는 베아트리스에게 이곳을 그만두라고 말했습니다. 세상 사람들의 소문이 무섭기 때문이지요. 아니 땐 굴뚝에 연기 날 까닭이 없다고 하지만, 반드시 그 말이 맞는 것은 아니니까요. 더군다나 여자들은 그런 소문을 특히 경계하지 않으면 안 된다고 생각하니까요. 마침 딸아이도 그 편지를 보고는 아주 기분이 나빠져서 이곳은 오고 싶지 않다고 하길래 그렇게 하라고 했습니다. 갑자기 그만두게 되어서 죄송스럽게 생각은 하지만……."

베이커 부인은 좀처럼 입을 열기가 쉽지 않은 듯 말꼬리를 흐리더니 다시 말을 이어 나갔다.

"그렇게 하면 더 이상 이상한 소문은 돌지 않을 것이라고 저는 생각했습니다. 그런데 정비소에 근무하는 청년 가운데 베아트리스와 사이가 좋은 조지도 역시 이상한 편지를 받았던 모양입니다. 베아트리스를 있는 대로 헐뜯은 뒤에, 브레드 레드버터 댁의 톰과 보통 관계가 아니라고 적혀 있더라는 겁니다. 물론 말도 안 되는 헛소리지요. 제 딸이 그와 알기는 하지만 그런 관계가 아닌 것은 하늘이 알고 땅이 아니까요."

내 머릿속은 레드버터의 톰이 더 등장하는 바람에 아주 뒤죽박죽이 되어버렸다.

"그러니까 간단히 정리하면, 베아트리스 양이 어떤 청년과 관계를 맺고 있다고 일러바치는 그런 익명의 편지를 애인이 받았다는 말이지요?"

"네, 그런 말입니다. 글쎄 아주 더러운 말로 그런 걸 적어놓았다고요! 그래서 조지는 그걸 진짜로 받아들여 펄펄 뛰면서 집으로 찾아와서는 베아트리스에게 자기를 속이고 그런 짓을 했다고 아주 죽일 듯이 행패를 부렸지요. 딸은 절대 그런 짓은 하지 않았다, 사실이 아니라고 말했지만 아니 땐 굴뚝에 연기가 나냐며 험악한 얼굴로 돌아가버렸답니다. 베아트리스는 그때부터 울기만 하고, 내가 도저히 딱해서 볼 수가 없어서 이렇게 찾아왔습니다."

베이커 부인은 크게 숨을 들이쉬면서, 재주를 보였으니 마땅한 보수를 달라고 기다리는 강아지처럼 기대에 찬 눈빛으로 나를 응시했다.

"그런데 하필이면 왜 저를 찾아오셨나요?"

나는 궁금함을 털어놓았다.

"당신도 틀림없이 몹쓸 편지를 받았을 것이고, 게다가 런던 신사이니까 이 문제를 어떻게 처리하는 게 좋을지 잘 알고 있으리라 생각했습니다."

"저라면 경찰에 연락하겠습니다. 그런 일은 절대 방관할 수 없을 테니까요."

베이커 부인은 어이가 없는지 눈이 둥그레졌다.

"뭐라고, 경찰이요? 그 무, 무슨 말씀을…… 천만에요! 경찰에는 절대 가면 안 됩니다."

"왜죠?"

"저는 아직 한 번도 경찰의 신세를 진 적이 없으니까요. 이 마을사람들은 누구랄 것 없이 아무 잘못도 없을 뿐더러……."

"저도 잘 압니다. 하지만 이런 일을 해결할 사람은 역시 경찰밖엔 없습니다. 또 그것이 그들의 임무이기도 하고요."

"버트 랜들에게 상의하라는 말씀이세요?"

버트 랜들이라고 하는 것은 이 마을 순경이다.

"경찰서에 가시면 부장도 있고 경감도 있답니다."

"네에? 저더러 경찰서로 가라고요?"

베이커 부인의 목소리에는 비난과 불신이 가득했다. 나는 점점 당황했다.

"그래요, 저는 그게 최선이라고 생각합니다."

베이커 부인은 놀라움을 금치 못하고 입을 꾹 다물었다. 한참 뒤에야 조금 가라앉은 목소리로 굉장히 힘을 주어 입을 열었다.

"그런 편지를 보낸 놈을 내 어떻게 해서든 꼭 잡고야 말겠습니다. 안 그러면 정말 엄청난 일이 벌어질지 모르니까요."

"이미 엄청난 피해를 보고 계시지 않으신가요?"

"피해라고 하기보다는 차라리 폭력이요. 젊은이뿐 아니라 늙은이에게도 정신적인 폭력을 휘두르고 있으니까요."

"꽤 여기저기 보내는 모양이더군요."

베이커 부인이 고개를 끄덕였다.

"그 정도도 점점 심해지고 있답니다. 블루 보어 가게의 비들 씨도 정말 사이가 좋은 부부였는데 그 편지가 오고부터는 남편이 갑자기 의심이 많아졌다고 하더군요. 하지만 물론 말도 안 되는 헛소리였지만서도요."

나도 몸을 내밀었다.

"베이커 부인, 그 어처구니없는 편지를 누가 썼는지 전혀 짐작이 안 갑니까? 조금이라도 의심스러운 사람이 정말 없어요?"

놀랍게도 그녀는 고개를 끄덕였다.

"네, 있습니다. 우리는 범인이 누군지 알고 있습니다."

"그게 누굽니까?"

나는 그녀가 틀림없이 범인의 이름을 거론하길 망설일 줄 알았다. 그러나 예상 외로 부인은 단번에 그 이름을 댔다.

"크리트 씨입니다. 아마 마을사람들도 그렇게 생각할 겁니다. 크리트 부인이 분명해요."

오늘 아침에는 연달아 여러 낯선 이름을 들어서 내 머릿속은 완전히 난장판이었다.

"크리트 부인?"

그녀의 말에 의하면 크리트 부인은 어느 나이 많은 꽃집 영감의 아내로 물레방앗간으로 가는 길목에 살고 있다고 했다. 나는 좀더 캐어물었으나 만족할 만한 대답은 얻지 못했다. 크리트 부인이 왜 그런 편지를 쓰는가 하는 내 질문에 대해 베이커 부인은 그저 막연하게 '아무래도 그 여자가 할 만한 짓이잖아요'라고만 대답했다.

결국 나는 경찰에 가도록 다시 한 번 충고를 되풀이하고 부인을 돌려보냈다. 하지만 베이커 부인은 그 충고를 실행할 생각은 좀처럼 없어보였다. 돌아서는 발걸음에도 실망한 기색이 역력했다.

나는 부인이 한 말을 몇 번이고 곰곰이 되씹어보았다. 특별한 증거는 없지만 만약 마을사람들이 한결같이 크리트 부인이 범인이라고 믿는다면 맞는 말인지도 모른다는 생각이 들었다. 나는 그리피스 선생에게 이 사건을 의논해보려고 마음먹었다. 그러면 크리트 부인이 누군지도 잘 알고 있을 테니까. 그리고 혹시 그리피스 선생이 찬성한다면 나나 그 둘 중에 하나가 경찰에 연락해서 이 소동을 일으키고 있는 장본인이 그녀라고 고발할 생각이었다.

나는 그리피스 선생이 한가할 시간에 맞춰 그를 찾아갔다. 마지막 환자가 나간 뒤 나는 진료실로 들어갔다.

"어, 당신이었군요! 어쩐 일이십니까, 버튼 씨?"

"좀 드릴 말이 있어서요."

나는 베이커 부인의 이야기를 대충 설명한 뒤 크리트 부인이라는 여자를 범인으로 생각하더라는 말을 전했다. 그러나 뜻밖에도 의사는 말없이 고개를 가로저었다.

"아니오, 그리 간단한 일이 아닙니다."

"크리트 부인이 범인이라고는 절대 생각할 수 없다는 말인가요?"

"아니, 그럴지도 모르지만 나로서는 신빙성이 없는 말입니다."

"그럼 왜 모두 그녀를 범인이라고 생각하는 거지요?"

"거기에는 사정이 좀 있습니다. 그녀는 이 고장에서는 아예 마법사로 통하고 있거든요."

"뭐라고요!" 나는 소스라쳤다.

"지금 같은 시대에 그게 말이 되는 소리냐고 생각하시겠지만 실제로 그 부인에게는 그런 꼬리표가 따라다니고 있답니다. 이 근처에서는 아직도 어떤 특정한 개인이나 일족에게 대항하면 저주가 내린다는 미신이 남아 있으니까요. 크리크 부인은 바로 그 '현자의 가족' 출신입니다.

그녀가 스스로 연출해서 그런 전설을 만들어냈다는 생각도 듭니다만, 어쨌거나 사람의 약점을 칼같이 잡아내서 신랄한 조롱을 퍼붓는 데는 아주 도가 튼 희한한 여자랍니다. 가령 아이가 손가락을 베거나, 심하게 굴러 상처를 입거나, 유행성감기 등을 앓으면 그 여자는 아주 의기양양한 얼굴로 '그러고 보니 저 애는 지난 주 우리 집에서 사과를 훔쳤지'라고 하든가 '우리집 고양이의 꼬리를 잡아당겼다' 하면서 조롱하는 식이지요. 그러므로 그런 일이 거듭되면서 어머니들은 두려움에 떨게 되어 자기 자식들을 그녀의 집에 가까이 가지 못하게 한다거나, 개중에는 벌꿀이며 자기가 만든 케이크를 들고 찾아가서 크리트 부인에게 자기들을 '저주'하지 말라고 아양을 떠는 사람들까지 생겨나게 되었습니다. 정말 어리석고 못 믿을 이야기지만 모두 사실이랍니다. 그러므로 마을사람들이 이 사건의 장본인이 그녀라고 생각하는 것도 무리는 아니지요."

"그럼 선생님은 그렇지 않다는 말씀이십니까?"

"네. 그녀는 그런 일을 할 여자가 아닙니다. 이 사건은 그렇게 간단한 것이 아니니까요."

"무슨 짐작되는 일이라도 있으십니까?"

나는 탐색하듯 그의 얼굴을 살폈다. 그는 고개를 가로저었다. 어떤 생각에 빠져 있는 흐릿한 눈길이었다.

"아니오, 전혀 없습니다. 그런데 정말이지 일이 터무니없는 형태로 발전하는군요. 어쩐지 안 좋은 일이 일어날 것 같아 불안하군요."

2

내가 집으로 돌아오자 미건이 베란다 돌계단에서 무릎을 껴안고 앉아 있었다. 늘 그렇듯 그녀는 스스럼없이 인사를 건넸다.

"점심 얻어먹어도 되겠어요?"

"그러럼." 내가 대답했다.

"만약 고깃덩이가 너무 작아서 나눠먹을 수 없다면 미리 말해줘요."

미건은 큰소리로 말했다. 나는 패트리지에게 점심을 세 사람분 준비하라고 일렀다.

패트리지는 조금 언짢은 얼굴을 했다. 군말없이 묵묵히 고개는 끄덕였으나 미건을 별로 좋아하지 않는 것이 그녀의 태도를 통해서도 잘 드러났다.

나는 다시 베란다로 나갔다.

"괜찮대요?"

걱정스러운 눈치였다.

"물론이지. 점심은 아일리시 스튜라고 하는군."

"흐응! 그 개밥 같은 것 말이죠? 내용물이 거의 감자와 조미료뿐이잖아요?"

"그러게."

나는 담뱃갑을 꺼내 미건에게도 권했다. 그녀는 얼굴이 빨개졌다.

"어머! 너무 기뻐요!"

"자, 피우렴."

"난 못 피워요. 하지만 내게도 권해주다니 정말 기뻐요. 어쩐지 훌쩍 어른이 된 기분이잖아요."

"그래? 그럼 넌 어른이 아니었니?"

미건은 고개를 가로젓더니 길고 더러워진 다리를 앞으로 쭉 뻗으면서 화제를 돌렸다.

"나, 양말 꿰맸어요." 자랑스런 말투였다.

바느질에 대해서는 내가 별로 아는 것은 없지만 한 곳에만 기묘한 주름이 잔뜩 잡힌 걸 보니 그리 훌륭한 솜씨는 아닌 성싶었다.

"하지만 구멍이 뚫려 있을 때보다 발에 닿는 감촉이 훨씬 더 나빠졌어요." 미건이 말했다.

"아마 그럴 거야." 나도 동의했다.

"당신 여동생은 양말을 잘 꿰매나요?"

조애너에게 과연 바느질 같은 손재주가 있는지 어떤지 갑자기 생각이 안 나서 나는 잠시 기억을 더듬어 보았다.

"글쎄다. 잘 모르겠네."

결국 이 대답이 고작이었다.

"그럼 양말에 구멍이 나면 어떻게 해요?"

"잘은 모르겠지만 버리고 새 걸 사겠지."

"현명한 방법이네요. 하지만 나는 그렇게 하고 싶어도 못해요. 지금 받는 용돈이 일년에 40폰트가 고작인데, 싸구려 양말도 살 수 없어요."

나는 고개를 끄덕였다.

"양말이 검정색이라면 좋을 텐데. 발에 검정을 칠하면 마치 양말처럼 보일 테니까 말이에요." 미건은 유감스럽다는 듯이 말했다. "나는 학교에 다닐 때는 늘 그렇게 했어요. 재봉을 가르치던 배트위지 선생은 이름 그대로 박쥐처럼 눈 뜬 장님이었는데 우리는 감쪽같이 몰랐지 뭐예요?"

"기막히군!"

나는 한동안 말없이 담배를 피우면서 기분 좋은 침묵에 감싸였다. 고요한 정적이 이어졌다. 불쑥 미건이 침묵을 깼다.

"당신도 다른 사람들처럼 저를 이상한 여자라고 생각하시겠죠?"

나는 놀라서 입을 쩍 벌렸고, 그 바람에 물고 있던 담배파이프가 툭 바닥으로 굴러떨어졌다. 해포석으로 만들어진 아름다운 파이프는 어이없게도 산산조각이 나버렸다. 나는 짜증스럽게 말했다.

"느닷없이 이상한 소릴 하니까 이 모양이지! 너도 보렴."

정색을 하고 화를 낸 것은 아니었다. 천진한 어린아이의 잘못을 꾸짖는 듯한 어이없는 쓴웃음이 내 표정을 금방 풀어놓았다.

"난, 당신이 좋아요."

흥분으로 그녀의 목소리가 드높았다.

만약 개가 인간처럼 말을 한다면, 그 소리를 들은 사람은 틀림없이 개가 자기 주인에게 말한다고 생각하지 느닷없이 자기에게 생뚱맞은 말을 건다고는 쉽게 생각하지 못할 것이다. 미건도 겉보기엔 말처럼 보이면서 성질은 개에 가까운 모양이었다.

"사람을 이토록 슬프게 만들어놓고 무슨 뚱딴지 같은 소리야?"

나는 파이프 조각을 주으면서 심드렁하게 대꾸했다.

"하지만 저를 이상한 여자라고 보시죠?"

이번에는 전혀 다른 말투였다.

"왜 그렇게 생각해 ? "

미건은 조금 괴로워했다.

"어차피 난 이상한 여자니까요. "

"말도 안되는 소릴 ! "

미건은 고개를 저었다.

"난 바보가 아니에요. 모두 나를 바보라고 생각하지만, 아니라고요. 다른 사람들이 어떤 인간인지도 잘 알고 있고, 나도 속으로 미워하고 있다고요. 그런 건 아무도 알지 못하는 모양이지만. "

"미워한다고 ? "

"네. "

그녀의 눈이, 우수에 찬 어린애답지 않은 눈이 나를 빤히 지켜보고 있었다. 슬픔이 그득한 눈망울이었다.

"그건 좀 너무 삐딱하다고 생각지 않니 ? "

"글쎄요, 난 너무 솔직히 말한다고 자주 주의를 받지만 사실인걸 어떡해요. 내가 왜 이상한 여자 취급을 받는지는 나도 알아요. 엄마가 날 싫어하는 것도 다 내가 아버지를 닮아서 그런 거예요. 우리 아버지는 엄마를 굉장히 못살게 굴었다고 하더군요. 하지만 차마 자식을 나 몰라라 내팽개칠 수가 없어서 엄마는 꾹 참았대요. 차라리 날 잡아먹어 버릴 수 있었다면 훨씬 마음이 편했겠죠. 고양이는 자기가 싫어하는 새끼를 잡아먹는데 나는 그 편이 훨씬 현명하다고 생각해요. 골치아픈 일을 사전에 방지하잖아요. 하지만 인간의 엄마들은 덜떨어진 밉상스런 아이까지 억지로 길러서 돌보지 않으면 나쁜 사람이 되니까요. 난 학교 다닐 땐 잘 몰랐는데, 우리 엄마가 진짜로 좋아하는 것은 자기 자신과 지금 아버지와 두 아들 뿐이에요. 난 아니라고요. "

나는 가라앉은 음성으로 말했다.

"아무래도 마음이 좀 비뚤어진 데도 있어 보인다만 네 말이 아주 틀린 것도 아닌 것 같구나. 그러니 이 참에 아예 집을 나와서 혼자 살아보는 건 어떻겠니?"

그녀는 의젓하게 미소를 지었다.

"직장을 구하라는 말씀이시군요. 무슨 일이든 하라고요, 그렇지요?"

"그래."

"어떤 일이 좋겠어요?"

"너라면 아무거나 조금만 배우면 금방 잘 하리라 생각하는데…… 타이프라이터나 부기 같은 건 어떨까?"

"자신이 없어요. 난 예전부터 무엇을 하든 늘 사고만 쳤거든요. 게다가……."

"무슨 문제야?"

그녀는 급히 고개를 돌렸다가 다시 천천히 내게로 가져왔다. 발갛게 물이 든 얼굴에는 눈물이 그렁그렁했는데, 떼를 쓰듯 소리쳤다.

"왜 내가 집을 나와야하죠? 왜 집에서 쫓겨나야만 하느냐고요! 싫어요. 모두가 날 무시하고 피하더라도 절대 달아나지 않겠어요. 오기로라도 이곳에 눌러앉아서 모두를 괴롭히겠다고요. 미워요! 난 림스톡 사람들이 모두 미워요. 호박이니 거북이니 놀리기나 하고…… 내 언젠가 반드시 그들에게 호된 맛을 보여줄 거예요. 두고 보세요!"

미건은 감정이 복받치는지 어린애처럼 변했다.

그때 누군가 집 모퉁이를 도는 자갈길을 밟으며 이리로 다가오는 발소리가 들렸다.

"자, 일어나."

나는 미건을 벌떡 일으켜 세웠다.

"응접실 계단 밑에 있는 욕실로 가서 얼굴을 씻고 오렴. 복도 끝에 있으니까, 빨리 서둘러!"

그녀가 깜짝 놀라 응접실로 달려갔을 때 조애너가 건물 모퉁이에서 나타났다.

"아유, 더워!"

그렇게 말하면서 옆에 앉더니 머리를 감싸고 있던 스카프로 얼굴을 덮었다.

"이 샌들은 발에 익을 때까지 고생이 많겠어. 신어보고서야 비로소 느꼈지만 도대체 왜 이런 구멍을 장식이라고 뚫어놓은 거지? 엉컹퀴 줄기가 구멍으로 들어와서 발이 따끔따끔 해서 미치겠어. 그런데 오빠, 나 개를 키우려는데 어떻게 생각해요?"

"음, 괜찮은 생각이야. 그런데 갑작스런 이야기지만 미건이 점심 먹으러 왔어."

"미건이? 알겠어요."

"넌 미건이 좋은 모양이구나."

"난 그 애가 바꿔치기 된 아이라고 생각하거든요."

조애너가 대답했다.

"요정들이 예쁜 애는 훔쳐가고 대신 현관에 두고 가는 애 말이에요. 그런 애를 만나다니 너무 흥미롭잖아요. 그럼 어서 얼굴이나 좀 씻으러 가야지."

"잠깐만. 지금 미건이 욕실에 있을 거야."

"어머? 미건도 운동을 하고 왔던가요?"

조애너는 거울을 꺼내 잠시 홀린 듯이 자기 얼굴을 들여다보았다.

"이 립스틱은 역시 별로야."

이윽고 미건이 베란다로 나왔다. 말끔한 얼굴이어서 좀 전까지 흥분했던 흔적은 전혀 찾아볼 길 없었다. 그녀는 의심이 가득한 눈길로 조애너를 바라보았다.

"잘 왔어요."

조애너가 거울을 힐끔거리면서 인사했다.

"점심식사를 함께 하게 되어서 기뻐요. 어머나…… 콧망울에 주근깨가 생겨버렸어, 어떡해! 고집이 세어 보이고 무슨 얼룩처럼 보여서 주근깨는 너무 싫은데……."

패트리지가 와서 점심 준비가 끝났다고 무뚝뚝하게 알려주었다.

"그럼 함께 들어갈까요?"

조애너가 일어섰다.

"정말 배가 고팠거든요."

동생은 미건의 팔짱을 끼고 집으로 들어갔다.

제5장

1

참! 깜빡 빠뜨린 이야기가 있다. 딘 칼스롭 부인과, 케이렙 딘 칼스롭 목사에 대해서는 미처 설명을 못했는데 이 목사 부부도 어지간히 특이한 인물에 속한다. 아마 딘 칼스롭만큼 현대와 동떨어진 사람도 찾기 힘들 것이다. 그는 오로지 초기 교회사에 관한 연구와, 책과 지식 속에서만 살고 있었다. 그에 반해 칼스롭 부인은 극단적으로 유행의 첨단을 걸었다. 아마 내가 고의로 그녀의 이름을 거론하지 않은 것은 처음부터 부인을 좀 두려워하고 있었기 때문인지도 모른다. 아주 개성적인 여성으로 올림푸스 산들에 버금갈 지식을 갖고 있었다. 그리고 별로 목사 부인답지도 못했다. 막상 이렇게 표현했지만 목사 부인이라는 것이 어떤 이미지를 갖고 있는지는 사실 나도 잘 모르겠다. 내가 알고 있는 목사 부인은 딱 이 사람뿐이니까.

멋진 설교로 자석처럼 설득력을 갖고 있는 덩치 큰 늠름한 목사를 사랑하는, 조용하고 베일에 둘러싸인 신비한 여인. 이 여인은 세상 사람들과는 별로 말을 하지 않는 편이어서 대부분의 신도들은 교회에서 부인을 만나도 금세 화제가 궁해지는 경험을 하게 된다.

따라서 목사의 아내라는 이미지를 굳이 떠올려본다면 어디든지 얼굴을 내밀고 쉴 새 없이 떠들어대는 여인인데, 어쩌면 이 상상도 현실과는 차이가 많을지도 모르겠다.

딘 칼스롭 부인은 결코 필요없는 말은 하지 않았다. 그러면서도 실제로는 놀라운 설득력을 갖고 있었고 무엇이든 모르는 게 없었는데, 나중에 알고보니 마을사람들도 모두 그녀를 굉장히 두려워하고 있었다. 조언도 간섭도 하지 않지만, 어딘가 떳떳하지 못한 사람들에게는 막강한 신과 같은 존재처럼 느껴졌던 것이다.

나는 지금까지 남들의 이목에 대해 그토록 무관심한 사람은 그녀가 처음이었다. 한여름 폭염 속에서도 두터운 트위드 차림으로 산책을 한다거나, 비가 추적추적 내리고, 진눈깨비가 날리는데도 양귀비꽃이 흐드러지게 프린트 된 드레스를 입고 느긋하게 거리를 걸어가는 모습이 종종 눈에 띄었으니까. 사냥개처럼 갸름하고 우아한 얼굴, 거기 붙은 입에서는 이따금 신랄하기 그지없는 언어들이 무작정 쏟아져나오곤 했다.

미건이 점심을 먹고 간 다음 날, 큰길에서 그 목사 부인이 날 불러세웠다. 그녀의 접근 방법이 늘 그렇지만 걸어온다기보다는 갑자기 덮칠 듯이 다가오고, 눈길은 늘 먼 지평선을 바라보고 있어서 혹시 그녀의 목표가 1마일 밖에 있는 건 아닌가 상대는 어리둥절해지기 마련이다.

"어머나! 버튼 씨 아닙니까?"

부인이 소리쳤다. 마치 어려운 퍼즐이라도 풀어낸 듯한 자랑스러운 목소리였다. 나는 가슴이 두근두근해지면서 힘없이 스스로가 버튼 씨라는 사실을 인정했다. 딘 칼스롭 부인은 먼 지평선으로 던져진 눈길을 거두더니 나와 초점을 맞췄다.

"저어, 당신을 만나면 꼭 말씀드리고 싶은 것이 있었어요. 그런데
…… 그게 뭐였더라?"

나라고 알 도리가 없으므로 부디 부인이 빨리 생각해내기만을 기다
릴 수밖에 없었다. 그러나 부인은 좀처럼 기억이 안 나는지 눈썹만
찌푸리며 서 있었다.

"뭐였지? 어떤 좀 거북한 얘기였는데?"

부인은 계속 고개를 갸웃갸웃했다.

"그렇습니까? 전 전혀 짐작할 수 없군요."

나는 가슴을 쿵쾅거리며 되물었다.

"아! 생각났어. 그래, 바로 그거예요."

칼스롭 부인이 의기양양하게 외쳤다.

"'ㅇ'으로 시작되는 글자였으니까, 그래, 바로 그 익명의 편지였어
요! 당신이 이 마을에 들고 왔다는 그 익명의 편지는 도대체 어떤
내용이죠?"

"오햅니다. 제가 들고 온 것이 아니라 그런 편지는 이미 오래 전부
터 이 마을에서 나돌던 사건 아닙니까?"

"아니에요. 당신이 나타나기 전까지는 아무도 그런 편지를 받은 사
람이 없었어요."

비난하듯 딘 칼스롭 부인의 말투가 딱딱해졌다.

"아니 몇 사람인가 받은 사람이 있습니다. 사건이 시작된 것은 훨
씬 오래 전부터라고 하던데요?"

"호오, 그렇다고요?"

딘 칼스롭 부인은 다시 시선을 멀리 던졌다.

"그렇지만 정말 지독한 짓을 하는 사람이 있군요. 이 마을에는 그
런 사람이 없었는데 말이죠. 물론 질투라든가 악의 같은 그런 비열
한 근성에서 비롯된 일이겠지만 그런 인간이 이 마을에 있다고는

꿈에도 생각 못해봤어요. 한심스런 일이군요. 꼭 자세한 이야기를 듣고 싶어요."

그녀의 아름다운 눈이 지평선에서 되돌아와 나를 들여다보았다. 아이처럼 순진하고 당황스런 표정이 그 눈 속에 떠올랐다.

"당신이 왜 그걸 알 필요가 있죠?"

"그런 일은 늘 정확히 알아두는 게 제 임무이기도 하니까요. 대신 케이렙은 훌륭한 설교를 하고 성찬식을 행하고요. 그것이 목사의 본분이니까요. 따라서 목사에게 결혼이 허락된 이상, 그 부인도 세상 사람들이 무슨 생각을 하고 있고 무엇을 느끼는지 알아야 하는 것이 마땅하지요. 설령 도저히 손쓸 도리가 없는 일이라 하더라도 말이에요. 누가 쓴 것인지……."

부인은 갑자기 말을 끊더니 뜬금없는 소리를 했다.

"참으로 바보 같은 소릴 써놨더군요!"

"그럼 당신도?"

나는 조심스레 물어보았다. 그러나 딘 칼스롭 부인은 아주 자연스러운 태도로 살짝 긍정했다. 즉, 눈만 조금 크게 떠 보인 것이다.

"네. 두 번, 아니, 세 번이었나? 아무튼 내용은 정확히 기억을 못하겠지만 남편과 여자 교장선생의 관계가 이러쿵저러쿵 지저분하게 적혀 있더군요. 물론 말도 안 되는 헛소리에 불과하지요. 케이렙은 여자에겐 전혀 관심도 없으니까요. 목사로서는 적격인 남자죠."

"그렇군요. 네, 아마 그럴 것 같습니다."

"케이렙은 너무 지적인 편인데, 만약 그렇지 않았다면 아마 성인이 되었을 겁니다."

딘 칼스롭 부인은 그렇게 말했다.

내가 과연 이 비평에 개입할 자격이 있는지 혼자 고개를 갸웃하던 참에 다행히 그녀가 내 의견을 말할 틈을 주지 않고 서둘러 문제의 편지로 화제를 돌려주었다.

"그렇지만 그런 편지에 쓸 만한 다른 이야기도 많이 있었을 텐데, 그런 것은 전혀 언급되어 있지 않더군요. 기이한 일이죠."

"설마 좀 봐주는 것은 아닐 테죠?"

"혹은 진짜 사실은 전혀 모른다는 생각도 할 수 있지요."

"진짜 사실?"

무표정한 아름다운 눈이 내 눈 속으로 들어왔다.

"그래요, 진짜 사실! 이 마을에는 그런 게 많이 있거든요. 간통이니 하는 그런 난잡한 남녀 관계가 말이에요. 그런데도 어째서 그런 비밀은 하나도 적지 않았을까요?"

부인은 잠시 말이 없더니 당돌하게 내게 물었다.

"그런데 당신 편지에는 무슨 내용이 적혀 있던가요?"

"제 여동생에 대해서 실제로는 누이가 아니라는 식으로 적혀 있더군요."

"정말로 여동생이죠?" 부인은 솔직하게 물었다.

"네. 물론입니다. 조애너는 제 여동생이 틀림없습니다."

그녀는 커다랗게 고개를 끄덕였다.

"보세요, 내가 말한 대로죠? 달리 쓸 이야기가 많이 있는데도 그런 건 하나도 적지 않고, 전혀 엉뚱한 말이나 꾸며대잖아요?"

그녀의 무표정한 눈이 깊은 생각에 사로잡혀 나를 물끄러미 들여다보았다. 나는 림스톡 사람들이 왜 딘 칼스롭 부인을 두려워하는지 단번에 깨달았다.

사람들에겐 아무에게도 보여주기 싫은 저마다의 비밀이라는 것이 있는 법인데, 딘 칼스롭 부인은 마을사람들의 그런 부분들까지 속속들이 파악하고 있는 게 틀림없었다.

때마침 에메 그리피스의 활기찬 목소리가 뒤에서 들려왔다. 내 평생 그토록 다행스럽게 생각되던 때도 또 없으리라.

"어머나 부인, 마침 잘 만났어요. 수공예품 경매 일정을 변경하는 게 어떨까 싶어서 상의하고 싶었거든요. 버튼 씨도 안녕하세요?"

"네, 그랬군요. 그럼 그렇게 하세요." 딘 칼스롭 부인이 대답했다. 에메 그리피스는 수입품 가게로 들어갔다.

"참 딱한 양반이군!" 딘 칼스롭 부인이 혀를 찼다.

나는 조금 머쓱해지고 말았다. 딱한 양반이라고 하는 것이 방금 저 에메 양을 가리키는 것일까? 그러나 부인은 곧 화제를 바꿨다.

"버튼 씨, 실은 아무래도 좀 걱정스러운데요……."

"편지 때문에요?"

"그래요. 아마 그 편지는 틀림없이……틀림없이……."

잠시 말꼬리를 흐리던 부인은 위로 올려다보며 한동안 생각에 잠겨 문제를 해결하려고 갖가지 방법을 모색하듯 중얼중얼 혼잣말을 하더니 마침내 천천히 입을 열었다.

"맹목적인 증오…… 그래, 맹목적인 증오일 거야…… 그러나 장님이라도 아무렇게나 내던지다보면 하나쯤 제대로 맞는 것도 생기는 법이니까…… 만약 그렇게 되면 도대체 어떤 일이 벌어질까요, 버튼 씨?"

그러나 채 하루가 지나기도 전에 우리는 그 답을 얻게 될 운명에 놓여 있었다.

2

그 비극을 알려준 사람은 패트리지였다. 패트리지라는 여자는 다른 사람의 불행이 굉장히 즐거운 모양으로, 무슨 나쁜 일을 알려줄 때마다 늘 환한 얼굴로 코를 훌쩍이는 버릇이 있었다.

그날도 패트리지는 코를 훌쩍이며 조애너의 방에 들어가, 눈을 반짝이면서 슬픈 듯이 애써 입을 일그러뜨렸다.

"오늘 아침 굉장한 일이 벌어졌어요, 아가씨."

블라인드를 걷어올리면서 부인이 운을 뗐다. 조애너는 아직 런던에서 살던 습관이 남아서 완전히 의식이 돌아오기까지는 다소 시간이 필요했다.

"아, 그래요."

귀찮다는 듯이 동생은 몸을 뒤척였다.

패트리지는 찻잔을 베갯머리에 올려놓으며 재차 시도했다.

"큰일이죠. 정말 깜짝 놀랐어요! 전 그 소리를 듣고도 도저히 믿어지지 않았으니까요."

"도대체 뭐가 그토록 큰일이라는 거지?"

조애너가 잠이 덜 깬 눈을 비비며 되물었다.

"시밍튼 부인이 가엾게도…….."

그녀는 적절히 말을 끊어 효과를 높인 뒤 천천히 말을 이었다.

"죽었다고 하네요!"

"죽어요?"

조애너는 겨우 완전히 눈을 뜨고 침대에서 벌떡 일어나 앉았다.

"네에. 어제 오후, 그것도 자살이래요!"

"뭐라고? 정말이에요, 패트리지 부인?"

조애너는 눈이 휘둥그레져서 비명을 질렀다. 시밍튼 부인은 실수로라도 절대 자살할 인물로는 보이지 않았기 때문이었다.

"정말이고말고요. 자살이라고 하더군요. 원인이야 어쨌든 자살인 것만은 틀림없는 사실인가 봐요."

"원인이라고?"

조애너는 비로소 사정이 짐작되었다.

"설마, 그건 아니겠지?"

그녀의 눈이 패트리지에게 대답을 재촉했고, 부인은 고개를 깊이 끄덕였다.

"바로 그렇습니다, 아가씨. 그 저주받은 편지 때문이지요!"

"뭐라고 적혀 있었는데?"

그러나 아쉽지만 패트리지도 거기까지는 듣지 못한 모양이었다.

"참으로 기분 나쁜 편지로군! 하지만 기껏 그런 편지 때문에 자살하다니 납득이 안 가."

조애너가 의아해했다.

"물론 적혀 있는 내용이 전혀 엉뚱한 거짓이라면 아가씨 말도 틀리지는 않겠죠."

"그럴까요?"

패트리지가 나갔다. 조애너는 차를 마신 뒤 가운을 걸치고 내 방으로 달려와 그 뉴스를 전했다.

나는 그리피스 선생의 예언이 금세 머리에 떠올랐다. 눈 감고 쏘아도 가끔은 적중하기도 하는 법이다. 그리고 마침내 그 한 발이 시밍튼 부인을 꿰뚫은 것이리라. 비밀 같은 것은 전혀 없어보이는 여성이었건만! 그러나 돌이켜보면 시밍튼 부인이 재주는 뛰어났지만 별로 담대한 편은 아니었다는 생각도 든다. 몸도 약한 편이어서 조금만 건드려도 금세 부러질 것 같았고.

조애너는 어떻게 생각하느냐고 나를 들들 볶으면서 대답을 강요했다.

나는 그리피스 선생이 한 말을 그대로 전해주었다.

"흥! 그가 한 말이니 오죽 하겠어요. 정말이지 모르는 게 없는 얼굴을 하고 있잖아요."

동생은 최대한 비아냥거렸다.

"그는 머리가 좋은 사람이야."

내가 그를 두둔했다.

"다 착각이에요. 그는 깜짝 놀랄 만큼 자기 착각이 심한 사람이라고요!"

잠시 사이를 두더니 목소리를 가다듬어 다시 말을 계속했다.

"부인의 남편도 정말 큰일났군요. 게다가 그 애까지! 미건은 지금 도대체 어떤 기분일까?"

나도 그 물음에는 선뜻 대답할 말이 없었기 때문에 과연 미건이 무슨 생각을 하고, 어떤 기분으로 있을지는 아무도 추측할 수 없다는 사실이 조금 기이하게 느껴졌다.

조애너는 고개를 끄덕였다.

"그럴 거예요. 동화 속에 나오는 바꿔치기 된 아이처럼, 상당히 색다른 아이니까."

동생은 잠시 말을 끊었다.

"오빠만 찬성한다면 난 그 애를 한 2, 3일 여기 데려와서 함께 지내고 싶은데 어때요? 그만한 나이 때는 너무 충격적인 얘기잖아요, 더욱이 여자앤데."

"함께 가서 물어볼까?" 나는 찬성했다.

"다른 애들은 괜찮을 거예요, 가정교사가 붙어 있으니까. 하지만 그 가정교사도 미건에게는 아주 못되게 굴 게 분명해."

나도 그럴 가능성이 농후하다고 보았다. 시시한 일들을 쉴 새 없이 떠들어대면서 찻잔을 손에서 놓을 줄 모르는 엘지 홀랜드. 친절한 건 사실이지만 감수성 예민한 어린 처녀와는 그다지 어울리지 않는 여자이다.

나 역시 미건을 데려왔으면 싶던 차라 조애너가 먼저 그런 제안을 해주어서 정말 고마웠다.

아침식사 후 우리는 시밍튼을 찾아갔다.

나와 여동생은 둘 다 불안했다. 자칫 우리가 잔인한 호기심으로 달려왔다는 인상을 줄 수도 있기 때문이었다. 그러나 다행히 문 앞에서 오엔 그리피스와 마주쳤다. 그는 생각에 골몰해 있어서 우리를 알아채지 못했다.

이윽고 문득 우리를 알아차린 그는 걸음을 멈추고 친근하게 인사를 건넸다.

"여어, 버튼 씨! 때마침 잘 만났습니다. 아무래도 무슨 일이 일어날 것 같아 불안하던 차에 결국 이런 일이 생기고 마는군요!"

"안녕하세요, 그리피스 선생님?"

우리들이 귀가 어두운 숙모에게 말할 때처럼 조애너는 엉뚱하게 큰 목소리로 인사를 했다.

그리피스는 깜짝 놀라더니 귀밑까지 빨개졌다.

"오, 이런! 정말 반갑습니다, 버튼 양. 안녕하세요?"

"아마 저 따위는 눈에도 들어오지 않는 모양이지요?"

조애너가 다짜고짜 시비를 걸었다.

오엔 그리피스의 얼굴이 한층 더 붉어졌다.

"아, 아니, 그럴 리가 있겠습니까! 아닙니다. 잠깐 생각 좀 하느라고 넋을 놓고 있어서 그만……"

조애너는 가차없이 일격을 가했다.

"전 이래뵈도 보통 사람 정도의 신장은 된답니다."

"그만둬. 버릇 없게! 저리 가 있어."

나는 동생을 나무라며 밀쳤다.

"그리피스 선생, 실은 저희끼리 상의한 끝에 미건을 데려가서 한 2, 3일 정도 함께 지내면서 돌보고 싶다는 결론을 내렸는데, 어떻게 생각하십니까? 너무 건방지게 나서고 싶지는 않습니다만, 그

애가 너무 가엾다는 생각이 들어서 말이에요. 시밍튼 씨에게 그렇게 말하면 어떻게 생각할까요?"

그리피스는 잠시 생각하더니 신중하게 대답했다.

"저로서는 상당히 좋은 생각이라고 봅니다. 좀 신경질적인 아이니까요. 그러니 이런 사건과는 좀 멀리 떼어놓는 편이 좋을 것입니다. 홀랜드 양은 놀랄 만큼 일도 잘하고 머리도 좋지만 두 아이와 시밍튼 씨만 해도 벅찰 테니까요. 시밍튼 씨도 완전히 제정신이 아니어서 어찌할 바를 모르고 있더군요."

"이것은……."

나는 조금 주저했다.

"역시 자살이었나요?"

그리피스는 고개를 끄덕였다.

"네. 의문의 여지가 없습니다. 부인이 도저히 살 수 없다고 직접 유서를 남겨놓았으니까요. 문제의 편지는 어제 오후 우편으로 배달되었다고 하더군요. 봉투는 부인의 의자 밑에 떨어져 있었는데 편지는 구겨서 난로 속에 집어던졌던 모양입니다."

"무슨 사연이?"

여기까지 말하다 말고 나는 말꼬리를 흐리면서 급히 사과했다.

"아차! 이거 실례를 범했습니다."

그리피스는 침통한 미소를 던졌다.

"아니, 그럴 필요없습니다. 어차피 편지는 검사심문에서 공개될 테니까요. 부인에게 송구한 일이지만 그럴 수밖에 없으니까요. 하지만 편지 내용은 별로 특별하지 않습니다. 늘 그렇듯 중상하는 말만 골라서 적어놓았으니까요. 차남 코린이 시밍튼의 아들이 아니라고 말입니다."

"설마 진실은 아니겠지요?"

너무나 놀라운 이야기여서 나는 다그치듯 물었다.

그리피스는 어깨만 으쓱 들었다 놓았다.

"글쎄요, 내게는 판단자료가 없군요. 여기 온 지 겨우 5년밖에 되지 않았거든요. 그렇지만 저는 시밍튼 부부가 굉장히 행복한 부부라고 생각했습니다. 사이도 좋아 보였고 두 아이도 귀여웠으니까요. 물론 차남이 부모와 닮지 않은 것은 인정합니다. 가령 그 애의 머리카락이 밝은 빨강이라는 점 따위지요. 그러나 할아버지나 할머니를 닮는 경우도 있지 않습니까?"

"부모와 닮지 않았다는 것이 범인에게는 그토록 좋은 구실이 되었나 봅니다. 아무튼 정말이지 말도 안 되는 엉터리, 헛소리군요."

"네, 아마 그럴 겁니다. 그 악독한 편지의 배후에는 정확한 지식 따위 전혀 없는 듯합니다. 그저 아무데나 발길질하는 원망과 악의 밖에는 느껴지지 않으니까요."

"하지만 그 발길질이 어쩌다보니 제대로 일격을 가했다는 말이군요?" 조애너가 끼어들었다. "그렇지 않고서야 그녀가 자살할 까닭이 어디 있겠어요?"

그리피스는 확신이 안 선다는 투로 조심스레 대답했다.

"그 점은 아직 단언할 수 없습니다. 실은 시밍튼 부인이 오래 전부터 신경쇠약 증세를 보였거든요. 그래서 제가 이따금 진찰을 왔던 겁니다. 그러니 그런 악독한 편지에 뭐든지 알고 있다는 의미심장한 내용을 읽고 나면, 갑자기 공포상태에 빠져 앞뒤 가리지 않고 자살해버리는 수도 있으니까요. 아무리 부정해봐도 남편은 절대 믿어줄 것 같지 않고, 수치심과 분노로 갑자기 이성을 잃어버리게 되는 경우지요."

"정신이상에 의한 자살이란 말이군요?"

"네. 검사심문에서 제가 이런 의견을 제출하면 누구도 틀림없이 받아들일 것입니다."

"어머! 그렇게 되는 거예요?"

조애너가 놀라워했다. 그런데 이 말이 의사의 기분을 상하게 한 모양이었다.

"받아들이고말고요!" 그리피스가 외쳤다. "그런데 당신은 별로 찬성하지 않는 모양이군요, 버튼 양?"

"아니오, 찬성합니다." 조애너가 새침하게 대답했다. "당신 입장이라면 나도 그렇게 할 테니까요."

오엔 그리피스는 믿기지 않는 얼굴로 조애너를 한참 보더니 천천히 걸음을 옮겼다. 우리는 대문으로 들어갔다.

입구는 열려 있었다. 게다가 안에서 엘지 홀랜드의 소리까지 들려왔으므로 우리는 벨을 눌러야 할지, 말아야 할지 몰라 조금 주저하면서 한동안 그대로 서 있었다.

그녀는 의자에 푹 파묻혀 멍하니 허공만 바라보고 있는 시밍튼 씨에게 무언가 말을 건네고 있었다.

"무어라도 좀 드셔야지요? 어젯밤에도 전혀 식사를 안하시고, 오늘 아침에도 드는 둥 마는 둥 하시다니 그러다 병이라도 나면 어쩌시려고요? 굳이 그렇게 안 하셔도 이미 슬픔과 괴로움으로 몸이 쇠약해질대로 쇠약해지셨는데…… 의사 선생님도 돌아가시기 전에 그렇게 말씀하셨잖아요?"

시밍튼은 기어드는 목소리로 대답했다.

"고마워요, 친절하게 해줘서. 그러나……."

"어서 따뜻한 차라도 좀 드세요."

엘지 홀랜드는 무턱대고 그에게 잔을 떠안겼다.

나라면 진한 위스키소다를 한 잔 갖다 주겠다고 생각했다. 그것이 가장 효과가 있을 것 같았기 때문이다. 그러나 시밍튼도 어쩔 수 없이 찻잔을 받아들고 그녀를 올려다보았다.

"미안하군요, 홀랜드 양. 당신에게는 어떻게 감사해야 할지…… "

홀랜드는 얼굴을 붉히며 기쁜 듯이 미소 지었다.

"아닙니다. 그렇게 말씀하시니 몸 둘 바를 모르겠어요. 제가 할 수 있는 일이 있다면 뭐든지 시켜주십시오. 그리고 도련님들에 대해서도 아무 걱정 마시고요. 제가 잘 돌보겠습니다. 그리고 하인들에게도 평상시처럼 일을 하라고 독려해 놓았습니다. 만일 무슨 용무가 있으시면, 가령 편지를 쓴다거나 전화를 걸 일이 있으시면 저는 괜찮으니까 언제든지 시켜만 주십시오. "

"고맙소. 걱정을 끼쳐서 정말 미안하구려. "

시밍튼이 대답했다.

엘지 홀랜드는 문득 뒤돌아보다가 우리가 서 있는 것을 보고는 깜짝 놀라 홀로 달려나왔다.

"집에 좀 변고가 있어서요…… "

그녀가 조그맣게 속삭였다.

나는 그녀를 보는 순간 마음 씀씀이가 고운 상냥한 여자라고 생각했다. 친절하고 재능도 있고, 무슨 일이 생기면 아주 민첩하게 대응하는 여자. 동그랗고 귀여운 저 두 눈이 연한 핑크빛으로 물들어 있는 것은 주인마님의 죽음을 애도하여 눈물을 흘린 다정한 여자임을 나타내는 더없는 증거처럼 보였다.

"당신과 좀 의논했으면 하는데, 시밍튼 씨에게 방해가 되지 않을 만한 곳에서 이야기하지 않겠어요? "

조애너가 물었다.

엘지 홀랜드는 짐작이 간다는 얼굴로 홀 반대쪽에 있는 식당으로 우리를 안내했다.

"이런 일이 생기다니 그야말로 청천벽력같은 소리입니다. 하지만 부인께서는 전부터 조금 문제가 있었어요. 신경쇠약 증세를 나타냈거든요. 따라서 저는 부인이 환자라고 생각했지만 그리피스 선생은 별 일 아니니 크게 걱정하지 않아도 된다고 하시더군요. 하지만 부인은 늘 초조하고 불안해 하셨고, 때로는 어떻게 대응해야 좋을지 막막해질 정도로 증세가 심한 날도 있었어요."

"그런데 실은,"

조애너가 바로 본론을 끄집어냈다.

"실은, 미건을 한 2, 3일 저희 집에서 데리고 있었으면 해서 의논드리러 왔어요. 물론 미건이 먼저 동의해야 되는 일이지만요."

엘지 홀랜드는 깜짝 놀란 기색이었다.

"미건을?"

미심쩍은 눈길이었다.

"글쎄요, 미건에 대해서는 저도 잘 모르는 일이어서 무어라 말씀드려야 할지. 하지만 두 분께서 그렇게 친절하게 말씀해주시는 것은 대단히 감사하게 생각합니다. 하지만 좀 유별난 편이어서 어떻게 대답할는지······."

조애너는 조금 애매모호하게 이야기했다.

"그렇게 하면 댁의 수고도 좀 덜어지지 않을까 생각하는데, 어려운 일일까요?"

"아닙니다. 물론 고마운 말씀이지요. 저는 도련님도 돌보고 시밍튼 씨의 뒷바라지도 해야하니까요. 그 밖에도 이런저런 자잘한 일이 많아서 사실 미건까지는 돌볼 시간이 없거든요. 지금쯤 2층에 있는 낡은 아기방에 있을 텐데 도무지 아무하고도 얼굴을 마주치려하지 않는군요. 물어보는 거야 괜찮겠지만 어떻게 대답할지는 글쎄요······."

조애너가 살짝 내게 눈짓했다. 나는 재빨리 일어나 2층으로 올라갔다.

낡은 아기방은 2층 가장 안쪽에 있었다. 나는 불쑥 문을 열고 안으로 들어갔다. 조금 전까지 우리가 있던 식당은 뒤뜰로 향해 있어서 블라인드가 모두 걷혀 있었던 모양인데, 거리에 면한 이 방은 블라인드가 모두 내려져 있어서 실내가 어둠침침했다.

희미한 어둠을 뚫고 나는 미건을 찾아냈다. 안쪽 벽에 붙어 있는 침대 위에서 웅크리고 앉아 있었다. 나는 순간 겁에 질려 그늘로 숨어든 작은 짐승의 모습을 떠올렸다. 심한 공포로 돌덩이처럼 몸을 굳히고 있었다.

"미건, 이리 와 봐."

마치 겁에 질린 동물을 달래는 듯한 내 목소리가 귓전을 울렸다. 당근이나 설탕 덩어리를 손에 들고 있지 않다는 것이 기이하게 느껴질 정도였다.

그녀는 물끄러미 나를 바라보았으나 꼼짝도 하지 않았고 표정에도 전혀 변화가 없었다.

"미건?"

나는 다시 말을 걸었다.

"우리 집에서 2, 3일 함께 지내지 않겠어?"

미건의 목소리가 희미한 어둠 속에서 공허하게 메아리쳤다.

"당신과 함께? 당신 집에서?"

"그래."

"나를 여기서 끌어내주겠다고?"

"물론이지!"

그녀는 돌연 부들부들 격렬하게 몸을 떨었다. 나는 깜짝 놀라기도 했지만 그와 동시에 미건이 너무 가엾게 느껴졌다.

"부디 날 데려가 줘요! 부탁이에요. 난 이곳이 너무 무서워요. 너무 위험한 생각이 들어서 미칠 지경이에요."

내가 다가가니 그녀가 양손으로 내 옷소매를 잡고 늘어졌다.

"난 내가 이토록 겁쟁이인 줄 몰랐는데 너무 무서워요. 참을 수가 없어요!"

"이런 일은 누구라도 모두 조금 겁나는 법이지. 이런 곳에서 떨고 있지 말고 자, 함께 가자고, 어서!"

"지금 바로 갈 거예요? 정말 지금 당장 가도 돼요?"

"네가 당장 필요한 것을 챙길 정도의 시간은 줘야겠지?"

"당장 필요한 것이라니? 왜요?"

"그러니까, 너에게 침대나 욕실 같은 건 빌려줄 수 있지만 설마 칫솔까지 빌려줄 수는 없지 않겠어. 알겠니?"

미건은 희미하게 웃었다.

"아! 죄송해요. 난 사실 오늘 제정신이 아니에요. 그럼, 빨리 준비할게요. 꼭 기다려주는 거죠?"

"응. 나는 잠시 이 매트 위에 앉아 있기로 하지."

"고마워요. 난 정말 바보에요. 하지만 당신 어머니가 만약 이렇게 돌아가시면 당신도 아마 나처럼 바보가 될 거예요."

"그래. 아마 그럴 거다."

나는 다정하게 그녀의 어깨를 두들겨 주었다. 미건은 잠깐 감사의 눈길을 보내더니 서둘러 침실에서 모습을 감췄다. 나는 아래층으로 내려왔다.

엘지 홀랜드가 외쳤다.

"정말 잘됐어요! 여기 있어 봐야 미건에게는 괴로움만 더할 테니까요. 신경질적인 아이여서 다루기가 굉장히 어렵지요. 나도 걱정을 덜게 되어서 정말 다행이라고 생각해요. 친절하게 대해주셔서 감사합니다. 고마워요, 버튼 씨. 미건이 당신들에게 별로 폐를 안

끼쳐야할 텐데 걱정이군요…… 어머? 전화가 왔군요. 잠깐 실례하겠습니다. 시밍튼 씨를 방해하면 곤란해서요."

황급히 달려가는 그녀를 보고 조애너가 말했다.

"그야말로 봉사정신으로 똘똘 뭉친 천사로군!"

"비웃는 거니?" 내가 되물었다. "그녀가 굉장히 친절하고 일도 잘 하는 건 사실이잖아?"

"사실이죠. 그리고 홀랜드 양도 속으로 그렇게 믿고 있을 테죠?"

"그런 말 하다니 너답지 않구나."

"그럼 오빠는 그녀가 저토록 열심히 일하는 것이 당연하다고 보는 거예요?"

"물론이지."

"하여간 난 자기만 잘난 줄 아는 사람은 딱 질색이야. 보는 것만으로도 속이 울렁거려. 그건 그렇고 미건은 어때요?"

"시커먼 방에서 작은 새끼영양처럼 웅크리고 있더군."

"가엾어라! `함께 가자`고 하니 기뻐하지 않던가요?"

"응. 뛰어오를 듯이 좋아하더군."

쿠당쾅당하는 발소리가 들리더니 미건이 슈트케이스를 들고 계단을 내려왔다. 나는 홀로 나가서 그녀의 가방을 들어주었다. 뒤에서 조애너가 빨리 가자고 재촉했다.

"그럼 이만 서둘러 돌아가자꾸나. 벌써 두 번이나 차를 사양했거든."

우리는 함께 밖으로 나왔다. 조애너가 슈트케이스를 너무 과격하게 차 안으로 던져넣는 바람에 잠시 간이 콩알만해졌다. 나는 이미 목발 하나만으로도 걸을 수는 있었지만 아직 몸이 마음대로 움직여주질 않아서 그런 일을 여동생에게 맡길 수밖에 없었던 것이다.

"타렴."

내가 미건에게 말했다.

그리고 미건에 뒤이어 내가 차에 올라탔고 조애너가 운전했다.

이윽고 리틀파즈에 도착하였고 우리는 거실로 들어갔다.

미건은 털썩 의자에 몸을 던지더니 왈칵 울음을 터뜨렸다. 걷잡을 수 없이 격한 울음이어서 차라리 분노로 몸부림치는 듯했다. 나는 진정제를 찾아 방을 나왔다. 조애너는 어찌할 바를 모르고 그저 망연자실 서 있을 뿐이었다.

얼마 안 있어 사레 들린 듯한 목메인 음성이 들려왔다.

"미안해요, 갑자기 울음을 터뜨려서. 멍청한 바보처럼 보이죠?"

조애너가 다정하게 대답했다.

"아니, 괜찮아요, 손수건 빌려줄까요?"

나는 거실로 들어가 미건에게 유리잔을 내밀었다.

"이건 뭐예요?"

"칵테일."

"칵테일? 정말이에요?"

미건의 눈물이 금방 말랐다.

"난 아직 칵테일 같은 건 마셔본 적 없는데……."

"무슨 일이건 처음이란 게 있는 법이지."

미건은 두려워하면서 조심스레 한 입 머금었다. 밝은 미소가 온 얼굴에 퍼져나가는가 싶더니 미건은 고개를 옆으로 돌려 단숨에 잔을 비웠다.

"정말 맛있어요! 한 잔 더 마시고 싶어요."

"그건 안 돼." 내가 고개를 저었다.

"왜요?"

"10분쯤 지나면 저절로 알게 될 거야."

"어머! 그런 거예요?"

미건은 조애너에게 시선을 옮겼다.

"울어서 죄송해요. 어쩐지 갑자기 참을 수가 없었어요. 여기 데려와줘서 속으로 너무 기뻤으면서도 왜 그랬는지…… 난 정말 바보에요."

"너무 마음쓰지 말아요. 우리는 미건이 와 주어서 굉장히 기뻐하고 있으니까." 조애너가 미건을 달랬다.

"기뻐하시다니 설마! 저야말로 뭐라고 감사의 말을 드려야할지 모르겠는걸요."

"무슨 그런 서운한 소릴! 자꾸 그러면 우리가 더 당황하잖아요. 정말이지 우린 미건 양이 와줘서 너무 기쁘니까 그대로 믿어줘요. 오빠와 나는 이미 이야깃거리도 다 떨어져서 피차 할 말도 없던 처지였으니까요."

"이제 미건이 왔으니까 여러 가지 재미있는 화제가 많이 생길 거야. 고네릴과 리건의 이야기도 있고 말이야."

미건의 얼굴이 환하게 빛났다.

"그 이야기라면 그 동안 나름대로 충분히 생각해서 일단 해답을 얻었어요. 결국 모든 원인은 까다로운 아버지의 비위를 맞추느라 두 딸이 늘상 아양을 떨 수 밖에 없었기 때문에 생긴 비극일 거예요. 날이면 날마다 '친절하신 성은에 감사하기 짝이 없다'는 그런 숨막히는 대사만 쏟아놓다보니 결국 자기도 모르게 진절머리가 나서 울컥 말도 안 되는 비상식적인 짓이라도 저지르고 싶어지는 게 사람 마음일 테니까요. 그런데 마침 그런 기회가 왔고, 지금까지 답답하게 쌓여 있던 울분이 한꺼번에 표출되면서 도가 지나친 그런 짓을 하게 되었을 거예요. 따라서 리어 왕이 그런 점에서 너무 엄격하게 굴었던 것은 아닐까요? 그러니 코넬리아에게 호통을 친 것도 알고 보면 딸을 나무랄 게 아니라 오히려 자기 허물을 탓해야 했을 겁니다. ”

“그럴싸하군！”

나는 맞장구를 쳤다.

“앞으로 우리는 셰익스피어에 대해 여러 가지 흥미로운 토론이 가능할 것 같아. ”

“두 사람은 고상한 대화를 즐기는 모양인데, 나로서는 셰익스피어만큼 따분한 이야기도 없다고 생각해요. 모두들 술에 취해 횡설수설하는 지루한 장면이야말로 정말 속이 울컥한다고요. ”

“주정뱅이라고 하니 생각났는데, 괜찮아？ ”

나는 미건을 돌아보았다.

“네. 아무렇지도 않아요. ”

“어지럽지 않아？ 조애너가 둘로 보이지 않느냐고？ ”

“설마요？ 그저 입이 좀 가벼워진 것 같은 생각은 들어요. ”

“다행이군. 아무래도 술이 잘 받는 체질인가봐. 물론 미건이 태어나서 오늘 처음으로 칵테일을 마셨다는 게 사실이라는 전제하에서 하는 말이지만. ”

“어머？ 진짜예요！ ”

“술을 마실 수 있다는 것은 인간의 뛰어난 자질 가운데 하나인 셈이지. ”

조애너가 미건을 2층으로 안내하여 짐을 풀게 했다.

패트리지가 퉁퉁 부은 얼굴로 들어와서 점심으로 커스터드(^{우유와 달걀에 설탕·향미료를 넣어 찌거나 구운 과자})를 2인분밖에 만들지 않는데 어찌하느냐고 물었다.

제6장

1

검사심문은 사흘 뒤에 열렸다. 최대한 엄숙하게 진행되었으나 방청인이 법정을 가득 메웠고, 부인들의 모자가 마치 염주알처럼 쉴 새 없이 흔들리면서 소곤소곤 작은 귓속말들이 새어나왔다.

시밍튼 부인의 사망시각은 오후 3시에서 4시 사이로 추정되었다. 부인은 그때 혼자 집에 있었다. 시밍튼 씨는 사무실에 나갔고, 하녀들은 쉬는 날이어서 뿔뿔이 외출해 버렸고, 엘지 홀랜드는 아이들을 데리고 산책하러 갔으며, 미건은 자전거를 타고 돌아다니고 있었다.

문제가 된 편지는 오후에 배달되었던 모양이다. 시밍튼 부인은 그것을 우편함에서 꺼내 읽은 뒤 흥분상태에 빠져 창고에서 나무벌집을 제거할 때 사용하는 청산가리를 들고 왔고, '도저히 살 수 없다'는 유서를 남긴 뒤 물에 녹여 마셔버렸다는 것이다.

의학적 차원에서 오엔 그리피스가 시밍튼 부인은 원래 신경쇠약 증세가 있었고, 최근에는 기력이 많이 떨어졌다고 내게도 했던 말을 다시 증언했다. 검사관은 점잖고 신중한 인물이었지만 이때만큼은 그

악랄한 익명의 편지를 신랄하게 비평하면서 그런 몹쓸 짓을 한 범인에게 저주를 퍼부었다. 남을 헐뜯는 그 엉터리 편지를 누가 썼는지는 모르겠지만 도덕적으로는 살인죄를 저지른 것이나 다를 바 없으며, 경찰은 신속하게 범인을 체포하기 위해 기소해야 마땅하며, 이런 악랄한 행위는 엄벌에 처해야 한다고 그는 힘주어 말했다. 그리고 검사관의 지시에 따라 배심도 뻔한 평결을 내렸다. 돌발적인 정신이상에 의한 자살이라는 판결이었다.

검시관은 최선을 다했다. 오엔 그리피스도 증언에 전력을 기울였으나, 나는 뒤에서 열성적인 마을 부인들의 무리에 거의 짓눌리다시피 하면서 그녀들이 익숙하게 주고받는 귓속말들을 본의 아니게 함께 경청했다.

"아니 땐 굴뚝에 연기나냐는 말도 있어요!"

"틀림없이 무슨 일이 있었어요, 아니면 왜 자살하겠어요?"

귀를 간지럽히는 숱한 대화를 들으면서 나는 이 좁아터진 림스톡이라는 시골마을이, 소문을 좋아하는 시끄러운 여인네들이 정말이지 딱싫어지고 말았다.

2

지나간 일을 정확하게 연대순으로 기억하기란 좀처럼 쉬운 일이 아니다. 다음으로 특기할 만한 사건은 말할 것도 없이 너시 경감의 내 방이지만, 곰곰이 돌이켜보면 사건과 관계 있는 여러 사람들의 성격이나 인품을 어느 정도 뚜렷이 드러내주던 다른 사람들의 방문도 상당히 중요한 일이라 생각된다.

우선 검사심문이 있은 다음 날 에메 그리피스가 나를 찾아왔다. 변함없이 활기에 넘친 정력적인 모습이었는데, 온 지 얼마 안 되어 나를 곧 불같이 노하게 하는 데 성공했다. 그때 마침 조애너는 외출하고 없어서 내가 그녀를 접대했다.

"안녕하세요？" 그리피스 양이 인사했다.

"당신이 미건 헌터를 이곳에 데려왔다고 하더군요？"

"네."

"친절한 분들이어서 그렇게 하셨겠지만 꽤 귀찮은 일이셨겠죠？ 당신들만 괜찮으시다면 제가 대신 그 애를 돌볼까 싶어서 데리러 왔어요. 저라면 미건에게 가사를 돕게 한다거나 하면서 좀더 효과적으로 사용할 수 있을 테니까요."

너무나 기가 막혀 나도 정색을 하고 그녀를 바라보았다.

"그렇습니까？ 하지만 미건이 여기 있어서 우리도 기쁩니다. 그녀도 한가롭게 쉴 수 있어서 다행인 것 같고요."

"당연하죠. 본래 빈둥빈둥 노는 걸 좋아하니까. 하긴 어쩔 수 없는 일이기도 하죠, 미건은 저능아니까."

"아닙니다. 미건은 상당히 머리가 좋답니다." 내가 반박했다.

에메 그리피스는 어안이 벙벙한지 나를 노려보았다.

"미건을 그렇게 칭찬하는 사람은 내 평생 처음이군요. 어쨌든 남이 뭐라고 하건 도무지 무슨 생각을 하는지 모를 맹한 얼굴을 하고 빤히 쳐다만 보는데는 사람이 아주 환장하죠！"

"그것은 아마 당신이 하는 말에 미건이 별로 흥미가 없어서 그럴 겁니다."

"만약 그렇다면 그야말로 실례가 아니겠어요？"

"그럴지도 모르죠. 하지만 저능아라고는 보기 어려울 겁니다."

그리피스 양은 얼굴이 벌개졌다.

"어딜 보나 그 애가 멍청한 건 사실이에요！ 그리고 미건에게 절대 필요한 것은 열심히 일하는 것이고요. 그런 아이에게는 인생에 흥미를 가질 수 있도록 일을 시켜야 해요. 노동이 미건을 얼마나 바꿰놓을 수 있을지 당신은 생각도 못하겠지만 소녀클럽에 가입하는 것만으로도 깜짝 놀랄 만큼 달라질 거예요. 어쨌든 미건도 더 이상 건들건들 놀기만 할 나이는 지났다고요!"

"그녀에게 일을 시키는 것은 아직 무리일 겁니다. 시밍튼 부인도 미건을 아직 20살 어린애로밖에 보지 않았으니까요."

그리피스는 콧방귀를 뀌었다.

"그 여자의 그런 태도는 예전부터 마음에 들지 않았어요. 허긴 이미 죽은 사람을 무어라 헐뜯는 것도 썩 내키는 일은 아니지만 그녀야말로 무지한 가정주부의 전형이었다고요. 브리지 게임에서 남의 말이나 하고, 제 자식들 돌보는 정도가 고작인 여자였으니까요. 아니, 그것조차도 홀랜드 양에게 전부 떠맡기고 있었잖아요. 하지만 나는 그 여자를 깊이 알고 있지는 않습니다. 그 비밀도 마찬가지고요."

"비밀?"

내가 바로 되물었다.

그리피스는 얼굴을 붉혔다.

"검사심문에서 그것이 분명하게 드러났을 때의 딕 시밍튼 씨 기분을 생각하면 정말이지 가엾기 그지없어요. 틀림없이 굉장히 괴로워했을 겁니다."

"하지만 당신도 들었겠지만 그 편지에 적혀 있는 일은 모두 엉터리라고 그가 또렷이 증언하지 않았습니까?"

"그야 물론 그렇게 말했지요. 당연한 일 아닙니까, 그렇게 말하는 것이? 남자로서 자기 아내를 감싸는 것은 당연한 일이니까요. 딕이라면 그렇게 하고도 남을 남자에요."

나로서는 상당히 뜻밖의 말이었다.

"그래요? 당신 오빠가 이곳에서 병원을 연 것은 불과 4, 5년 전이라고 하던데?"

"네, 그렇긴 합니다만 딕 시밍튼 씨는 우리가 북부에 살 때부터 자주 놀러오곤 했으니까요. 아주 오랜 옛 친구랍니다."

여자들이 하는 이야기는 때때로 남자들이 좀처럼 이해하기 어려울 정도로 비약하곤 한다. 나는 갑자기 변해버린 그녀의 목소리에서, 우리 할머니가 곧잘 쓰시던 표현대로 무언가 '핑하고 뇌리를 스쳐가는 어떤 강렬한 느낌'을 받았다.

나는 흥미로운 눈길로 에메를 지긋이 바라보았다. 그녀는 아무 눈치도 못채고 이야기를 계속했다.

"그러니 나는 딕을 잘 알고 있어요. 그는 자존심도 강하고 신중한 성격이지요. 그리고 굉장히 질투가 강한 남자이기도 하고요."

"아하! 그래서 시밍튼 부인은 남편에게 편지를 보이거나 그와 상의할 생각을 못한 거군요. 워낙 질투가 강해서 아무리 편지 내용을 부정해도 남편이 믿어줄 것 같지 않아서 말이죠?"

그리피스는 답답하다는 듯이 경멸어린 눈길로 나를 보았다.

"천만에요. 누군가가 자기를 헐뜯는다고 청산가리를 마실 사람이 어디 있겠어요?"

"하지만 검사관은 그렇게 말하지 않았습니까? 당신 오빠도 그랬고요."

에메는 내 말을 가로막았다.

"남자들이란 모두 한결같군요. 번지르르한 말만 늘어놓고. 하지만 나는 그런 말은 절대 못해요. 본래 체질이 아니거든요. 결백한 여자라면 엉터리 험구를 쓴 익명의 편지를 받으면 그냥 코웃음을 치며 무시하는 법 아니에요? 나……."

그녀는 갑자기 말을 끊더니 말투를 달리했다.

"나라면, 아마 그렇게 할 겁니다."

그리피스는 애써 말투를 바꾸었지만 그녀가 처음에 하고자 한 말은 '나는 그렇게 했어요'라는 것임을, 나는 그 말투에서 충분히 느낄 수 있었다.

나는 상대에게 전쟁을 선포하겠다고 마음을 굳혔다.

"그렇군요, 그럼 당신에게도 편지가 왔던 모양이군요?"

에메 그리피스는 천성적으로 거짓말을 못하는 여자였다. 그녀는 잠시 머뭇거리더니 얼굴을 붉히며 대답했다.

"네. 하지만 그런 것은 전혀 신경도 쓰지 않았다고요."

"아주 불쾌한 편지였지요?"

같은 재액을 당한 피해자 입장에서 그녀를 동정하며 물었다.

"네. 그런 편지는 대개 그런 식이지요. 미치광이의 헛소리가 적혀 있었어요. 나는 첫머리만 읽고도 어떤 편지인지 짐작이 가서 바로 둘둘 말아서 쓰레기통에 버리고 말았어요."

"그 편지를 경찰서에 가져갈 생각은 못하셨나요?"

"그때는요, 그저 묵살하는 게 가장 좋은 방법이라고 생각했거든요."

나는 '아니 땐 굴뚝에 연기나랴?'는 속담이 목구멍까지 치밀어올랐으나 간신히 꿀꺽 삼키고, 그 유혹에서 벗어나려 화제를 미건으로 돌렸다.

"당신은 미건의 재산이 어떻게 되어 있는지 혹시 아십니까? 물론 단순한 호기심에서 묻는 것이 아니라, 그녀가 일하지 않으면 안 될 처지인지 어떤지 알고 싶어서 그러는 겁니다."

"아마 그렇지는 않을 겁니다. 그 애의 할머니, 그러니까 아버지의 어머니이신 친할머니가 유산을 조금 남겨주었으니까요. 게다가 의붓아버지가 의식주는 해결해주고 있으니까 설령 어머니로부터 유산을 한푼도 못 받는다손 치더라도 당장 생활이 어려워지는 일은 없을 겁니다. 하지만 사람이 일을 한다는 것은 그보다 훨씬 본질적인 문제이지요."

"본질적이라니요?"

"네. 남녀를 불문하고 일을 한다는 것은 그 자체에 중요한 의미가 있습니다. 아무것도 하지 않는다는 것은 그야말로 용서받기 힘든 죄악이니까요."

"에드워드 그레이 경은 외무장관까지 된 인물이지만 옥스퍼드 대학에 다닐 때만 해도 게으름만 피우다 결국 퇴학까지 당했고, 워싱턴공(公)도 학교 다닐 때는 공부를 게을리했던 모양이더군요. 게다가 빈둥빈둥 노느라 퇴학 직전까지 간 조지 스티븐슨이 주전자에서 수증기가 올라오는 것을 부엌에서 멍하니 바라보고 있지 않았다면, 당신은 아마 멋진 급행열차를 타고 런던으로 가는 것은 꿈도 못 꾸었을지 모르지요."

에메는 단지 콧방귀만 뀔 뿐이었다.

"위대한 발명이나 천재의 업적 가운데 대부분은 자발적이든 강제적이든 간에 하여간 게으름을 부리다 덤으로 얻은 것이 많다는 게 제지론입니다."

나는 다소 웅변조로 떠들었다.

"인간들은 대개 남의 생각대로 움직이면서 잘난 척하는 거만을 떨고 있습니다만, 그런 습관만 없다면 저절로 자기 스스로 생각하고 자기 의지대로 생활할 수 있을 겁니다. 그런 태도야말로 독창적인 생각을 낳고, 존경할 만한 결과를 낳는 모태가 된다고 봅니다. 특히……"

나는 에메가 또다시 콧방귀를 뀔 틈을 주지 않으려고 서둘러 말을 맺었다.

"예술은 더욱 그러하지요."

나는 일어나서 삶의 좌우명처럼 삼고 있는 중국의 수묵화를 책상 서랍에서 꺼냈다. 한 노인이 나무그늘에 앉아서 손끝과 발끝으로 새끼돼지와 매듭끈을 갖고 장난치는 수묵화의 복사본이다.

"중국박람회에서 처음 보았는데 제가 굉장히 좋아하는 그림이랍니다. 제목은 '한가로운 노인'이라는 그림이지요."

에메 그리피스는 내가 좋아하는 그 그림을 보고도 별로 감흥이 없는 눈치였다.

"영락없이 중국인이 할 만한 짓이군요!"

"당신은 별로 재미없는 모양이네요?" 내가 물었다.

"예에, 나는 예술 따위에는 거의 흥미가 없어서 말이지요. 버튼 씨, 당신도 대부분의 남자들처럼 여자가 일하는 것을 싫어하는 모양이군요. 여자가 남자와 함께 직장에서 서로 경쟁하는 것을 말이에요?"

나는 절대 페미니스트는 아니라고 믿고 있었지만, 그녀의 위압적인 기세에 눌려 감히 반론할 기력을 잃어버렸다. 그녀는 뺨을 붉게 물들이면서 열변을 토했다.

"여자가 직업을 갖는다는 사실이 당신에게는 못 믿을 일로 여겨지나 본데, 제 부모님도 그랬어요. 나는 의사가 되려고 의과 대학에 들어가고 싶었지만 부모는 제게 학비를 대줄 생각은 꿈에도 안하셨어요. 오빠에게는 기꺼이 학비를 대주었으면서도 말이에요. 만일 내가 의과 대학에 진학했더라면 오빠보다 훨씬 훌륭한 의사가 되었을 거라고 나는 생각해요."

"그것 참 유감이군요. 참으로 괴로웠겠어요. 자기가 하고 싶은 일을 할 수 없다니……."

나는 간신히 그렇게 대꾸했다. 그러나 곧 그녀가 말을 가로막았다.

"아닙니다. 지금은 이미 그런 생각 따위 하지 않습니다. 의지가 강한 덕택에 생활에 활력이 생기고 매일 바쁘게 일하고 있으니까요. 아마 림스톡에서는 가장 행복한 여자가 아닐까 싶거든요. 그러나 여자는 무조건 가정에만 틀어박혀 있어야 한다는 낡은 생각에는 전 절대로 동의할 수 없답니다."

"저도 물론 그런 소리를 하고 있는 것이 아닙니다. 무엇보다 미건 도 별로 가정적인 여자라고는 생각되지 않으니까요."

"네, 맞아요. 어딜 가건 절대 적응하지 못할 아이입니다."

평정을 되찾은 에메의 말투가 온화해졌다.

"그 애 아버지에 대해서는 당신도 잘 아실 테니까요."

그리피스는 의미심장한 말투로 말꼬리를 흐렸다. 나는 조금 퉁명스 럽게 대꾸했다.

"아니, 모릅니다. 모두들 걸핏하면 '그 애 아버지는' 하면서 말꼬리 를 흐리는데 도대체 그 애 아버지가 무슨 짓을 했다는 겁니까? 아 직 살아 있습니까?"

"글쎄요. 잘은 모르지만 꽤 질이 나쁜 사람이었던가 봐요. 지금은 교도소에 들어가 있다든가 하는 소리는 들었어요. 한마디로 성격파 탄자였어요. 그러니 미건이 남들과 조금 다른 것도 사실 하등 이상 할 게 없는 일이지요."

"하지만 나는 미건이 감각이 예리하고 상당히 영리한 아이라고 생 각합니다. 여동생도 그렇게 생각하고 있어서 그 애를 굉장히 좋아 하지요."

에메가 정색을 하고 말했다.

"당신 여동생은 심심해 하지 않나요?"

나는 그녀의 말투에서 또 다른 의미를 읽었다. 에메 그리피스는 내 여동생이 아주 싫은 것이다.

"두 분 모두 이런 시골에서 잘도 견딘다고 모두 기이하게 생각하고 있어요. "

마치 질문처럼 느껴졌으므로 나는 어떤 대답이든 해야만 했다.

"의사의 명령이랍니다. 어딘가 조용하고 아무 변화가 없는 장소에서 한가롭게 정양하라고 말이지요. "

나는 잠시 말을 멈추었다가 다시 덧붙였다.

"그런데 지금의 림스톡을 보면 별로 적합한 장소라고는 할 수 없을 것 같군요. "

"네에, 정말입니다. "

그녀도 한숨처럼 대답하면서 자리에서 일어났다.

"어떤 일이 있어도 그런 악랄한 짓은 당장 그만두게 하지 않으면 안 돼요! 더 이상 방관할 수는 없으니까요. "

"경찰이 수사를 시작하겠지요? "

"아마 그럴 겁니다만 저는 우리 손으로 그 범인을 잡아야 한다고 생각한답니다. "

"하지만 역시 전문가가……. "

"천만에요! 우리의 두뇌와 감각이 그들보다는 훨씬 뛰어나답니다. 단지 굳은 결의가 필요할 뿐이지. "

그녀는 당돌하게 인사를 하고는 돌아가버렸다.

조애너와 미건이 산책에서 돌아왔을 때, 나는 조금 전의 그 그림을 미건에게 보여주었다. 미건은 눈을 반짝이며 감탄했다.

"놀라워라! 마치 천국같군요. "

"그렇지? 나도 그렇게 생각해. "

미건의 이마에 특유의 주름이 잡혔다.

"하지만 어려운 일 아닐까요? "

"무엇? 게으름 부리는 것? "

"아니요, 게으름이 아니라 뭐랄까, 그러니까 저, 유유하게 여가를 즐기는 것 말이에요. 하지만 그건 상당히 오랜 세월이 흘러야……
…."

그녀는 설명할 길이 없는지 말문을 닫았다. 내가 대신 말해보았다.

"그가 노인이어서?"

"아니에요, 그런 의미가 아니에요. 나이가 어떠니 하는 그런 말이
아니라 예로부터…… 아아, 뭐라고 표현해야 좋을까…….."

"흐음, 알겠다! 그러니까 이런 그림을 그릴 수 있을 정도가 되자
면 상당히 고도의 문명이 필요하다는 말이로군. 그렇다면 내가 중
국의 시를 영역한 것을 몇 개 읽어줄까? 구질구질하게 설명하느니
보다 그 편이 훨씬 이해가 쉬울 테니까."

3

그날 오후 나는 마을에서 시밍튼과 마주쳤다.

"따님을 잠시 저희 집에 데리고 왔는데 괜찮겠습니까? 여동생의
말동무로도 적격이고 해서요. 조애너는 친구가 없어서 외로워했거
든요."

"아, 미건 말씀이군요. 네, 괜찮고말고요. 도리어 이쪽이 감사하
죠."

나는 그때 시밍튼에 대해 반감 비슷한 감정이 일었다. 그는 미건이
라는 존재를 까맣게 잊고 있는 것처럼 보였다. 만약 그가 미건을 싫
어한다고 해도──남자들은 종종 전부인의 자녀들에 대해서는 미워
하기도 하는 법이니까──나는 전혀 개의치 않았겠지만, 그는 싫어
하는 게 아니라 아예 완전히 잊고 있었던 것이다. 마치 개에 전혀 관
심없는 사내가 자기 집에서 키우고 있는 개를 대하는 태도와도 비슷
했다. 문득 걸음에 채여 살펴보니 거기 개가 있어 버럭 역정을 내든
가, 아니면 쓰다듬어 주었으면 하고 펄쩍 달려드는 그 순간만 개를

잠시 귀여워해주는 그런 태도였던 것이다. 나는 의붓자식에 대한 시밍튼의 태도에 적잖게 짜증이 났다.

"당신은 따님을 앞으로 어떻게 하실 생각입니까?"

"어떻게 하다뇨?"

그는 놀랐는지 목소리가 높아졌다.

"그야 물론 앞으로도 우리와 함께 살게 되겠지요. 그 애 집이니까."

내가 좋아하는 할머니는 이따금 기타를 치면서 아주 오래된 노래를 불렀는데, 나는 그 순간 문득 할머니의 노래 가운데 마지막 구절이 떠올랐다.

사랑스런 그대여, 나 이제 여기 없네
바다에도 땅에도 내 살 집 없으니
그저 그대 가슴에 머물러 쉴거나

나는 그 노래를 웅얼거리면서 집으로 돌아왔다.

4

차를 마시고 나니 에밀리 버튼이 찾아왔다.

뜰을 둘러보려고 온 것이다. 그래서 우리는 함께 뜰을 거닐면서 30분가량 이야기를 나누다 다시 안으로 들어왔다.

부인은 이내 말소리를 죽였다.

"그 애도 참 가엾게 되었어요. 아무래도 그 때문에 상당한 충격을 받았겠지요?"

"어머니가 돌아가신 것 말입니까?"

"네. 물론 그것이지요. 하지만 내가 정작 문제로 삼고 있는 것은 그 뒤에 숨겨진 비밀을 말하는 겁니다."

나는 호기심을 참지 못하고 부인의 반응을 시험해보았다.

"부인은 어떻게 생각하십니까? 그게 사실이라고 봅니까?"

"아니에요. 설마 그런 일은 절대 없으리라 생각해요. 시밍튼 부인이 그런…… 남편 역시 마찬가지고요……."

에밀리 버튼은 얼굴을 핑크빛으로 살짝 붉혔다.

"아마 거짓말이겠지요…… 하지만 어쩌면 천벌을 받은 건지도 모르지요."

"천벌이라고요?"

나는 내 귀를 의심하며 되물었다.

에밀리 버튼의 얼굴이 한층 더 붉어지더니 드레스덴 도자기의 양치기 소녀의 뺨처럼 변해갔다.

"나는 그 놀라운 편지며, 그 때문에 여러 사람이 받고 있는 고통과 슬픔 등은 모두 어떤 뚜렷한 목적으로 우리에게 주어진 것이라 생각합니다."

"당연한 말씀입니다. 그 편지는 분명 어떤 목적을 노리고 보내진 것이니까요."

나는 우울하게 대답했다.

"아닙니다. 당신은 아직 잘 모르고 있어요. 나는 그 편지를 쓴 몹쓸 사람을 가리키는 것이 아닙니다. 물론 그런 편지를 쓴 사람이라면 보통 타락한 인간이 아니겠지만서도요. 하지만 나는 그 편지가 신의 섭리에 의해 보내지고 있다고 생각한답니다. 우리가 저지른 낱낱의 죄상을 깨닫게 하기 위하여 신께서 보내시는 거라고 말입니다."

"전지전능한 신이라면 좀더 세련된 징벌을 하셔도 좋을 것 같지 않습니까?"

나는 의문을 제기했다. 그러나 에밀리는 신은 늘 수수께끼 같은 행동을 하시는 법이라고 담담히 대답했다. 내가 반론했다.

"인간은 자기 멋대로 저지른 나쁜 짓까지 신 때문에 그랬다고 변명하는 경향이 있습니다. 그러나 악마라면 또 몰라도 신께서 정말로 우리를 벌할 필요는 없지 않을까요? 그렇지 않아도 우리는 이미 충분히 서로를 괴롭히는 일에 최선을 다하고 있으니까요."

"하지만 그 말씀이 맞다면 왜 그런 일을 할까요?"

나는 어깨를 으쓱했다.

"아마 정신병이겠죠."

"가엾게도!"

"가엾다기보다는 정말로 저주받아 마땅한 몹쓸 녀석이지요."

부인의 뺨에서 단숨에 핏기가 가시더니 극단적으로 창백해졌다.

"하지만 왜, 도대체 무엇이 재미있어서 그런 짓을 하는 걸까요?"

"유감스럽게도 당신이나 나로서는 도저히 이해도 못할 아주 기이한 심리 때문이겠지요."

에밀리 버튼은 다시 목소리를 낮췄다.

"다들 크리트 부인의 짓이라고 소문이 자자해요. 설마 그럴 리야 없겠지만."

나는 고개를 저었다. 부인은 초조하게 말했다.

"이런 일은 한 번도 없었어요. 제가 알기로는 전혀 없었다고요. 작고 평화로운 마을이었죠. 만약 제 어머니가 살아계셨더라면 과연 뭐라고 하실까요. 다행히 이런 험한 꼴을 보시지 않게 되어 천만다행입니다."

나는 그녀의 어머니가 굉장한 여자였다는 사실을 알고 있었으므로, 만약 그분이 살아계셨다면 이 놀라운 사건을 앞에 두고 아주 기뻐하셨을 거라고 생각했다.

에밀리 부인은 말을 계속했다.

"정말이지 그 편지는 아주 질색하겠더군요!"

"그럼 부인도 그 편지를 받으셨군요?"

그녀의 얼굴이 금세 새빨갛게 타올랐다.

"아니에요, 천만의 말씀을! 그런 걸 누가 받아요? 절대 아니에요!"

나는 완강한 반응에 놀라 실수를 사과했으나, 부인은 완전히 낭패한 기색으로 서둘러 돌아가버렸다.

응접실로 들어가보니 막 불을 붙인 난로 앞에 조애너가 서 있었다. 해질녘이면 꽤 쌀쌀하게 느껴지는 요즘 날씨였다.

편지 한 통을 손에 들고 망연히 서 있던 동생은 갑자기 획 뒤로 돌아보았다.

"오빠! 이게 또 우편함에 들어 있었어요, 누군가가 던져놓고 갔나봐요. 글쎄, 시작부터가 '이봐, 매춘부'에요!"

"그 밖에는 어떤 말이 적혀 있니?"

조애너가 얼굴을 찌푸리며 편지를 내밀었다.

"전과 같은 험구에 악담이죠."

그녀는 편지를 난로에 집어던졌다. 나는 등줄기에 통증이 달릴 정도로 신속하게 몸을 날려 불에 떨어지기 직전에 편지를 낚아챘다.

"태워선 안 돼. 혹시 필요할지도 모르니까."

"필요하다니요?"

"경찰이 조사하는 데 말이야."

5

다음 날 아침 너시 경감이 나를 찾아왔다. 나는 만나자마자 그 경감에게 호감을 느꼈다. 지방경찰 수사주임 치고는 최고의 인물일 것이다. 키가 크고 군인처럼 단단한 체격, 조용하고 사려깊은 눈매, 솔직하고 겸허한 태도.

그가 말했다.

"안녕하세요, 버튼 씨? 아마 당신은 내가 왜 찾아왔는지 아실 겁니다."

"그렇게 말씀하시는 걸 보니 그 편지 때문이군요."

그는 고개를 끄덕였다.

"당신도 그런 편지를 받았다고 하던데?"

"네. 여기 도착한 지 얼마 안 되어서죠."

"무슨 내용이 적혀 있던가요?"

나는 잠시 기억을 더듬어 그 편지 내용을 되도록 최대한 정확히 전했다.

그동안 경감은 무표정한 얼굴로 잠자코 내 말에 귀를 기울였다. 이윽고 내 이야기가 끝나자 그가 말했다.

"그랬군요. 그럼 그 편지는 없애버렸나요?"

"네. 버렸습니다. 너무 황당한 내용이어서 이 고장에 흘러들어온 외부인에 대한 짓궂은 환영인사 정도로만 여겼으니까요."

경감이 커다랗게 고개를 끄덕였다.

"유감이군요."

"하지만 어제 여동생이 또 그런 편지를 받아서, 자칫하면 불에 타버릴 뻔했지만 다행이 제가 잘 보관해두었습니다."

"정말 다행이군요. 잘 생각하셨습니다, 버튼 씨."

나는 열쇠로 책상서랍을 열었다. 패트리지의 눈에 띄는 것이 달갑잖아서 신중하게 보관했던 것이다. 나는 편지를 너시 경감에게 건네주었다.

경감은 빠르게 한 번 읽어내리더니 고개를 들고 나에게 질문했다.

"전에 받았던 편지와 거의 비슷하지 않습니까?"

"네. 대체로 비슷하다고 생각합니다."

"봉투나 본문도요?"

"네. 전에도 봉투의 이름은 타이프로 찍혀 있었고, 내용은 인쇄된 글자를 오려서 붙인 것이었어요."

너시 경감은 고개를 끄덕이더니 편지를 호주머니에 집어넣었다.

"그런데 대단히 미안한 부탁입니다만 크게 지장이 없으시다면 저와 함께 경찰서로 가주시지 않겠습니까? 두세 분을 한자리에 모시고 여러 가지 의논을 좀 드리고 싶어서 말입니다. 그 편이 시간도 절약되고 성과도 있을 것이라 생각됩니다만?"

"알겠습니다. 그렇게 하지요. 지금 당장 가는 겁니까?"

"네."

현관에 경찰차가 서 있었다. 우리는 그 차를 탔다.

"범인이 잡히겠습니까?" 내가 물었다.

"물론 잡힙니다. 단지 시간이 문제죠. 이런 사건은 일이 많아서 서서히 그물을 좁혀가는 식이니까요."

"소거법(消去法)으로 말인가요?"

"뭐, 비슷합니다. 상투적인 수단이지요."

"우편함을 감시한다거나 타이프라이터나 지문, 또는 그 밖의 단서를 하나씩 찾아가는 것이군요?"

경감은 빙긋 웃었다.

"말씀하신 대로입니다."

경찰서에 가보니 시밍튼과 그리피스가 이미 와 있었다. 나는 곧 키가 크고 얼굴이 긴 사복 차림의 그레이비즈 경감에게 소개되었다.

"런던에서 도우러 오신 그레이비즈 경감입니다. 익명의 편지 사건에 대해서는 손꼽히는 전문가이기도 하지요."

그레이비즈 경감은 어쩐지 쓸쓸한 미소를 지었다. 오로지 익명의 편지를 보낸 범인만 쫓는 생활이라니 과연 진절머리가 날 정도로 사람이 어두워지는 모양이라고 나는 생각했다. 그러나 경감에게는 쓸쓸함과 더불어 어떤 독특한 정열도 함께 지니고 있었다.

"이런 사건은 모두 엇비슷한 경향을 가지고 있어요."

사냥감이 없어서 기운없는 사냥개처럼 경감은 슬픈 목소리로 말했다.

"참으로 놀랄 일이지만 문장이나 내용 할 것 없이 모두 대동소이하답니다."

너시 경감이 끼어들었다.

"2년 전에도 역시 비슷한 사건이 있었는데, 그때도 그레이비즈 경감에게 응원을 요청했답니다."

그레이비즈 앞에 놓인 책상 위에 편지가 여러 통 펼쳐져 있었다. 그는 지금까지 그것을 조사했던 모양이다.

"문제는 어떻게 편지를 우리 손에 넣는가 하는 것입니다. 대개의 사람들은 바로 불에 태워버리거나 그런 편지를 받은 사실을 숨기려 하거든요. 바보 같은 생각이지만 경찰과 연관되는 걸 무조건 겁내고 피하는 사람이 많아서지요. 이 고장 사람들은 아직도 생각이 보수적이어서⋯⋯."

"하지만 꽤 모았답니다." 그레이비즈가 말했다.

너시는 내가 건네준 편지를 호주머니에서 꺼내 그레이비즈에게 가볍게 집어던졌다. 그레이비즈는 편지를 단숨에 읽어내리더니 다른 것들과 함께 정리해서 기쁜 듯이 가볍게 고개를 끄덕였다.

"잘됐군! 고마운 일이야."

내게는 눈곱만큼도 고마운 편지가 아니었건만 경감에게는 나름의 무언가가 보였던 모양이다. 그런 비열하고 악의에 찬 물건을 보고 기뻐하는 사람도 있다는 것을 알고 나는 어쩐지 흥미가 일었다.

"이만큼 모았으면 무슨 수가 나도 나겠지."

그레이비즈 경감이 말했다.

"만약 앞으로도 또 편지를 받으면 꼭 들고 오십시오. 그리고 혹시 다른 사람이 그런 편지를 받았다는 소식을 들으면 꼭 얻어 오십시오. 아마 의사 선생이시니 환자로부터 그런 이야기를 들을 기회가 많으리라 여겨지는데, 부디 설득해서 꼭 경찰서로 갖다 주십시오. 그럼 지금까지 손에 넣은 편지로는," 그는 능숙하게 손끝을 움직여 편지를 분류하면서 말했다. "약 두 달 전에 받은 것입니다만 시밍튼 씨에게 온 편지, 그리고 그리피스 씨, 긴티 양, 정육점의 매디 부인, '세 임금님'의 종업원인 제니퍼 클락 양, 시밍튼 부인, 그리고 어제 버튼 씨에게 도착한 편지…… 그리고 은행 지배인에게 온 편지도 있지요. 대충 이 정도입니다."

"꽤 많이 모으셨군요!" 내가 감탄했다.

"이것과 상당히 비슷한 사건이 있었는데 결국 모자가게 여주인이 범인으로 밝혀졌지요. 하지만 이런 종류의 사건은 노잔버랜드의 어느 여학생이 쓴 편지가 시초이고, 그 뒤에 나온 것은 모두 이를 모방한 아류라고 해야겠지요. 너무 단순하고 획일적이어서 아주 지겨운 사건이랍니다. 그러니 가끔은 새로운 수법도 좀 나와서 다소 설렘이라도 생기면 좋으련만……."

"태양 아래 새로운 것은 아무것도 없다는 말이 진실인가요?" 내가 물었다.

"정말 그렇습니다. 우리가 하는 일은 거의 변화가 없는 똑같은 일 뿐이니까요."

너시도 한숨을 쉬었다. "그래요, 정말입니다."

시밍튼이 질문했다.

"범인에 대해 무슨 짐작되는 단서라도 찾으셨습니까?"

그레이비즈는 기침을 한 뒤 해설을 시작했다.

"이 편지들은 모두 어떤 공통점을 갖고 있습니다. 참고할 정도로만 잠시 설명해드리지요. 이 편지에 붙어 있는 글자는 모두 어떤 인쇄된 책에서 오려낸 것입니다. 얼핏 보아도 한 1930년대쯤에 출판된 오래된 책이군요. 그런데 왜 굳이 책에서 글씨를 오려내는가 하면 필적에서 꼬리가 잡힐 걸 염려하기 때문인데, 요즘은 아무리 필적을 조작한다 하더라도 곧 들키고 만다는 것을 잘 알고 있는 거지요. 또한 편지나 봉투에는 제대로 된 지문이 전혀 남아 있지 않습니다. 기껏해야 우편배달부의 지문이나 받은 사람, 또는 전혀 관련이 없는 사람들의 지문은 있지만 모든 편지에 공통되는 지문은 찾아볼 수 없습니다. 따라서 편지를 보낸 사람은 장갑을 끼고 있었다는 말이 되지요. 봉투에 찍힌 글자를 살펴보면 윈저7형(型)의 낡은 타이프라이터로 친 것으로, a나 t가 행에서 조금 튀어나와 있습니다. 그리고 편지의 대부분은 마을 우체통에 들어 있었고, 그 가운데는 받는 사람의 우편함에 직접 넣은 것도 있습니다. 따라서 편지의 출처는 이 마을이 분명합니다. 그리고 보낸 사람은 여자이고요. 제 생각에 그 여성은 아마 중년 또는 그 이상의 연령으로 짐작되며, 단언하기는 어렵습니다만 아마 미혼이라고 생각합니다."

우리는 잠시 놀라움에 입만 쩍 벌리고 있었다. 이윽고 내가 먼저 말했다.

"타이프라이터가 가장 유력한 단서가 되겠군요. 그럼 작은 마을이니 크게 어려울 일은 없겠군요?"

그레이비즈 경감은 슬프게 고개를 저었다.

"유감스럽지만 잘못 짚으셨습니다."

너시 경감이 대신 설명했다.

"그 타이프라이터는 싱겁게도 너무 간단히 밝혀졌답니다. 처음에는 시밍튼 씨의 사무실에서 사용하던 낡은 타이프였는데 오래 전 부인 회관에 기증했다고 하더군요. 그러니 누구라도 용이하게 사용할 수 있답니다. 이 마을의 부녀자라면 누구나 빈번히 회관에 발걸음을 하니까요."

"하지만 타이프라이터를 치는 방법이라든가 하는 어떤 버릇에서 무언가 단서가 잡히지 않겠습니까?"

그레이비즈는 여전히 별 감흥 없이 고개를 끄덕였다.

"네, 물론 그건 그렇습니다만 여기 있는 편지봉투는 모두 손가락 하나로 타이프를 친 것입니다."

"그렇다면 범인은 타이프라이터를 잘 다루지 못하는 사람이라는 말씀이시군요?"

"아니, 꼭 그렇게 단정짓기는 어렵습니다. 범인은 타이프라이터를 잘 치면서 일부러 그렇게 한 것인지도 모르니까요."

"만약 그렇다면 상당히 교활한 사람이군요!"

"네, 그렇겠지요. 그런 세세한 점까지 치밀하게 생각한다면 만만히 볼 상대는 아닌 셈입니다." 그레이비즈가 대답했다.

"하지만 이런 시골에 그 정도로 머리가 좋은 여성이라니 좀처럼 상상하기 어렵군요."

그레이비즈는 기침을 했다.

"딱 부러지게는 말씀드릴 수 없지만, 어쨌든 이 편지는 일단 교육을 받은 여성에 의해 만들어진 것일 겁니다."

"호오! 인텔리 숙녀란 말씀이시군요?"

숙녀란 말을 나는 이미 몇 년간이나 사용한 적이 없었는데 그때는 내 입에서 불쑥 그 말이 튀어나왔다. 아득한 과거에서 날아오는 듯한 울림을 주는 말이었다. 그리고 잘난 척하는 할머니의 거만한 목소리

도 귓전에 따라와 같이 맴돌았다. ——'이런 짓을 하는 여자를 절대 숙녀라고는 할 수 없단다.'

너시는 금방 내 말을 이해했다. 숙녀라고 하는 말이 그에게는 아직 상당한 가치를 지닌 듯했다.

"반드시 숙녀라고는 할 수 없겠지만 그렇다고 무지렁이 촌여자라고 도 볼 수 없겠지요. 이 근처에서는 무학 문맹인 사람들도 많지만 말입니다. 글자도 못 쓰고, 제대로 대화도 못하는 그런 사람은 아 닐 겁니다."

나는 입을 다물었다. 범인이 크리트 부인처럼 교활하고 음험한 편 집중 환자라는 생각이 들었기 때문이다. 아니, 무의식적으로 나는 크 리트 부인의 얼굴을 떠올리고 있었다.

시밍튼이 나를 대신해서 말했다.

"그럼 용의자는 반 정도로 숫자가 줄어들겠군요!"

"그렇습니다."

"하지만 과연 그럴까요?"

그는 물끄러미 앞을 바라보면서 다소 말하기 거북하다는 듯이 어렵 게 입을 열었다.

"당신은 제가 검사심문에서 증언한 내용을 들으셨을 줄 압니다. 당 신은 제가 행여라도 아내의 추억을 더럽히지 않기 위해 그렇게 증 언했다고 생각하고 계실지 모르겠습니다만, 아내가 받은 편지에 적 힌 그런 내용은 전혀 어처구니없는 거짓말이라는 것을 저는 지금도 확신하고 있습니다. 굉장히 신경이 예민한 환자니 뭐니 합니다만 제 아내는 어떤 면에서 굉장히 조신한 여자였습니다. 그러니 그런 편지에 갑자기 흥분하여 그런 일을 저질렀다고 생각합니다. 게다가 체력도 약했고요."

그레이비즈는 즉시 대답했다.

"그렇겠지요, 저도 말씀대로라고 생각합니다. 여기 있는 편지 그 어느 것에도 상대의 사정을 진짜로 알고 있는 흔적은 전혀 없으니까요, 따라서 모두 중상이고 모략입니다. 협박하려는 것도 아니고, 또한 종교적 편견에서 그런 허튼 소릴 한 것도 아닌 듯합니다. 지금까지 제가 다룬 사건 가운데서는 이따금 그런 사건도 있었지만, 여기 있는 편지에서 느낄 수 있는 것은 한마디로 성적 편견과 악의 뿐입니다. 따라서 범인의 목적이 무엇인지도 대충 짐작이 갑니다."

시밍튼이 벌떡 일어섰다. 늘 냉정하고 무표정한 사내였으나 지금은 입술마저 격렬하게 떨리고 있었다.

"그런 못된 편지를 보낸 악마를 한시라도 빨리 잡아주십시오! 그놈이 제 아내를 죽였습니다. 아내를 칼로 찔러 죽인 거나 마찬가지라고요."

그는 잠깐 말을 끊었다.

"그놈은 과연 지금쯤 어떤 기분으로 있을까요?"

그는 그런 물음만 남기고 밖으로 나가버렸다.

"정말이지 어떤 기분일까요?" 나도 다시 되물었다. 어쩐지 그 레이비즈가 대답을 알고 있을 듯한 기분이 들었던 것이다.

"신만은 대답을 아시겠죠. 어쩌면 후회할지도 모를 일이고, 또는 드디어 해냈다고 의기양양할지도 모르지요. 시밍튼 부인의 죽음이 범인을 한층 더 열광시킬지도 모를 일이고요."

"그렇게 되면 큰일 아닙니까? 잘못하다가는 ……."

나는 조금 몸을 떨면서 뒷말을 주저하고 있으려니 너시가 대신 말했다.

"범인이 다시 일을 저지를지도 모른다는 말씀이시군요, 그러나 우리로서는 그렇게 되는 편이 차라리 다행입니다, 버튼 씨. 같은 일은 반복되게 마련이니까요, 아마 그렇게 될 가능성이 더 높겠지

요."

"분명 자신감에 넘쳐 더욱 설쳐댈 겁니다!" 나는 소리쳤다.

"그래요, 그렇게 계속 설칠 것입니다. 범인들이 대개 그렇듯이 말입니다. 한 번으로는 도저히 만족을 하지 않으니까요."

그레이비즈가 말했다.

나는 떨리는 몸으로 도리질쳤다. 방에는 사악한 공기가 가득 차서 질식할 듯했다. 나는 도저히 견딜 수 없어서 아직도 이곳에 더 있어야 할 필요가 있는지 그들에게 물어보았다.

"아니 더 이상 특별한 이야기는 없습니다." 너시가 말했다. "단지 최대한 선전해달라는 당부뿐입니다. 편지를 받은 사람은 꼭 경찰에 연락하도록 말입니다."

나는 고개를 끄덕였다.

"이 마을사람들은 하나도 빠짐없이 모두 그 엉터리 편지를 받게 되는 거나 아닌지 모르겠어요."

"그럴지도 모르겠군요. 하지만……." 그레이비즈가 고개를 갸웃거리며 생각에 잠기더니 내게 물었다. "아직 편지를 받지 않은 사람이 누군지 모르십니까?"

"말도 안되는 질문이에요! 아무리 작은 마을이라고는 하지만 이 마을의 모든 사람들이 제게 정직하게 털어놓을 리는 없지 않습니까?"

"아니, 아닙니다. 절대 그런 의미가 아닙니다. 나는 단지 정말로 익명의 편지를 받지 않은 사람이 누군지, 혹시 당신이 아는지 물어본 것뿐입니다."

"그랬군요. 그렇다면……."

나는 에밀리 버튼이 내게 했던 말을 전했다.

그레이비즈는 그 정보를 무표정하게 다 들은 뒤 입을 열었다.

"그랬어요? 어쩌면 그 정보는 도움이 될지도 모르겠군요. 만약을 위해 일단 메모를 해두겠습니다."

나는 오엔 그리피스와 함께 오후의 햇살 아래로 걸어나왔다. 그제야 나는 비로소 때늦은 탄식을 했다.

"한가롭게 정양이라도 하려고 내려왔다가 이 무슨 꼴이람! 일부러 독기를 쐬어 상처를 덧나게 하려고 온 것처럼 되어버렸으니. 보기에는 더없이 평화로워 마치 에덴동산처럼 느껴지는 마을에서 이런 몹쓸 일이 일어나다니!"

"에덴동산에도 뱀은 있었다오." 오엔은 무심하게 대꾸했다.

"그리피스 씨, 경찰은 무슨 단서라도 잡았을까요? 대충 짐작이라도 하고 있는 걸까요?"

"글쎄요, 어떨지는 나도 잘 모르겠소. 어쨌든 경찰들은 좀처럼 빈틈없는 사람들이니 솔직히 말하는 것처럼 보이면서도 정작 중요한 사항은 전혀 언급하지 않는 수도 많으니까요."

"하긴. 그런데 너시 경감은 꽤 좋은 사람 같지 않아요?"

"게다가 굉장히 유능한 사람이기도 하지요."

"만약 이 고장에 어떤 정신병자가 있다고 하면 당신이야말로 그런 것쯤 미리 파악하고 있어야 하는 처지 아닙니까?"

나는 조금 비난하듯 말했다.

그리피스는 고개를 흔들었다. 당황한 듯한, 아니, 그보다는 오히려 무언가 알고 있는 눈치였다. 나는 그가 무언가 알고 있다고 의심했다.

"아차! 두 달째 집세를 내야 하는데…… 선불이거든요. 어쨌든 당분간은 이대로 눌러있다가 곧 조애너와 함께 어디 다른 마을로 옮겨갈 생각입니다. 어렵게 구한 집이라 아깝기는 하지만요."

"아니, 그러지 마십시오." 오엔이 말했다.

"왜죠?"

그러나 금방은 대답하지 않았다. 그는 잠시 생각하더니 천천히 입을 열었다.

"그렇군요…… 그것도 무리는 아니지요. 림스톡은 지금 건강하지 않으니까요. 당신에게도 여동생에게도 아마 별로 좋지 못할 겁니다."

"조애너는 사실 어디 있건 별로 상관없을 겁니다. 꽤 강한 성격이 거든요. 그러나 나는 아닙니다. 이번 사건에는 나도 신경이 곤두서 버렸으니까요."

"저도 마찬가집니다." 오엔이 말했다.

나는 부동산 가게의 출입문을 반쯤 열면서 말을 이었다.

"그러나 어쩌면 가지 않을지도 모르겠습니다. 어설픈 호기심이 소심한 성격보다 더 강렬한 법이어서, 사건이 어떻게 해결되는지 나도 꼭 알고 싶거든요."

나는 안으로 들어갔다.

타이프를 치고 있던 여성이 일어나서 내게 다가왔다. 곱슬머리에 기묘한 억지웃음을 띠고 있었으나 전에 만난 안경 낀 청년보다는 훨씬 영리해보였다. 그런데 문득 어디선가 그녀를 본 기억이 났다. 그리고 곧 최근까지 시밍튼의 법률사무소에서 근무하던 긴티 양이라는 것을 떠올리고 나는 그녀에게 확인했다.

"혹시 전에 갈브레이스 & 시밍튼 사무소에서 근무하지 않았습니까?"

"네, 그랬어요. 하지만 그만두는 게 좋을 것 같아서요. 이곳 일도 꽤 재미있어요. 전에 비하면 급료는 상당히 적지만 세상 사는 데는 돈보다 더 중요한 것이 있잖아요."

"아마 그럴 겁니다."

"그 끔찍한 편지를…… 저도 편지를 받았답니다."

이빨 가는 소리가 뒤섞인 음성으로 긴티는 속삭였다.

"저와 시밍튼 씨가 어떻고 저떻고 하는 그런 내용이었어요. 도저히 사람으로서는 입에도 담을 수 없는 지독한 말을 늘어놓았더라고요. 그래서 저는 경찰에 신고했습니다. 그렇게 하는 것이 당연한 의무라고 생각했지요. 하지만 경찰서에 가는 것은 별로 좋은 기분은 아니더군요."

"하긴, 절대 기분 좋은 경험은 아니죠."

"하지만 경찰들은 정중하게 대해 주었고, 잘 신고했다고 칭찬해 주었습니다. 하지만 나중에 사람들이 쑥덕대는 게 아닌가 싶어 사실 가시방석에 앉아 있는 기분이랍니다. 마치 무슨 야릇한 관계라도 있는 듯이 나를 비웃고, 아니 땐 굴뚝에 연기나랴는 식으로 떠들까 봐 말이에요. 지금도 맹세하지만 나와 시밍튼 씨 사이에는 절대 아무 일도 없었습니다. 오히려 그렇게 보였다는 자체만으로도 너무 창피하고 속이 상해요."

"네, 정말 그렇습니다."

"소문은 무섭거든요. 정말 너무 끔찍해요!"

나는 되도록 그녀의 시선을 피하려고 애썼으나 그만 눈길이 딱 마주치고 말았다. 그리고 굉장히 불쾌한 것을 발견했다. 나는 조금 당황했다.

긴티는 속으로 은근히 이 이야기를 즐기고 있었던 것이다.

그 익명의 편지로 내심 즐거운 반응을 나타낸 사람을 나는 벌써 한번 만난 적이 있었다. 그러나 그레이비즈 경감은 직업에서 오는 어쩔 수 없는 반응일 수도 있지만, 긴티의 반짝이는 눈빛은 오로지 불쾌할 뿐이었고 내게 어떤 암시를 주었다.

나는 문득 마음 속을 스쳐간 어떤 생각에 그만 깜짝 놀랐다.

혹시 긴티 양이 편지를 쓴 것은 아닐까?

제7장

1

집으로 돌아오니, 딘 칼스롭 부인이 찾아와서 조애너와 이야기를 나누는 중이었다. 부인의 얼굴빛이 어쩐지 창백해 보였다.

"놀랐겠군요, 버튼 씨?"

부인이 말을 걸었다. "가엾게도! 정말 너무 가여워요."

"네. 자살까지 할 정도였으니 굉장히 괴로웠던 모양이에요."

내가 대답했다.

"어머! 시밍튼 부인 말씀입니까?"

"어? 그 이야기 아닌가요?"

딘 칼스롭 부인은 고개를 저었다.

"하긴 그 부인도 가엾기 짝이 없지만 어차피 그렇게 될 운명이었으니까요."

"운명이라뇨?"

조애너가 퉁명스럽게 되물었다.

딘 칼스롭 부인은 얼굴빛을 고치고 조애너를 응시했다.

"그렇지 않습니까? 자살하면 괴로움에서 벗어날 수 있다고 생각하는 인간은 무슨 일만 생기면 금방 그렇게 생각하지 않겠어요? 그런 일이 빚어진 것도 모두 부인이 그런 여자이기 때문이라고요. 하지만 정말 알 수 없는 게 사람이군요. 난 지금까지 그녀를 욕심 많고 지능은 좀 떨어지지만 굉장히 현실적이고 생활력 강한 여자라고만 생각했는데, 설마 그런 짓을 저지를 줄이야! 사람의 감정이란 정말 알 수 없어요. 참으로 많은 생각을 하게 만드는 사건이에요."

"그렇다면 부인이 좀 전에 가엾다고 하신 것은 도대체 누구입니까?"

나도 되묻지 않고는 견딜 수 없었다.

부인은 눈을 휘둥그레 뜨고 나를 들여다 보았다.

"물론 그 편지를 쓴 여자 말이지요."

"네에?"

나는 떨떠름한 얼굴을 했다.

"그런 여자를 동정할 필요가 있나요?"

딘 칼스롭 부인은 상체를 내밀더니 내 무릎에 손을 얹었다.

"모르시겠어요? 느껴지지 않습니까? 상상해 보세요. 남몰래 숨어서 그런 편지나 쓰고 있는 모습을! 얼마나 불행하고 비참한 기분일까요? 세상 사람들로부터 고립된 외로운 인간의 쓸쓸한 마음을! 검은 독이 흘러들어 쌓이고 쌓이다 마침내 세상 사람들에게 분출할 출구를 발견한 것이겠죠. 그러니 우리도 자책해야 합니다. 이 마을의 어느 누군가가 그런 불행에 몸을 떨고 있는데도 나는 전혀 눈치를 못 챘으니까요. 모든 것을 파악하고 있어야 하는데…… 물론 알고는 있어도 간섭은 하지 않습니다. 절대 그런 짓은 하지 않습니다. 하지만 검은 내면의 불행을 제거해줄 수는 있어요. 팔에 생긴 종기를 낫게 하듯 말이죠. 결국 불행을 가르고 고름을 짜내면 되니까요. 가여운 사람입니다. 너무 가엾어요 ! ”

부인은 돌아가려고 자리에서 일어났다.

나는 부인의 생각에 좀처럼 찬성하기 어려웠다. 아무리 절박한 경우에 처한 인간이라 할지라도 그런 익명의 편지를 쓰는 사람은 도저히 동정할 수 없었다. 나는 순전히 호기심 때문에 부인에게 성급히 물었다.

“그 여자가 누군지 부인은 짐작이 가십니까 ? ”

“대충은요. ”

부인은 커다랗게 뜬 아름다운 눈을 내게 돌렸다.

“그러나 어쩌면 내가 잘못 생각하고 있는지도 모르지요. ”

칼스롭 부인은 잰걸음으로 방을 나가더니 뒷꿈치로 빙글 몸을 돌려 뒤돌아보았다.

“버튼 씨, 당신은 왜 결혼하지 않으시나요 ? ”

다른 사람들이 물었다면 분명 귀찮고 짜증나는 질문이었겠지만, 딘 칼스롭 부인은 마치 갑자기 그 이유가 너무 궁금해서 물어보았을 뿐이라는 느낌만 주었다.

“왜라니…… 글쎄요……. ”

나는 반 농담처럼 대답했다.

“아직 적당한 여자를 만나지 못해서요. ”

“남자들은 자주 그런 말씀들을 하시지요. 하지만 별로 그럴싸한 대답은 아니라고 생각해요. 왜냐하면 별로 적합하지 못한 여자와 결혼하고 계신 분들이 사실 굉장히 많거든요. ”

이렇게 대답하고 부인은 이번에야말로 뒤돌아보지 않고 진짜로 돌아갔다.

조애너가 말했다.

“오빠, 저 부인이 좀 이상한 건 틀림없지만 난 그래도 저 사람이 마음에 들어요, 어쨌거나 온 마을사람들이 모두 무서워서 벌벌 떠는 사람 아니에요?"

"나도 방금 좀 무서워졌어."

"도대체 무슨 말을 꺼낼지 몰라서?"

"그래. 게다가 부인의 억측이 너무 용감무쌍해서 말이야."

"오빠는 그 편지를 쓴 사람이 정말 불쌍하다고 생각해요?"

조애너가 물었다.

"흥! 그딴 마귀할멈의 기분 따위 내 알 게 뭐람. 어쨌든 별 상관없는 일 아니겠니? 불쌍한 건 피해자니까."

우리는 그때까지 말 그대로 혓바닥을 휘두르면서 범인의 심경을 이리저리 억측해왔던 셈이지만 지금 생각하면 기이할 정도로 어떤 명백한 사실은 놓치고 있었다. 그리피스는 지금쯤 범인이 아주 의기양양할 것이라고 했다. 나는 범인이 후회하리라 생각했다. 한낱 재미로 한 장난이 빚어낸 끔찍한 결과에 틀림없이 양심의 가책을 받고 있을 것이라고. 딘 칼스롭 부인은 범인이 지금 괴로워할 것이라고 짐작했다.

그러나 우리——아니, 나라고 해야 할 것이다——는 어떤 필연적인 반응을 고려하지 않았다. 공포라고 하는 당연한 반응을.

왜냐하면 시밍튼 부인의 죽음으로 이 익명의 편지사건은 이미 다른 범주에 들어가 버린 것이다. 그것이 법률적으로는 어떻게 달라지는지 자세한 내용은 모르겠지만——시밍튼이라면 아마 잘 알 것이다——어쨌거나 범인이 아주 중대한 입장에 처한 것만은 사실이었다. 이제는 농담으로 얼버무릴 수도 없는 사태로 돌변한 것이다. 경찰은 수사를 시작했고, 런던 경시청으로부터도 전문가가 와 있다. 익명의 편지를 보낸 작자는 이제 마지막 순간까지 자기 이름을 숨길 수밖에 없는 처지가 된 것이다.

그러나 설령 공포가 범인의 주된 반응이라 하더라도 또 다른 사건이 꼬리를 물 가능성은 얼마든지 있었다. 나는 그 사실을 전혀 깨닫지 못했지만, 어떻게 생각하면 아주 쉽게 짐작할 수 있는 일이기도 했다.

2

다음날 아침 나와 조애너는 여느 때보다 조금 늦잠을 잔 뒤 아침식사를 하러 계단을 내려왔다. 늦잠이라고는 해도 림스톡 표준시간보다 조금 늦었다는 의미에 지나지 않는다. 9시 반이라는 시간은 런던이라면 조애너가 간신히 눈을 뜰 시간이었고, 9시라면 아직 두 눈이 굳은 시멘트처럼 단단히 붙어 있을 시간이었으니까. 그러나 '아침식사는 8시 반에 하시겠습니까, 9시에 하시겠습니까?'라고 패트리지가 물었을 때, 조애너나 나는 감히 그 이상 시간을 늦추라는 말을 꺼낼 용기가 없었던 것이다.

계단을 내려가다 에메 그리피스가 현관에서 미건과 서서 이야기하는 것을 보고 나는 조금 짜증이 났다.

그녀는 우리를 보고 이내 밝은 얼굴로 인사를 했다.

"어머나! 굉장한 잠꾸러기 남매로군요. 난 벌써 몇 시간 전에 일어났는데."

그것은 어디까지나 그녀 사정이다. 의사쯤 되면 틀림없이 아침식사를 빨리 먹어야 하니 충실한 여동생으로서는 오빠에게 차나 커피를 내놓았을 것이지만, 그렇다고 새벽부터 남의 집에 찾아와서 잠자는 사람을 깨운다는 것은 도저히 용서할 수 없는 일이 아닐까. 아침 9시 30분이라는 시간은 결코 남의 집을 방문하기에는 적당한 시간이 아니니까.

미건은 슬금슬금 식당으로 모습을 감추었다. 아마 한창 식사 중에 그리피스가 찾아온 모양이었다.

"아무래도 방해가 될 것 같아서 여기서 얘기하던 참이었어요."

그리피스가 말했다. 안으로 들어와 이야기하는 것보다 사람을 불러 현관에서 말하는 편이 어째서 훨씬 예의가 바르다는 소리인지 도통 이해할 수 없는 생각을 갖고 있었다.

"실은 큰길에서 열리는 저희들의 적십자 바자에 댁의 야채를 기증 받고 싶어서 부탁하러 왔어요. 만약 그렇게만 해주시면 오빠더러 차로 실어달라고 하면 되는데······?"

"당신은 꽤 이른 아침부터 바쁘게 돌아다니는군요."

내가 점잖게 비꼬았다.

"일찍 일어나는 새가 벌레를 많이 잡는다는 말도 있잖아요? 꼭 만나야 할 사람이 있다면 이 시간이 제일이거든요. 그리고 지금부터 파이 씨 댁에도 가야 하고, 오후에는 브렌튼 씨도 만나야 해요. 모두 소녀클럽 때문이죠."

"당신처럼 정력적인 사람은 정말이지 처음 봤어요!"

내가 여기까지 말했을 때 마침 전화벨이 울렸다. 나는 홀에 놓인 전화기로 다가갔다. 뒤에 남은 조애너가 콩이며 강낭콩 같은 화제에 휘말려 마음에도 없는 맞장구를 치면서 채소밭에 대해서는 전혀 무지하다는 사실을 스스로 폭로하고 있었다.

"아, 여보세요?" 나는 수화기를 들었다.

한숨 섞인 잡음이 들리더니 낯선 여자의 목소리가 들려왔다.

"저어······."

"여보세요?" 나는 상대를 격려하듯 목소리를 높였다.

"저어······." 같은 소리만 되풀이 되더니 비로소 모기만한 소리가 귓가에 전해졌다.

"저어······ 거기가 리틀파즈 저택입니까?"

"네, 리틀파즈 저택입니다만?"

"저어……."

한마디 할 때마다 일일이 '저어……'가 따라붙더니 상대가 조심스레 물었다.

"저어…… 죄송하지만 패트리지 씨를 바꿔주시지 않겠습니까?"

"아! 네. 그런데 누구라고 전할까요?"

"저어…… 아그네스라고 합니다. 아그네스 워들."

"아그네스 워들 씨?"

"네, 그렇습니다."

나는 상대를 놀려주고 싶은 마음을 간신히 억누르고 수화기를 놓은 뒤, 청소하는 소리가 들려오는 2층을 향해 소리쳤다.

"패트리지! 패트리지!"

자루가 긴 걸레를 한 손에 들고 패트리지가 마침내 계단 꼭대기에 모습을 드러냈다. 아침 일찍부터 도대체 무슨 용건이냐는 의아한 얼굴이었다.

"네."

"아그네스 워들 씨가 전화했어요."

"네에? 누구라고요?"

나는 소리를 높였다.

"아그네스 워들요!"

내가 '워델'을 '워들'로 잘못 들었던 모양이다.

"아아, 아그네스 워델! 그런데 무슨 일이람?"

패트리지는 자루걸레를 내던지고 황급히 계단을 내려왔다. 프린트가 들어간 부인의 치마가 건조한 마찰음을 냈다.

나는 방해가 되지 않도록 바로 식당으로 들어갔다. 미건이 감자와 베이컨을 허겁지겁 입에 집어넣고 있었다. 그녀는 에메 그리피스와는 달리 '아침햇살 얼굴'은 아니었다. 내 인사도 심드렁하게 받으면서 묵묵히 식사에만 열중했다.

나는 조간신문을 펼쳤다. 잠시 후 조애너가 아주 질색하는 얼굴로 들어왔다.

"어휴! 난 지금 완전히 기진맥진했어! 난 어떤 야채가 언제 나오는지도 전혀 모르는데 혹시 눈치챈 건 아닌지 몰라. 그런데 완두콩은 언제 열려요?"

"가을." 미건이 대답했다.

"그래? 하지만 런던에서는 사철 눈에 띄었는데?"

조애너가 되물었다.

"바보! 해외 식민지에서 냉동선으로 실어오잖아."

내가 설명했다.

"상아나 원숭이, 공작처럼 말예요?" 조애너가 다시 물었다.

"그래."

"난 공작이 갖고 싶어." 조애너가 말했다.

"난 원숭이." 미건이었다.

조애너는 오렌지 껍질을 벗기면서 신중하게 말했다.

"에메 그리피스처럼 건강하고 정력적으로 사방팔방 돌아다니는 생활이 과연 즐거울까? 그녀는 아마 한 번도 피곤해하거나 낙담한 적이 없을 거야. 지금껏 어두운 얼굴을 본 적이 없는걸."

"그 여자는 고민 같은 것도 없을 거야."

나는 그렇게 대답하고, 미건의 뒤를 돌아 프랑스식 창문으로 해서 베란다로 나갔다.

거기 서서 파이프에 담배를 채우고 있으려니, 패트리지가 현관에서 식당으로 들어와 딱딱하게 격식을 차리고 말하는 소리가 들렸다.

"잠깐 드릴 말씀이 있는데 괜찮으시겠습니까?"

'설마 그만둔다는 소린 아니겠지? 그렇게 되면 틀림없이 에밀리 부인이 우리에게 화를 낼 텐데……' 나는 속으로 염려했다.

패트리지는 이야기를 꺼냈다.

"아가씨, 제 전화로 성가시게 해드려서 정말 죄송합니다. 그 애가 그만 깜빡 실수로 전화를 건 것뿐인데, 저는 지금까지 단 한 번도 이곳 전화를 사용한 적이 없습니다. 물론 친구들이 전화를 거는 것도 절대 허락하지 않았고 말입니다. 그런데 일이 이렇게 되어, 더욱이 도련님께서 목청을 드높여 저를 부르게 만들어서 그야말로 면목이 없습니다."

"무슨! 전혀 그런 일로 신경쓸 필요 없어요."

조애너가 다정하게 대답했다.

"당신 친구가 할 말이 있어서 전화한 것뿐인데 그걸 못 쓰게 하다니, 그런 야만적인 행위가 어디 있겠어요?"

내게는 얼굴이 보이지 않았지만, 이렇게 대답하는 패트리지의 냉정하고 딱딱한 얼굴이 선연히 눈앞에 떠올랐다.

"이 집에서는 단 한 번도 이런 일이 없었습니다. 에밀리 아씨가 절대로 허락하지 않았으니까요. 이렇게 되어서 정말 죄송하기 짝이 없습니다만 아그네스 워델이 너무 당황해서 그만…… 게다가 아직 어려서 이런 양가의 예의를 잘 모르거든요. 용서하십시오."

'조애너는 그야말로 귀가 따갑겠군!'

나는 속으로 빙그레 웃었다.

"제게 전화를 건 아그네스라는 애는 옛날 제 밑에서 일하던 처녀입니다. 겨우 16살이었죠. 고아원에서 나온 지 얼마 안되었을 무렵이지요. 물론 집도 없고, 부모도 없고, 무슨 의논을 할 가까운 친척도 없어요. 그래서 일만 있으면 저렇게 저부터 찾는 것이랍니다."

"어머, 그래요?"

조애너가 맞장구를 치면서 다음 말을 기다렸다. 사실 곧 다음 말이 이어질 듯한 분위기이기도 했다.

"그래서 감히 무례한 부탁인지는 잘 알지만 오늘 오후 부엌에서 아그네스에게 차를 한잔 대접하도록 허락해주시지 않겠습니까? 아그네스는 오늘 쉬는 날인데 제게 상의할 일이 있다고 하는군요. 꼭 만나서 얘기해야 한다니 저도 어쩔 수 없어서요. 보통 때 같으면 도리에 어긋난 이런 부탁을 한다는 것은 꿈에도 상상할 수 없는 일이지만, 워낙 사정이 사정이다 보니……."

조애너는 다소 민망한 기색이 역력했다.

"부인을 찾아온 손님과 차를 마시는 건 절대 나쁜 일이 아니에요. 물론 괜찮고말고요."

나중에 조애너에게 들으니, 패트리지는 그 대답을 듣더니 가슴을 활짝 벌리면서 이렇게 말했다고 한다.

"아닙니다. 그런 일은 절대로 허락하지 않는 것이 이 집의 가풍입니다. 돌아가신 마님은 저희들이 쉬는 날 외출하는 대신에 친구를 초대하는 것은 허락하셨지만, 보통 때는 절대 손님을 부엌에 들이지 못하게 하셨습니다. 에밀리 아씨도 옛 원칙을 그대로 고수하신 편이고요."

조애너도 이 당당한 태도에는 더 이상 할 말을 찾지 못한 모양이었다. 본래 조애너는 고용인들을 상당히 친절하면서도 능숙하게 다루어 늘 그들로부터 사랑을 받았는데 이 패트리지만큼은 가히 난공불락이었다.

"너의 친절도 동정도 가엾을 정도로 전혀 먹히지 않던 모양이군?"

패트리지가 식당에서 물러간 뒤 조애너가 베란다로 나왔을 때 내가 놀렸다.

"패트리지가 말하는 고풍스런 가풍도 양가의 것이라고 하니 별 수 없던가 보지?"

"고용인들의 친구를 못 만나게 한다는 그런 말도 안되는 소리는 내 일찍이 들어본 적이 없어요," 조애너가 반박했다. "누구네 가풍을 나쁘다고 말하는 건 아니지만 하녀들이 그런 노예같은 취급을 받고도 어떻게 불만이 없을 수 있겠어요?"

"아니야, 만족한다니깐. 적어도 이 고장의 패트리지 같은 부류들은 말이야."

"패트리지는 왜 날 싫어하는지 도무지 이유를 모르겠어요, 대개는 날 좋아해주었는데……."

"아마도 널 한 집안의 여주인으로 받아들이기에는 어울리지 않는다고 경멸하는 것이겠지. 넌 아직 한 번도 선반에 손가락을 찍어보아 먼지가 있는지 없는지도 검사하지 않았고, 침대의 매트를 뒤집어 본 적도 없을 테니까. 또 남은 초콜릿 수플레는 어떻게 했는지 물어본 적도 없고, 브레드 푸딩을 맛있게 만들라고 잔소리 한 적도 없겠지. 다 그 때문이야."

"세상에! 기가 막혀서!"

조애너는 비명을 지르더니 조금 맥이 빠지는듯 중얼거렸다.

"아무래도 오늘은 재수가 영 아니야. 에메에게는 채소밭의 무식 때문에 경멸을 받았고, 패트리지에게는 너무 마음이 좋아서 바보 취급을 당했으니 완벽한 일진이군! 뜰에 나가 벌레라도 잡아먹든지 해야지 원!"

"미건이 먼저 가 있네."

미건이 조금 앞에서 뜰을 거닐고 있는 모습이 보였는데, 문득 걸음을 멈추고 잔디 한가운데서 모이를 뿌려주길 기다리는 작은 새처럼 오도카니 서 있었다.

이윽고 무언가를 결심한 얼굴로 갑자기 성큼성큼 우리에게 다가오더니 느닷없이 말을 꺼냈다.

"저 오늘 집에 돌아가려고 해요."

"엉?"

나는 뜻밖의 말에 깜짝 놀라 어안이 벙벙해졌다.

"친절하게 데려와 주셔서 당신들에게는 정말 폐를 많이 끼쳤지만, 저는 굉장히 즐거웠어요. 하지만 언제까지나 이곳에서 지낼 수는 없는 노릇이고, 역시 집을 떠나 있으면 안 될 것 같아서 오늘 돌아가기로 했어요."

나는 조애너와 함께 그녀의 마음을 돌리려 했으나 미건은 완강하게 고집을 굽히지 않았다.

결국 조애너가 차고에서 차를 꺼냈고, 미건은 2층으로 올라가서 짐을 챙기더니 금방 내려왔다.

이 소식을 듣고 좋아한 사람은 패트리지뿐이었으리라. 의기양양한 그녀의 얼굴에는 회심의 미소가 어렸다. 어지간히 미건이 싫었던 모양이다.

내가 잔디밭에 서 있으려니 조애너가 되돌아왔다.

동생은 다짜고짜 내게 '설마 해시계가 된 건 아니겠지?'라고 물었다.

"무슨 소리야?"

"뜰에서 무슨 조각처럼 서 있으니 하는 말이죠. 물론 시간을 가리키는 건 아니겠지만 말이에요. 이런! 오빠 얼굴이 금방이라도 벼락이 칠 것 같군, 무서워!"

"쳇! 농담할 기운도 없어. 새벽부터 에메 그리피스가 불쑥 오질 않나…… 느닷없이 미건은 돌아간다고 하질 않나. 난 미건을 데리고 렛지 토어까지 산책이나 하려고 했는데 말이야."

"목에 개목걸이를 채워서 말이죠?" 조애너가 대꾸했다.

"뭔 소리야, 그건 또?"

조애너는 집 모퉁이를 돌아 뒤뜰로 나가면서 큰소리로 또렷이 대답했다.

"개목걸이를 채워서 억지로 끌고 갈 생각이었겠죠? 안됐군요, 기르던 개가 도망가 버려서!"

3

솔직히 말하면 미건이 달아나듯 이토록 갑작스럽게 우리 곁을 떠났다는 것에 나는 좀 화가 났다.

그러나 미건으로서는 우리와 함께 지내는 것이 갑자기 참을 수 없게 싫어졌는지도 모를 일이다.

어차피 그녀에게는 이곳 생활이 그다지 유쾌하지 못했으리라. 집에 돌아가면 남자 동생들과 엘지 홀랜드도 있겠지만.

나는 조애너가 되돌아오는 발소리를 듣고, 아직도 해시계처럼 그러고 있냐는 둥 괜한 잔소리를 들을까 저어하여 서둘러 자리를 떴다.

점심식사 조금 전에 오엔 그리피스가 차를 타고 달려왔다. 이 집에 딸린 소작인이 어느새 필요한 모든 야채를 밭에서 가져와 금방이라도 실어갈 수 있게 내놓았다.

나는 소작인 아담스 영감이 야채를 차에 싣는 동안, 오엔을 안으로 데리고 들어가 음료수를 대접했다. 점심식사도 함께 권했지만 그가 거절했다.

내가 셰리주를 들고 방으로 돌아와 보니 조애너가 그와 함께 이야기꽃을 피우고 있었다. 그라면 질색하던 모습은 오간 데 없었다. 소파 한켠에 반듯이 앉아서 오엔이 하는 일에 대해 이런저런 애교 있는 질문을 던지고 있었다. 그가 개업의가 되고 싶었는지 혹은 전문적인 공부가 더 하고 싶었는지 물어본다거나, 환자를 진찰하는 직업이 이 세상에서 가장 흥미로운 일일 것이라고 자기 생각을 말하기도 했다.

조애너는 남의 이야기를 잘 들어주는 편이다. 아마 틀림없이 천성이리라. 지금까지 엇비슷한 수많은 천재들의 불평도 능숙히 들어주면서 그들의 기분을 맞춰주었던 조애너고 보면, 오엔 그리피스의 이야기쯤이야 사실 일도 아닐 것이었다. 덕분에 셰리주를 석 잔째 마실 즈음에는 이미 같은 의사가 아니면 좀처럼 알아듣기 어려운 의학용어를 잔뜩 섞어가며 그리피스는 어떤 정신병에 대해서 열변을 토하게 되었다.

조애너는 참으로 그럴듯한 얼굴을 하고 흥미롭게 듣고 있었다.

나는 다소 불안해졌다. 조애너의 심장이 얼마나 튼튼한지 내가 질려 하면서, 그만 우쭐해져서 정신없이 떠들고 있는 그리피스의 선량함도 가엾게 느껴졌다. 여자라는 것은 어째서 이렇게 한치 앞도 내다보지 못하는 어리석은 짓을 저지르는가!

잠시 뒤 나는 노골적으로 그리피스의 옆얼굴을 훔쳐보았다. 그런데 의미심장하게 튀어나온 그의 긴 턱이며 얇은 입술을 보니, 과연 조애너가 얼마나 능숙하게 그를 조종할 수 있을지 조금 의심스러워졌다. 아무리 순한 남자라도 언제까지나 여자 뜻대로는 움직여주지 않는 법이니까. 게다가 설령 조종되는 듯이 보인다 해도 본인은 정확히 상황을 이해하고 있는 경우가 대부분이니까.

이윽고 조애너가 점심을 권했다.

"그렇게 말씀하시지 말고 함께 드시고 가세요."

그리피스의 얼굴이 단숨에 확 붉어지면서, 함께 하고싶은 마음은 굴뚝같지만 동생이 기다리고 있어서 죄송하다며 거절했다.

"그럼 제가 여동생에게 전화해서 대신 허락을 받지요."

조애너는 그렇게 말하면서 대답도 듣지 않고 수화기를 집어들었다.

그리피스는 어쩐지 조금 불안한 기색이었다. 아마 오빠도 여동생이 무서운 모양이라고 나는 멋대로 추측했다.

잠시 뒤 조애너가 방긋방긋 웃으며 다가와 여동생의 허락을 얻었다고 전했다.

이리하여 오엔은 우리와 함께 점심을 들게 되었다. 즐거운 모습이었다. 우리는 책이며 연극, 그리고 세계의 정치상황이며 음악, 회화, 현대 건축에 이르기까지 폭넓은 대화를 나누었다.

그러나 익명의 편지라든가 시밍튼 부인의 자살, 그리고 림스톡과 관련된 이야기는 전혀 하지 않았다.

화기애애한 가운데 점심식사가 끝났다. 오엔 그리피스는 무척 행복해보였다. 그의 어두운 얼굴이 어느 틈인지 맑고 밝게 빛나면서 대화도 생기있게 흘러갔다.

그가 돌아간 뒤, 나는 조애너에게 말했다.

"그리피스 앞에서는 꽤 내숭을 떨더군!"

"그런 적 없어요! 남자들은 하나같이 왜 이 모양이지!"

"그를 만나고 나면 괜히 성질이 돋는가 보네. 자존심을 상처받아서 그런가?"

"멋대로 상상하세요!" 조애너는 돌아섰다.

4

그날 오후 우리는 집을 빌려준 에밀리 버튼 부인을 찾아가 차를 대접받기로 했다.

나는 이미 언덕을 오르고 내릴 수 있을 정도로 몸이 회복되었기 때문에 동생과 함께 걸어서 가기로 했다.

그러나 중간에 걸릴 시간을 어림짐작하여 시간을 꽤 넉넉하게 잡고 일찌감치 집을 나섰더니 예상보다 훨씬 빨리 도착해버려서, 키가 크고 뼈대가 불거져 나와 보기에도 기가 세어보이는 드센 여자가 현관문을 열어주었다. 에밀리 아씨는 아직 돌아오지 않았다고 했다.

"하지만 잘 오셨습니다. 안으로 들어가서 기다리시지요."

부인이 말하던 충실한 하녀 프로렌스가 바로 이 여자인 모양이다.

그녀는 우리를 데리고 2층으로 올라가 거실로 안내했다. 좀 지나치게 장식이 많이 달린 듯하지만 아늑해보이는 방이었다. 가구며 장식품 가운데 일부는 리틀파즈에서 가져온 것이 분명해보였다.

그녀도 이 거실이 자랑스러운 듯 흡족한 미소를 지었다.

"좋은 방이지요?" 우리에게 물었다.

"근사하군요!" 조애너가 상냥하게 맞장구를 쳤다.

"아씨가 최대한 마음 편히 지내실 수 있도록 신경을 쓰고 있습니다. 하지만 우리로서는 마음뿐이지 아무래도 미흡한 점이 많아서 죄송스럽게 생각하고 있지요. 하지만 아씨 같은 분은 역시 리틀파즈에 계셔야 당연하지 이런 집과는 아무래도 어울리지 않는다고 생각합니다."

성격도 어지간한가 보았다. 프로렌스는 마치 비난이라도 하듯 우리를 번갈아 노려보았다. 아무래도 오늘은 일진이 사나운 날이 분명한가 보다. 조애너는 그리피스에게 경멸당하고, 패트리지에게는 우롱당하고, 이번에는 우리 두 사람이 한꺼번에 남자처럼 사나운 프로렌스에게 욕이라도 얻어먹을 곤경에 빠져 있는 것이다.

"저는 리틀파즈에서 15년간이나 봉사했답니다."

프로렌스가 덧붙였다.

그러나 느닷없는 비난에 조애너는 벌써 마음이 좀 상한 듯했다.

"하지만 부인이 자진해서 그 집을 빌려주려고 했잖아요? 그러니 부동산에도 나와 있었을 것이고요."

"아니에요. 형편이 그렇게 되었을 뿐이라고요. 굉장히 살림이 어려

위졌거든요. 그런데도 정부가 하는 짓은 너무 지독하지 않아요？
도무지 사정을 봐주는 법이 없으니！"

나도 쓸쓸하게 고개를 저었다.

"마님 때만 해도 굉장한 부자였답니다. 그런데 아가씨들이 돌아가
시기 전에 차례로 앓아누웠을 때 에밀리 아씨가 언니들을 모두 간
병했답니다. 그야말로 자기 몸을 돌보지 않고 극진히, 정성껏 간호
했지요. 단 한마디 불평도 하지 않고 말입니다. 그렇지만 그 결과
가 고작해야 빚덩어리뿐입니다！ 세상 사람들이 생각하는 것과는
달리 유산은 전혀 없었다고 아씨도 말씀하시지만, 저도 아씨 말씀
을 믿습니다. 하지만 세상은 또 얼마나 추악하고 뻔뻔한 인간들로
가득한지 모르실 겁니다！ 순진한 아씨를 속여서 남은 돈을 쥐어짜
려고 곳곳에서 용을 쓴답니다."

"네에. 그래서 선량한 사람들이 고통을 받는 것이지요."

내가 달랬다. 그러나 프로렌스의 흥분은 조금도 가라앉지 않았다.

"그렇더라도 아씨가 무어라도 할 수 있는 분이면 그나마 다행일 텐
데 절대 그럴 분도 못된답니다. 오히려 누군가가 항상 돌보아드려
야 해요. 어쨌든 저라도 옆에 있는 한은 최선을 다해 그분을 속이
거나 위협하는 자는 가만두지 않을 작정입니다. 제 목숨을 걸고라
도 에밀리 아씨를 보호할 각오니까요."

그리고는 방금 한 말을 명심하라는 듯이 한동안 우리를 노려보더
니, 유유히 방을 빠져나가 천천히 손만 뒤로 하여 문을 닫았다.

"어쩐지 우리를 굉장히 나쁜 사람으로 보는 것 같지 않아요？" 조
애너가 물었다. "이상한 여자야. 도대체 우리가 무슨 짓을 했다고！"

"어쩐지 꺼림칙하군！ 미건은 우리를 싫어하고, 패트리지는 너를
비난하고, 프로렌스는 우리를 원망하는 듯하니 말이야."

"참, 미건은 왜 돌아갔을까요？"

"싫어진 것이겠지."

"그럴 일이 뭐 있겠어요. 오빠, 혹시 에메 그리피스가 뭐라고 떠들어댄 것 아닐까요?"

"오늘 아침 현관에서 두 사람이 서서 이야기하던 것 때문에 그래?"

"네. 물론 길게 얘기한 건 아니지만 어쩐지……."

조애너가 흐리는 말꼬리를 내가 대신 이었다.

"꽤 만만찮은 여자이니까 어쩌면 혹시 무슨……."

그때 문이 열리면서 에밀리 양이 들어왔다. 상기된 얼굴로 가쁜 숨을 몰아쉬는 것이 흥분한 기색이었다. 눈이 파랗게 빛나고 있었다.

에밀리는 거의 반광란 상태에서 정신없이 떠들기 시작했다.

"어머나, 미안해요. 이토록 늦어지다니! 뭐 좀 살 게 있어서 나갔거든요. 게다가 블루 로즈 빵집의 케이크가 별로 신선하지 않아서 리공 부인이 하는 가게까지 갔지 뭐예요. 손님이 오면 늘 새로 구운 신선한 케이크를 대접하려고 난 늘 그날이 되어야 사러가거든요. 하지만 덕분에 손님을 많이 기다리게 했어요. 정말 무어라 사과를 해야 할지……."

조애너가 가로막았다.

"아닙니다. 저희들이 잘못한 거예요, 부인. 너무 빨리 도착해버렸거든요. 저희는 걸어서 왔는데 생각보다 오빠가 빨리 걸을 수 있게 되어서요. 죄송해요."

"아니에요. 너무 빨리 왔다는 것은 결코 사과할 일이 아니에요, 아가씨. 일찌감치 서두르는 것은 굉장히 좋은 버릇이니까요."

부인은 사랑스런 눈빛으로 조애너의 어깨를 두드렸다.

조애너의 얼굴이 다시 환하게 피어올랐다. 간신히 되살아난 모양이다. 에밀리 버튼은 우리 남매에게 상냥한 미소를 던졌다. 하지만 그 미소에는 어쩐지 겁에 질린 소심한 마음이 엿보였다. 마치 한동안은 절대 위해를 가하지 않는다고 보증된 호랑이임에도 불구하고 여전히 겁에 질려 쭈뼛쭈뼛 다가가고 있는 어설픈 발걸음처럼.

"차나 과자뿐이어서 신사분에게는 실례가 되겠지만 이렇게 찾아와 주셔서 정말 감사합니다."

에밀리 버튼의 머릿속에 들어 있는 남자라는 개념은 위스키나 소다수를 벌컥벌컥 마시면서 담배를 뻑뻑 피우고, 시간이 나면 마을의 순진한 처녀를 유혹하거나 결혼한 유부녀를 꼬여서 데려가는 그런 이미지가 분명하리라.

나중에 나는 조애너에게 이런 이야기를 했더니 동생은 이렇게 대답했다. 에밀리 버튼은 그런 남자와 만나고 싶었건만 유감스럽게도 그런 행운을 누리지 못했다고 생각하는 것이 오히려 지당할 것이라고.

에밀리 부인은 곧 방 안을 어지럽게 서성대더니 조애너와 내게 작은 테이블 앞에 놓인 의자를 권하면서 머뭇머뭇 재떨이를 내밀었다. 이윽고 한바탕 그런 절차가 끝나자 프로렌스가 값비싼 더비 크라운 도자기를 차반에 내왔다. 틀림없이 에밀리 부인이 자택에서 가져온 도자기일 것이다. 대접받은 차는 중국차였는데 향기가 그윽했고, 접시에는 샌드위치며 버터를 얇게 바른 빵과 작은 케이크가 보기 좋게 담겨 있었다.

지금은 프로렌스도 기분이 좋아서 싱글벙글했다. 마치 소꿉놀이하는 어린애들을 지켜보듯 에밀리 부인을 흐뭇한 눈길로 바라보았다.

부인이 너무 열심히 권하는 바람에 조애너와 나는 아주 질리도록 많이 먹었다. 그녀는 이 조촐한 티파티가 너무 기뻐서 어쩔줄 몰라했다. 에밀리 부인의 입장에서 보면 우리 두 사람은 런던이라고 하는 신비하고 기이한 수수께끼의 땅에서 찾아온 놀라운 손님이었던 것이다.

당연히 우리의 화제도 곧 이 마을 이야기로 옮겨갔다. 에밀리 부인은 그리피스 선생을 대단히 친절하고 현명한 의사라고 칭찬했다. 또한 시밍튼 변호사도 굉장히 총명한 분이어서, 자기는 소득세가 무언지도 모르고 있었는데 그 세금을 조금 덜 내도록 도와주었다고 했다. 또한 그는 아내와 자식들을 굉장히 사랑하고 있었다고 했다.

"그분의 부인은 정말 가엾게 되었어요. 뒤에 남겨진 어린 자식들도 가엾긴 마찬가지지만. 하지만 본래 의지가 그리 단단한 사람은 아니었어요. 게다가 최근에는 몸상태도 안 좋았고요. 그러니 그런 일도 일어난 것이겠지요. 저도 신문에서 그런 이야기를 읽은 적이 있어요. 인간이란 그럴 때는 상황을 도무지 파악하지 못한다고 하더군요. 부인도 역시 뭐가 뭔지 제대로 알지도 못하는 사이에 그런 짓을 저질렀겠지요. 시밍튼 씨나 아이들은 새까맣게 잊어버리고 말이에요."

"그 편지를 보고는 열이 뻗쳐 그만 이성을 잃어버린 것이겠죠."

조애너도 거들었다.

에밀리 부인은 얼굴을 붉히더니 타이르듯 이야기했다.

"아마 그런 이야기는 하지 않는 편이 좋을 겁니다. 그 편지에 대해서는 저도 알고 있습니다만 그런 지저분한 소리는 별로 입 밖에 내고 싶지 않군요. 그런 편지쯤 그저 무시해버렸으면 되었을 것을!"

흐음! 에밀리 부인은 그런 편지를 그리도 간단히 무시해버릴 수 있는지 몰라도 좀처럼 그게 안 되는 사람도 있는 법이다. 나는 말없이 그 이야기를 흘려들으면서 에메 그리피스를 화제에 올렸다.

"아주 훌륭한 여성이에요."

에밀리 부인이 말했다.

"정력도 그렇지만 통솔력도 대단하죠. 참으로 존경할 만합니다. 소녀들을 위해 온갖 수고를 아끼지 않고, 아무튼 무슨 일이든지 해낼

능력이 있는 여성이랍니다. 아마 그녀가 이 마을을 좌지우지한다고 해도 과언이 아닐 겁니다. 게다가 오빠를 위해서도 정성을 다하고요, 형제간에 그렇게 늠름하게 생활하는 것을 보면 보는 사람도 기분이 다 상쾌해지지요."

"오빠가 조금 눌리는 것 아니에요?" 조애너가 물었다.

에밀리 부인이 깜짝 놀란 눈길로 조애너를 바라보았다.

"그녀가 오빠를 위해서 얼마나 희생을 해왔는지 몰라서 그래요."

딱 잘라 말하는 듯한 그 말투에는 비난어린 기색이 역력했다.

나는 조애너가 그것을 다시 농담처럼 받아들이려는 것을 눈치채고는 얼른 화제를 파이 씨에게로 돌렸다.

에밀리 부인은 파이 씨에 대해서는 조금 미심쩍은 태도를 취했다. 성의없이 그저 대단히 친절한 사람이라고만 되풀이할 따름이었다. 유복하고 의젓하고, 때때로 특이한 사람들이 찾아오기도 하지만 그것은 모두 그가 여행을 많이 다녀서 그런 거라고 설명했다.

여행은 견문을 넓힐 뿐 아니라 때로는 이색적인 친구를 만들어준다고 나도 맞장구를 쳤다.

"저도 여객선을 타고 여행을 해보고 싶다고 생각한 적이 있었답니다."

에밀리 부인의 말소리가 촉촉이 젖어들었다.

"신문을 보면 굉장히 즐거워 보이잖아요."

"한번 타보셨더라면 좋았을 것을!" 조애너가 안타까워했다.

에밀리 부인은 화들짝 꿈에서 깨어난 듯 말투를 바꾸었다.

"아니에요. 어차피 그런 일이 이뤄질 리 만무하잖아요."

"왜요? 생각보다 의외로 비용이 싸답니다."

"아니, 비용 때문만이 아니에요. 혼자서 나가기가 싫어서 그렇죠. 여자 혼자 여행이라니 어디 가당키나 한 일이겠어요?"

"하긴, 그렇기도 하네요." 조애너가 고개를 끄덕였다.

"게다가 나는 내 짐을 어떻게 해야 하는지도 잘 모르고, 외국의 항구에 도착하면 그때마다 화폐도 달라질 텐데……."

소심한 그녀의 눈앞에 지금 헤아릴 수 없이 많은 어려운 문제들이 떠오르는 모양이었다. 조애너는 당황해서 얼른 화제를 바꿔, 오늘 중에 개최될 예정인 수공예품 경매장에 대해 질문했다. 그리고 다음은 필연적으로 딘 칼스롭 부인에 대한 개인 비평으로 화제가 옮겨갔다.

순간 에밀리 부인의 얼굴이 가늘게 경련을 일으켰다.

"그 사람은 뭐라고 할까, 하여간 굉장히 특이한 사람이에요. 말이 수시로 바뀌죠."

가령 어떤 일을 두고 그러는지 내가 물어보았다.

"글쎄요, 갑자기 그렇게 물으니 금방은 대답을 못하겠지만 어쨌든 굉장히 뜻밖의 말을 불쑥불쑥 내뱉곤 한답니다. 게다가 사람들을 보는 눈길도 뭐랄까 잘은 표현할 수 없지만 마치 상대가 거기 있는 것을 전혀 모르는 것처럼 영 엉뚱한 사람을 보고 있는 듯한 그런 시선이어서, 대단히 실례가 되겠지만 한마디로 굉장히 이상해요. 또 절대 남을 간섭하는 법도 없습니다. 목사님 부인이니까 어쨌거나 사람들의 의논상대가 되어주고, 충고도 해줘야 하는 입장에 있는데 말이에요. 세상 사람들을 격려한다거나 잘못된 것은 고치려고 애를 써야하지 않겠어요? 이 고장 사람들은 한결같이 그 부인을 두려워하니까 조금만 뭐라고 하면 금방 고칠 것이 분명한데도 말입니다. 그런데도 부인은 고상한 얼굴만 하고 나 몰라라 내버려두는 것이지요. 게다가 가끔은 전혀 쓸모도 없는 사람에게 묘한 동정을 보이거나 하는 기이한 버릇까지 있답니다."

"정말 흥미롭군요!"

나는 이렇게 말하면서 재빨리 조애너와 시선을 교환했다.

"부인은 벨파스의 팔로웨이라고 하는 굉장한 명문가의 따님인데, 그런 명망있는 가문의 가족들 가운데는 이따금 이상한 사람이 나오는 법이지요. 하지만 부부 사이는 지극히 원만해서 남편인 목사님도 이런 시골에 계시기에는 너무 아깝다는 생각이 들 정도로 학식이 깊은 분이랍니다. 정중하고 대단히 성실한 이 목사님은 다른 건 다 좋은데 걸핏하면 라틴어를 인용하는 버릇이 있어서 다들 영문을 몰라 멍해질 때도 많지요."

"그렇겠군요, 이해합니다." 나도 적극적으로 찬성했다.

"오빠는 돈만 많이 드는 사립학교를 나와서 라틴어는 영 젬병이거든요." 조애너가 거들었다.

이에 에밀리 부인은 또 다른 이야기를 떠올렸다.

"이 마을의 학교 교장은 정말이지 불쾌한 젊은 여성인데, 어쩌면 공산주의자가 아닐까 의심스럽답니다."

부인은 '공산주의자'라는 말을 내뱉을 때는 한층 더 말소리를 낮췄다.

마침내 우리가 방문을 마치고 집으로 돌아오는 언덕길에서 조애너는 내게 이렇게 말했다.

"부인은 참 좋은 사람이네!"

5

그날 저녁 조애너는 패트리지에게 아그네스와 만나기로 한 일은 잘 되었는지 물어보았다.

패트리지는 그 말을 듣자마자 얼굴이 빨개지더니 한층 더 뻣뻣하고 융통성없는 태도를 보였다.

"감사합니다. 하지만 어찌된 셈인지 아그네스는 오늘 오지 않았답니다."

"저런! 실망이 컸겠네요?"

"아닙니다. 저는 전혀 개의치 않습니다."

패트리지는 대답했다.

그러나 비록 말은 그렇게 했지만 좀처럼 분노를 억누를 수 없었던 지 결국 느닷없이 우리에게 넋두리를 늘어놓았다.

"무엇보다 내가 먼저 그 애에게 부탁한 것도 아니랍니다. 아그네스 가 전화를 걸어서 상의할 일이 있으니 오늘 시간을 내줄 수 있느냐 고 먼저 물어왔잖아요? 그래서 저도 두 분의 허락을 얻어, 오라고 전했고요. 그런데 단 한마디 연락도 없이 나타나지 않다니 이런 경 우가 어디 있습니까! 어쩜 내일 아침쯤에 엽서를 보낼지는 모르겠 지만 지금은 당장 사과 한마디 없군요. 요즘 젊은애들은 이래서 문 제지요. 도대체 예의범절을 모른다니까요!"

조애너가 패트리지를 위로했다.

"혹시 갑자기 몸이 아파서 못 왔을지도 모르잖아요. 전화로 한번 물어보지 그랬어요?"

패트리지가 다시금 가슴을 활짝 폈다.

"아닙니다. 전화 따위 절대 하지 않습니다. 하지만 아그네스가 만 약 이 일을 아무렇지도 않게 생각한다면 저도 나름대로 생각이 있 답니다. 다음에 만나면 아주 따끔하게 주의를 줘야겠지요."

패트리지는 분을 이기지 못하고 씩씩대며 방을 나갔다. 조애너와 나는 서로 얼굴을 마주 보며 빙그레 웃었다.

"혹시 신문에 자주 나는 '어찌 하오리까?'가 아닐까? 연인이 갑자 기 차가워졌다, 어찌 하오리까? 같은 문제 말이야. 해답을 줘야할 패트리지는 결국 상담도 못하고 끝난 셈이지만, 실은 문제가 잘 해 결되어 두 연인은 지금쯤 어느 울타리 그늘에 숨어서 아무 말없이 서로 진하게 포옹을 하고 있고 말이야. 하하! 흔히 보는 일이잖

아? 보는 사람은 가슴이 두근두근하는데 정작 당사자

경도 안 쓰고 열렬히 끌어안고 있잖니?"

내 말에 조애너도 깔깔 웃으면서 부디 그렇게만 되었다면

일이라고 함께 너스레를 떨었다.

그러나 이윽고 화제가 익명의 편지로 옮겨가면서, 너시 경감이며 우울하기 짝이 없는 표정을 하고 있던 그레이비즈 경감은 지금쯤 무엇을 하고 있을까 서로 궁금해했다.

"시밍튼 부인이 자살한 지 오늘로 딱 일주일째니까 아마 어떤 신빙성있는 단서를 잡지 않았을까요? 지문이라든가 필적, 또는 다른 어떤 거라도 말이에요." 조애너가 말했다.

나는 아무 대답을 못하고 잠시 생각에 잠겼다.

내 의식에서 꿈틀대는 기묘한 불안이 점차 영역을 넓혀갔다. 조애너가 말한 '딱 일주일째'라는 말과 관련된 무엇이다.

그 불안의 정체가 무엇인지 굳이 설명하자면, 내가 좀더 일찍부터 두 가지 문제를 한데 묶어서 생각해야만 했다는 후회와도 비슷했다. 이미 어떤 의혹이 내 의식 속에서 꿈틀대고 있었으니까.

그런데 지금은 그것이 점차 발효되고 있었다. 불안은 점점 강해지고, 그것도 서서히 얼굴을 내밀려 한다.

조애너는 내가 건성으로 이야기를 듣고 있다는 사실을 알아차렸다.

"왜 그래, 오빠?"

머릿속에서 둘을 한데 묶느라 바빠서 나는 미처 대답을 못했다.

시밍튼 부인의 자살…… 그녀는 그날 오후 혼자 집에 있었다…… 혼자서 집에…… 고용인들은 쉬는 날이어서 모두 외출하고 있어서…… 정확히 또 일주일째……!

"오빠! 제리 오빠, 왜 그…….

내가 동생의 말을 가로막았다.

"하인들은 대개 일주일에 하루 쉬는 거지?"

"네. 그리고 격주로 일요일마다도. 그런데 그게 왜요?"

조애너가 의아해했다.

"그래! 보통 그런 편이지."

조애너는 궁금한 얼굴로 나만 바라보고 있었다. 그러나 지금 동생은 머릿속으로 내 생각이 밟고 온 전철을 따라오느라 서둘고 있을 것이다.

나는 구석으로 가서 벨을 울렸다. 패트리지가 금방 모습을 드러냈다.

"그 아그네스 워델이란 아이는 어디서 일하고 있습니까?"

"시밍튼 부인 댁…… 아니, 시밍튼 씨 댁에서 일하고 있습니다."

나는 심장이 딱 멎는 듯했다. 벽시계를 보았다. 10시 30분.

"벌써 돌아갔을 시간이군."

패트리지는 얼굴을 찡그렸다.

"아마 그렇겠죠. 고용인들은 늦어도 10시까지는 돌아가니까요. 옛날부터 그랬어요."

나는 현관홀로 나왔다. 조애너와 패트리지가 내 뒤를 따라왔다. 패트리지는 여전히 분이 가라앉지 않는 모양이었다. 조애너의 얼굴에도 궁금증이 가득 묻어 있었다. 내가 전화번호를 조사하고 있자니 도저히 못 참겠는지 다시 물었다.

"무슨 생각을 하고 있어요, 오빠?"

"그 애가 무사히 돌아갔는지 어떤지 확인해보려고 그래."

패트리지가 콧방귀를 뀌었다. 아무 말도 없이 그저 콧방귀만 뀌었을 뿐이었다. 나도 전혀 신경쓰지 않았다.

전화를 거니 엘지 홀랜드가 받았다.

"이토록 늦은 시간에 전화를 걸어서 대단히 죄송합니다. 저는 제리 버튼입니다. 댁의 하녀 가운데 아그네스는 돌아왔습니까?"

채 말을 다 끝내기도 전에 내가 지금 얼마나 한심한 짓을 하고 있는지 알아차렸다. 만약 그 하녀가 무사히 집에 돌아와 있다면 내가 무슨 일로 전화했는지 변명만 궁색해질 따름이었다. 만약 조애너가 전화를 했다면 무슨 일이냐고 물어도 그나마 다소 형편이 나았을 터인데. 나는 얼굴도 한번 보지 못한 아그네스 워델이라는 하녀와 나 사이에 또 어떤 스캔들이 마을로 퍼져나가는 것을 상상하고는 마음이 암담해졌다.

엘지 홀랜드의 목소리는 부자연스럽지는 않지만 굉장히 놀란 기색이었다.

"아그네스 말입니까? 아마 돌아와 있을 거라고 생각은 합니다만?"

나는 어리석은 짓을 했다는 후회는 했지만 이왕 이렇게 된 것 제대로 확인하고 싶었다.

"죄송하지만 정말로 돌아와 있는지 어떤지 확인 좀 해주시겠습니까, 홀랜드 양?"

가정교사들에게는 한 가지 공통된 특징이 있다. 무어라 지시를 내리면 단번에 그것을 실행한다는 것이다. 결코 이유도 묻지 않는다. 엘지 홀랜드는 곧 수화기를 내려놓고 내가 묻는대로 알아보러 간 것 같았다.

2분쯤 지나 그녀의 목소리가 들려왔다.

"여보세요, 버튼 씨?"

"네."

"아그네스는 아직 돌아오지 않았습니다."

나는 어쩐지 예감이 적중한 듯한 불길한 생각이 들었다.

그때 다른 사람의 목소리가 들리더니 이번에는 시밍튼 씨가 직접 전화를 받았다.

"여보세요? 아아, 버튼 씨! 어쩐 일이십니까?"

"댁에서 일하는 아그네스란 하녀가 아직 돌아오지 않았다고요?"

"네. 좀 전에 홀랜드 양이 살피러 갔던 모양인데, 무슨 일 있습니까? 혹시 사고라도?"

"아닙니다. 사고는 아닐 겁니다." 내가 말했다.

"그럼 그 애에게 어떤 변고라도 생기지는 않았는지 걱정하고 계신다는 말씀입니까?"

나는 되도록 냉정하게 대답했다.

"네. 어쩐지 그런 예감이 들어서요."

제8장

1

그날 밤 나는 좀처럼 잠을 이룰 수가 없었다. 의혹의 파편들이 밤새 내 머릿속을 서성댄 탓이다. 그러니 만약 내가 그 문제에 좀더 신경을 집중했더라면 문제는 어쩜 훨씬 더 수월하게 풀렸을지도 모를 일이었다. 그렇지 않다면 의혹의 파편들이 어째서 그리도 집요하게 내 머릿속을 떠돌 수 있었으랴.

인간의 예감은 어느 정도로 적중하는 것일까? 우리는 의외로 스스로 알고 있는 것보다 더 많은 것을 알고 있는지도 모른다. 나는 그렇게 생각한다.

단지 우리의 의식 속에 가라앉아 있는 숨겨진 지식을 깨닫지 못하는 것일뿐. 그저 손만 닿지 않을 뿐이라고.

나는 침대에 누워 몇 번이고 몸을 뒤척이면서, 막연하고 모호한 의혹의 파편들이 둥둥 떠다니면서 내 의식을 어지럽히는 것을 지켜보았다.

어떻게 해서든지 깊은 곳에 숨어 있는 그 지식을 끌어내고 싶었다.

익명의 편지를 쓴 사람이 누군지 꼭 밝혀내고 싶었다. 분명 어딘가에는 그곳으로 가는 길이 있으련만……

꾸벅꾸벅 선잠을 자고 있을 때 어떤 말이 내 몽롱한 의식 속으로 날아들어와 초조하게 맴돌았다.

아니 땐 굴뚝에 연기나랴…… 연기가 안 나면 그곳에 당연히 불도 없다. 연기? 연기라고?

연막인가? 아니야, 그건 군사용어지. 전쟁. 종이쪽지……그저 종이 조각? 벨기에 대 독일……

나는 어느새 꿈속으로 젖어들었다. 사냥개로 변한 딘 칼스롭 부인에게 내가 개목걸이와 끈을 매달아서 산책을 나가는 그런 꿈이었다.

2

전화벨 소리에 눈을 떴다. 집요한 벨 소리였다.

나는 자리에서 일어나 손목시계를 들여다 보았다. 7시 반. 여전히 아무도 전화를 받을 낌새가 보이지 않았다. 현관홀에서 벨 소리는 끈질기게 울려퍼졌다.

나는 벌떡 일어나 가운을 걸치고 달리다시피 계단을 내려갔다. 나보다 조금 늦게 패트리지가 부엌 뒷문을 열고 뛰어들어왔다. 내가 수화기를 들었다.

"여보세요?"

"아!"

가슴을 쓸어내리면서 금방이라도 울음을 터뜨릴 것 같은 목소리였다.

"당신이군요?"

미건이었다. 내 귀를 의심할 정도로 겁에 질려 부들부들 떠는 목소리.

"부탁이에요, 빨리 오세요, 꼭이요, 제발 와 주세요!"

"알았어. 곧 가지. 금방 달려갈게. 알겠지?"

나는 단숨에 계단을 두 칸씩 밟고 올라가 조애너의 방으로 뛰어들었다.

"일어나, 조애너! 지금 당장 시밍튼의 집으로 가야 해!"

조애너는 금발을 베개에서 끌어올리며 아이처럼 눈을 비볐다.

"으응? 왜 그래요?"

"영문은 모르겠지만 그 애가, 미건이 전화로 와달라고 해. 중대한 일이 생긴 모양이야."

"무슨 일인 것 같아요?"

"틀림없이 그 아그네스라는 하녀와 관련된 일일 거야. 분명해!"

내가 다시 방에서 뛰쳐나가려고 하자 조애너가 불러세웠다.

"잠깐만! 나도 갈게요, 내가 운전할 거야."

"괜찮아. 내가 운전하고 가지."

"안 돼요, 오빠. 아직 운전할 수 없어요."

"아니야. 할 수 있어."

나는 그렇게 했다. 조금 힘들긴 했지만 크게 어려운 일은 아니었다. 얼굴을 씻고, 수염을 깎고, 옷을 갈아입고, 차고에서 차를 꺼내 30분 뒤에는 시밍튼의 집으로 향하고 있었다. 생각보다 운전이 수월했다.

미건은 내가 오는 것을 지키고 있었던 모양이다. 차가 멈추기 바쁘게 집에서 뛰쳐나와 내게 달라붙었다. 새파랗게 질린 얼굴은 공포로 일그러져 있었다.

"고마워요!"

"자, 고개 좀 들어보라고, 무슨 일이야?"

미건의 몸이 사시나무처럼 떨렸다. 나는 그녀를 꼭 안아주었다.

"내가 그녀를 발견했어요."

"아그네스를? 어디서?"

몸이 더욱 격렬하게 떨렸다.

"계단 밑에서. 거기에 선반이 있거든요. 낚싯대니 골프 클럽이니 하는 여러 가지 잡동사니들을 넣어두는 곳인데, 아시죠?"

나는 고개를 끄덕였다. 흔히 물건을 수납하는 계단 밑 공간이었다. 미건은 이야기를 계속했다.

"아그네스가 거기 있었어요. 몸을 웅크리고…… 싸늘하게 식어서 …… 거기서 죽어 있었다고요!"

나는 좀 이상한 생각이 들어 물었다.

"넌 어째서 그런 곳을 열어보았지?"

"저어, 어젯밤 당신이 전화했잖아요? 그래서 아그네스가 어떻게 되었는지 모두 궁금해 했거든요. 그래서 한동안 더 기다렸지만 아무리 기다려도 돌아오지 않아서 모두 자러 들어갔어요. 하지만 나는 좀처럼 잠을 이루지 못하고 아침 일찍 일어났어요. 식사를 준비하는 로즈만 겨우 일어났을 뿐인 이른 시각에 말이에요. 로즈는 아그네스가 끝까지 돌아오지 않았다고 화가 머리끝까지 나 있었어요. 전에도 어떤 집에서 일할 때 그런 짓을 하는 하녀가 있었다면서 주절주절 불만을 늘어놓았어요. 그 뒤 제가 부엌에서 빵을 먹고 있으려니까 로즈가 고개를 갸웃하며 들어오더니 아그네스의 단벌 외출복이 그대로 방에 있더라는 거예요. 나도 이상하다고 생각했어요. 그래서 진짜로 아그네스가 외출했는지 의심스러워서 집 안을 살펴보았어요. 그러다 아무 생각없이 계단 밑 수납실 문을 열었더니, 세상에, 거기서 죽어 있더라고요!"

"누군가가 경찰에 전화한 모양이군."

"네. 지금 와 있어요. 아버지가 바로 전화했거든요. 나는 그걸 보고는 너무 끔찍해서 당신에게 전화했고요, 죄송해요."

"아니야, 무슨 소릴!"

나는 아직도 미심쩍은 얼굴로 그녀를 바라보았다.

"네가 그 시체를 발견한 뒤에 누군가 네게 브랜디나 진한 커피라든지 홍차 같은 걸 갖다 주던?"

미건은 고개를 저었다.

나는 시밍튼 집 사람들에게 역정이 났다. 아무 재주도 없으면서 그저 폼만 잡고 있는 시밍튼은 고작 경찰에 전화하는 것밖에는 생각이 나지 않더란 말인가! 엘지 홀랜드나 로즈도 한창 민감한 때인 소녀가 처참한 시체를 발견하면 도대체 얼마나 큰 충격을 받을지 생각도 못해 보았단 말인가!

"함께 부엌으로 가보자꾸나."

우리는 뒷문으로 해서 부엌에 들어갔다. 푸들푸들 살이 찐 40살쯤 되어보이는 여인이 불 옆에서 진한 홍차를 마시고 있었다. 로즈였다. 그녀는 우리를 보자 손을 가슴에 대고는 담담한 음성으로 수다를 풀어놓았다.

지금 심장이 벌렁거려 숨도 쉴 수 없을 지경이라며 뻔뻔스럽게도 그런 못 믿을 이야기를 했다. 자칫 무슨 실수가 있었으면 잠든 사이 자기가 죽었을지도 모른다고 생각하니 기절할 지경이라는 말도 했다.

"잔소리는 그만 하고 빨리 미건에게 무슨 진한 차라도 마시게 해주시게! 가엾지도 않나? 시체를 본 것은 자네가 아니라 미건이 아닌가?"

나는 편잔을 주었다.

시체라는 말만 듣고도 다시 한바탕 엄살을 떨 태세였으나 나는 아주 싸늘한 눈빛으로 그녀의 입을 막아버렸다. 그녀는 잉크라도 풀어놓은 것 같은 진한 차를 찻잔에 따랐다.

"자, 이걸 마시도록 하렴."

나는 미건에게 잔을 내밀었다.

"브랜디는 없소, 로즈 부인?"

로즈는 애매한 말투로 크리스마스 푸딩에 사용하고 남은 브랜디가 조금 있을지도 모르겠다고 대답했다.

"그거면 됐네."

나는 브랜디를 받아들고 미건의 찻잔에 한두 방울 떨어뜨려 주었다. 로즈가 좋은 생각을 했다고 칭찬하듯 나를 보았다.

나는 미건에게 로즈와 함께 있으라고 했다.

"미건을 잘 부탁해요."

나는 로즈에게 누누이 다짐을 받았고, 그녀도 잘 알겠다고 대답했다.

"예. 걱정하지 마십시오."

나는 안으로 들어갔다.

내가 사람을 잘 보았다면, 로즈는 아마 그 성격으로 추측하건대 이제 곧 기운을 차리려고 가벼운 식사를 할 것이고, 그건 미건에게도 다행한 일이 되리라. 이 집 식구들은 하여간 모두 비정상적인 인간들 뿐이다. 어떻게 해서 어린 소녀 하나 제대로 돌보지 못한다는 말인가!

궁시렁궁시렁 속으로 분개하면서 나는 홀로 걸음을 옮기다 엘지 홀랜드와 딱 마주쳤다. 그녀는 나를 보고도 별로 놀라는 기색이 없었다. 놀라운 발견을 한 뒤여서 너무 흥분한 끝에 상대가 누군지 구별조차 안 가는 것은 아닌가 나는 조금 의심스러웠다. 현관에는 버트랜들 순경이 서 있었다.

엘지 홀랜드는 신음하는 듯한 목소리로 말했다.

"큰일났습니다, 버트 씨. 누군지 몰라도 아주 끔찍한 일을 저질러

놓았어요!"

"그럼, 타살입니까?"

"네, 그렇고말고요. 뒤통수를 얻어맞은 모양입니다. 머리끝에서 발
끝까지 온통 피투성이에요! 어째서 이런 일이 생겼을까요? 아그
네스는 지금껏 다른 사람에게 원망받을 짓은 한 적이 없건만."

그녀는 눈을 둥그렇게 뜨고 나를 바라보았다. 별로 영리해보이는
여자는 아니었다. 그러나 담대한 편이었다. 흥분해서 얼굴빛이 약간
붉어지긴 했지만 평소와 거의 다름이 없었다. 다정하고 상냥한 여자
라고 알고 있었지만, 어쩌면 비정하고 쌀쌀맞은 눈길로 이 모든 비극
적인 사건을 즐기고 있는 것처럼도 느껴졌다.

그녀가 양해를 구했다.

"저는 아이들을 보러 2층으로 올라가야 하므로 이만 실례하겠습니
다. 아이들이 충격을 받지나 않을까 시밍튼 씨도 걱정이 많으시거
든요. 아이들이 현장에 가지 못하게 신신당부하셨어요."

"미건이 사체를 발견했다고 하더군요. 그런데 아무도 그 애는 돌보
지 않는 겁니까?"

내가 비난했다.

내가 굳이 엘지 홀랜드를 변호한다면, 그녀는 내가 그런 말을 했을
때 상당히 양심의 가책을 느낀 듯했다.

"어머나! 까맣게 잊고 있었어요. 미건은 지금 무엇을 하고 있을까
요? 경찰이며 여러 가지 일들로 정신이 없어서 깜빡 잊고 있었어
요. 하지만 틀림없이 저희 불찰이에요. 가엾게도 어디선가 겁에 질
려 괴로워하고 있을 텐데, 빨리 미건부터 찾아서 위로해주지 않으
면 안되겠군요."

나는 그녀가 조금 가여워졌다.

"아니에요. 로즈에게 부탁했으니까 어서 2층으로 올라가세요."

그녀는 희고 큰 이빨을 보이며 나에게 감사의 인사를 보내고 서둘러 계단을 올라갔다. 어차피 사내아이들을 돌보는 것이 홀랜드의 일이지 미건까지 돌봐야 할 의무가 있는 건 아니었다. 결국 미건을 보살필 사람은 아무도 없는 것이다. 어쨌든 엘지는 시밍튼의 자식을 양육하기 위해 계약을 맺었고 급료를 받고 있으니까 미건을 돌보지 않았다고 하여 비난받을 이유 따윈 사실 없기도 했다.

그녀가 계단을 돌아 몸을 틀었을 때 나도 모르게 숨을 죽였다. 그 순간 내 눈을 흐리게 만든 것은 성실한 가정교사와는 전혀 다른, 실감이 안 날 정도로 아름다운 영원한 불사신의 모습이었다. 바로 승리의 여신 그 자체였다.

이때였다. 가까운 문이 열리더니 너시 경감에 이어 시밍튼이 홀로 나왔다.

"여어, 버튼 씨! 안 그래도 당신 집에 전화하려던 참이었다오. 마침 잘 오셨어요. 정말 다행이네요."

너시 경감이 말했다. 그는 내가 왜 여기 있는지 물을 생각도 하지 않았다.

그는 시밍튼을 뒤돌아보았다.

"이 방을 잠시 빌려도 될까요?"

그곳은 현관으로 창이 난 작은 거실로 주로 아침에 이용되는 방이었다.

"물론입니다. 어서 들어가십시오."

시밍튼은 완전히 평정을 되찾고 있었지만 굉장히 피곤해 보이는 얼굴이었다. 너시 경감이 다정하게 위로했다.

"제가 당신이라면 조금이라도 아침을 들겠습니다. 당신도 그렇고 홀랜드 양, 미건 양도 모두 커피와 베이컨을 먹으면 훨씬 기분이 좋아지겠죠. 살인사건이라는 것은 공복에는 충격이 더 큰 법이니까

요."

사근사근한 의사와 같은 말투였다.

시밍튼은 억지로 웃음을 지었다.

"고맙습니다. 충고대로 하지요."

나는 너시 경감과 함께 작은 거실로 들어갔다. 그가 문을 잠갔다.

"꽤 이르게 걸음하셨군요. 누구에게 들었습니까?"

나는 미건이 전화를 걸었다고 대답했다. 나는 너시 경감에게 더욱 호감을 느꼈다. 경감은 미건도 빠뜨리지 않고 아침식사를 하도록 당부했기 때문이다.

"듣자하니 당신이 어제 죽은 여자를 전화로 찾았다고 하던데, 무슨 일이었습니까?"

경감이 이상하게 생각하는 것도 무리는 아니라고 나도 인정했다. 나는 아그네스가 패트리지에게 먼저 전화를 걸어놓고 결국 찾아오지 않았다는 경위를 설명했다.

"흐음! 그런 일이 있었군요."

그는 턱을 쓰다듬으면서 생각에 잠겼다.

"이번 사건은 타살이 분명합니다. 치명적인 외상을 입고 있으니까요. 문제는 그 여자가 무엇을 알고 있었느냐는 것입니다. 혹시 패트리지에게 무슨 말이라도 하지 않았을까요?"

"글쎄요, 아마 그럴 가능성은 적다고 봅니다만 직접 물어보시면 어떻겠습니까?"

"네. 여기 일이 마무리되면 당신 댁에도 실례를 해야 할 것 같군요."

"그런데 왜 살해되었을까요? 아직 아무것도 모릅니까?"

"확실한 것은 아직 아무것도 없습니다. 어제가 쉬는 날이어서 하녀들은 외출한 모양으로……."

"두 사람 다 말입니까?"

"네. 이 집 하녀들은 늘 함께 외출하기 때문에 시밍튼 부인이 그렇게 하도록 했답니다. 그래서 지금 하녀들로 비뀐 뒤에도 여전히 그렇게 해왔던 거지요. 저녁식사는 그녀들이 집을 나서기 전에 미리 준비하여 식탁에 차려놓았고, 차만 홀랜드 양이 대신 끓이기로 약속이 되어 있었답니다."

"그렇군요."

"그 사이에 생긴 일들은 상당히 분명하게 밝혀졌습니다. 요리를 담당하는 로즈는 니저 믹포드에 집이 있으므로 당일로 거길 다녀오려면 2시 반 버스를 타지 않으면 안되니까요. 그래서 점심 설거지는 아그네스가 하고, 저녁 설거지는 대신 로즈가 한다는 식으로 공평하게 일을 분담해왔던 모양입니다.

물론 어제도 마찬가지로 그렇게 했답니다. 로즈는 버스를 타려고 2시 25분에 집을 나섰고, 시밍튼 씨는 2시 30분쯤에 사무실로 나갔답니다. 그리고 엘지 홀랜드 양과 아이들이 2시 45분쯤에 산책을 나갔고, 미건 헌터는 그보다 5분쯤 뒤에 자전거로 놀러갔다고 하더군요. 따라서 아그네스는 이 집에 혼자 남아 있었던 셈인데, 듣자하니 지금까지는 보통 3시에서 3시 30분 사이에 집을 나갔다고 하는군요."

"집을 텅텅 비워두고 말입니까?"

"예. 이 마을사람들은 그런 일쯤 전혀 개의치 않습니다. 자물쇠도 잘 채우지 않지요. 그건 그렇고, 방금 말한 대로 아그네스는 3시 15분쯤에 혼자 남게 되었는데 그때부터 밖에 나가지 않았던 것은 틀림없어 보입니다. 사체로 발견되었을 때는 여전히 앞치마를 두르고 모자를 쓰고 있었으니까요."

"대충이라도 사망 시각은 알고 계십니까?"

"그리피스 박사는 매우 신중한 분이어서 2시에서 4시 반 사이라고만 하시는군요."

"살해 방법은요?"

"우선 그녀의 후두부를 강하게 쳐서 단숨에 기절시킨 뒤, 부엌에서 고기를 구울 때 흔히 사용하는 쇠꼬챙이로 두개골 밑을 찔러버린 것이지요. 아마 즉사했을 겁니다."

나는 담배에 불을 붙였다. 상상만 해도 소름이 쫙 끼쳤다. 몸서리를 치며 내가 말했다.

"잔인하군!"

"네, 정말입니다."

나도 모르게 한숨이 새어 나왔다.

"도대체 누가, 왜 죽였을까요?" 다그치듯 내가 물었다.

"글쎄요, 정확히는 알 수 없지만 대충 짐작은 갑니다."

"그녀가 무언가 알고 있었다는 말씀입니까?"

"그래요, 그녀는 분명 무언가 알고 있었을 겁니다."

"그것을 이 집에 사는 어느 누구에게도 발설하지 않았고요?"

"조사한 바로는 아무에게도 말하지 않은 모양입니다. 요리사 로즈 부인의 말에 따르면 시밍튼 부인이 죽고 나서부터 아그네스의 거동이 좀 이상했다고 하는군요. 날이 갈수록 점점 더 괴로워하면서 '어떡하지? 어떡하지?' 하는 말을 입에 달고 있었다는 겁니다."

그는 안타까운지 한숨을 쉬었다.

"늘 이렇답니다. 결코 우리에게는 연락을 하지 않지요. 경찰과는 되도록 얽히고 싶지 않다는 뿌리깊은 편견을 갖고 있으니까요. 만약 그녀가 찾아와 우리에게 마음의 고민을 털어놓았더라면 죽지 않아도 되었을 것입니다."

"그녀는 다른 하녀에게도 비밀로 했답니까?"

"네. 로즈 부인은 들은 바 없다고 했습니다. 아마 사실일 겁니다. 만약 로즈 부인이 그 사실을 알고 있었다면 마을사람들도 모두 알고 있었을 테니까요."

"난처하게 되었군요."

"하지만 대충 사정은 짐작이 갑니다. 즉, 처음에는 별로 대단한 일이 아니었는데 자꾸 생각하다보니 점점 불안해지는, 뭐 그런 일 아니겠습니까? 이해하시겠어요?"

"예."

"그럼 과연 어떤 일이었을까요? 아마 제 추측이 맞을 거라고 생각합니다……"

나는 감탄스런 눈길로 경감을 응시했다.

"어떻게 아셨습니까, 경감님? 정말 대단하군요!"

"아닙니다. 실은 당신이 모르는 일을 나는 알고 있으니까요. 시밍튼 부인이 자살했던 그날 오후도 두 하녀는 모두 외출했습니다. 쉬는 날이었으니까요. 하지만 아그네스는 도중에 집으로 돌아왔답니다."

"네에? 그것이 정말입니까?"

"네, 사실입니다. 아그네스에게는 렌델이라고 하는 남자친구가 있는데, 생선가게 점원이지요. 수요일은 생선가게도 빨리 끝나므로 렌델은 보통 가게일이 끝난 뒤 아그네스를 만나 함께 거리를 거닐거나 비오는 날이면 영화도 보곤 했습니다. 그런데 그날은 두 사람이 만나자마자 곧 말다툼이 벌어졌답니다. 실은 이미 전부터 익명의 편지를 보내는 범인이 이 두 사람의 관계에도 눈독을 들여, 아그네스에게 달리 숨겨놓은 애인이 있다는 식의 편지를 프레드 렌델에게 보냈기 때문에 그도 내심 신경이 곤두서 있었던 거죠. 그러다마침내 심하게 말다툼이 벌어졌고, 아그네스는 화가 나서 그만 집으로 돌아갔던 모양입니다. 렌델이 사과하지 않으면 함께 놀러가지 않겠다고 하면서 말이죠."

"그래서요?"

"그런데 버튼 씨, 이 집 부엌은 뒤뜰에 붙어 있지만 식당은 지금 우리가 보고 있는 쪽으로 창이 나 있답니다. 게다가 이 집은 대문밖에 없고요. 그러므로 이 집에 들어오려고 하면 반드시 현관으로 해서 들어오든지, 집 옆에 있는 작은 오솔길을 돌아서 뒷문으로 들어올 수밖에 없는 셈이지요."

그는 잠시 말을 끊었다.

"그런데 이제부터가 중요한 부분인데 실은 그날 오후 시밍튼 부인이 받은 편지는 우편으로 배달된 것이 아닙니다. 스탬프가 찍힌 낡은 우표를 붙인 뒤 봉투를 교묘하게 조작해서 마치 오후에 도착한 우편물처럼 보이게 만든 것이지요. 즉, 우체국을 거치지 않았다는 말입니다. 이것이 결국 무엇을 의미하는지 아시겠습니까?"

나는 신중하게 대답했다.

"다른 우편물과 섞이도록 오후 우편물이 도착하기 직전 우체통에다 직접 넣었다는 말씀입니까?"

"그렇습니다! 오후 우편물은 보통 4시 15분전쯤이지요. 그래서 나는 혹시 이렇게 된 것은 아닐까 추측해 보았습니다. 즉, 아그네스는 남자친구가 사과하러 오지 않을까 기다리면서 식당 창으로 대문을 지켜보고 있었어요. 창밖에 관목이 자라고 있어 시야를 가리긴 하지만 그런대로 꽤 뚜렷이 보이니까요."

"그럼 아그네스가 그 익명의 편지를 들고 온 사람을 보았다는 말씀이군요?"

"네. 나는 그렇게 생각합니다. 물론 잘못 생각하고 있는지도 모르지만서도요."

"그렇군요……네! 그럴 겁니다. 아니, 절대 보았을 겁니다! 그렇다면 아그네스는 그 익명의 편지를 쓴 사람이 누군지 알고 있었다는 얘기가 되고요."

"그렇죠."

"하지만 그렇다고 그녀를 왜?"

나는 눈썹을 찡그리면서 더 이상 말을 잇지 못했다.

너시 경감은 금방 대답했다.

"그녀는 자기가 본 것이 무엇을 의미하는지 처음에는 알지 못했던 겁니다. 당장은 말이죠. 어떤 사람이 집에 편지를 던져놓고 가는 것을 보았지만, 도저히 익명의 편지와 결부지어 생각할 수 없는 뜻밖의 인물이 틀림없었던 거지요. 따라서 범인은 도저히 상상도 할 수 없는, 전혀 의심의 여지가 없는 그런 인물이라는 결론이 나옵니다.

어쨌든 그녀는 시간이 흐르면서 생각하면 할수록 한층 더 불안해졌습니다. 그래서 누군가에게 이야기를 하는 편이 낫지 않을까 고민한 끝에 댁에서 일하는 패트리지 부인을 떠올린 것이지요. 아그네스에게 그녀는 가장 신뢰할 수 있는 인물이었고, 늘 그녀의 판단을 존중해왔으니까요. 그래서 결국 어떻게 해야 좋을지 패트리지에게 물어보기로 결정했을 겁니다."

"그랬군요. 그렇게 된 일이군요! 그런데 어찌된 노릇인지 그 생각을 익명의 편지를 보낸 범인에게 들키고 말았던 거군요. 범인은 어떻게 그녀의 생각을 알았을까요, 경감?"

"당신은 아직 시골생활에 익숙하지 않아서 잘 모르시는 모양인데 소문이 얼마나 빨리 퍼지는지 알면 아마 경악할 겁니다. 말 그대로 눈 깜짝할 사이니까요. 아그네스가 전화를 걸었을 때 누가 먼저 받았습니까?"

나는 어제 아침을 떠올려보았다.

"내가 처음 전화를 받았고, 다음에 2층에 있는 패트리지를 불렀지요."

"상대의 이름을 말하면서요?"

"네, 그렇습니다."

"누가 옆에서 듣고 있었습니까?"

"제 여동생과 에메 그리피스 양이 듣고 있었을지도 모르겠군요."

"에메 그리피스 양이라고요? 그녀는 무슨 일로 아침부터 거기 가 있었습니까?"

나는 자초지종을 설명했다.

"그녀는 곧장 집으로 돌아갔습니까?"

"아닙니다. 파이 씨 집에 들를 거라고 하더군요."

너시 경감은 한숨을 내쉬었다.

"결국 그 두 사람의 입에서 소문이 퍼진 거로군!"

나는 도저히 믿을 수 없었다.

"에메 그리피스나 파이 씨가 일부러 그런 시시한 소문이나 퍼뜨리고 다닌단 말씀입니까?"

"이런 시골마을에서는 어떤 일도 뉴스거리가 됩니다. 아주 놀라울 정도이지요. 가령 양복점 안주인이 손에 문어를 쥐고 있더라는 이야기조차도 엄청난 화젯거리가 되어 모두 귀를 쫑긋 세우고 진지하게 들으니까요. 게다가 아그네스가 전화를 걸었을 때 누군가 몰래 엿들었을 수도 있고요. 홀랜드 양이라든가 로즈 부인이 말이지요. 또한 프레드 렌델의 입도 고려해야만 합니다. 아그네스가 그날 오후 집으로 돌아갔다는 사실도 어쩌면 그가 떠벌린 것인지도 모르니까요."

나는 가늘게 몸을 떨면서 창밖을 내다 보았다. 곱게 손질된 잔디 사이로 작은 오솔길과 아담한 문이 보였다.

누군가가 저 문을 열고 태연한 얼굴로 집으로 들어와 우편함에 편지를 집어넣은 뒤 사라진 것이다. 나는 멍하니 그 여자를 상상해 보았다. 얼굴은 뿌옇게 흐려져 보이지 않았으나 내가 알고 있는 사람임에 틀림없었다.

너시 경감이 이야기를 계속했다.

"그러나 이것으로 수사망은 상당히 좁혀졌습니다. 우리는 언제나 이런 식으로 범인을 잡습니다. 차근차근 준비하고 침울성 있게 그물을 좁혀가는 것이지요. 아마 소거법에 해당할 겁니다. 그물 속에는 이미 몇 사람 들어 있지 않으니까요."

"그럼 누구를?"

"어제 오후 내내 근무처에서 일하고 있었던 여사무원들은 용의자에서 제외시켜야 하겠지요. 교장선생도 그렇고요. 그분은 수업을 하고 있었거든요. 그리고 간호사도 말입니다. 어제 그녀가 어디서 무엇을 했는지는 내가 더 잘 알고 있으니까요. 물론 이런 말을 한다고 내가 지금까지 그녀들을 의심하고 있었다는 말은 아닙니다. 그저 이것으로 그녀들의 무혐의가 더욱 뚜렷이 입증되었다는 말에 지나지 않습니다. 그런데 우리가 초점을 맞춰야 할 결정적인 시간은 이로써 두 개가 되었습니다. 어제 오후와 일주일 전의 그 시간으로 말입니다. 시밍튼 부인이 죽은 날은 대략 3시 15분부터(이것은 아그네스가 일단 외출했다가 말다툼을 한 뒤 집으로 돌아온 시간을 최소한으로 추측한 시간입니다) 우편물이 배달되었으리라 여겨지는 4시까지(우편배달원에게 확인해보면 좀 더 정확한 시간이 나올 것입니다)라고 생각할 수 있습니다. 그리고 어제는 3시 10분부터(이것은 미건 헌터 양이 집을 나간 시각입니다) 3시 반까지죠. 또는 아그네스가 아직 옷을 갈아입고 있지 않았던 걸로 보아 3시 15

분쯤이라고도 볼 수 있겠지요."

"그런데 어제는 무슨 일이 있었을까요?"

너시는 얼굴을 찌푸렸다.

"글쎄요…… 어쨌든 한 여자가 현관에 와서 벨을 누른 뒤 여느 때와 다름없는 상냥한 미소를 지으면서 오후의 방문객 같은 얼굴로 찾아왔을 겁니다. 홀랜드 씨는 집에 없습니까, 미건은 어디 갔습니까, 같은 말을 물어보았겠죠. 어쩌면 무슨 꾸러미를 들고 왔을지도 모르지요. 어쨌든 아그네스는 명함을 받을 접시를 가지러 간다거나 그 꾸러미를 받아들고 안에 갖다 놓으려고 등을 돌리는 순간, 그 깍듯한 손님은 갑자기 그녀의 뒤통수를 휘갈겼을 겁니다."

"무엇으로요?"

"이 근처 부인네들은 모두 대개 커다란 핸드백을 들고 다니지요. 과연 안에 무엇이 들어 있는지는 잘 모르겠습니다만."

"말씀대로라면 그녀의 뒤통수를 때려 기절시킨 뒤 수납실로 데려갔다는 말씀이시군요. 그렇지만 여자에게는 상당히 힘든 작업 아닐까요?"

너시 경감의 눈에 야릇한 빛이 감돌았다.

"우리가 뒤쫓고 있는 여자는 정상적인 인간이 아닙니다. 상당히 이상한 여자죠. 정신이상자의 대부분은 놀라울 만큼 괴력을 지니고 있는데다 아그네스도 그리 체구가 크지는 않지요."

그는 잠시 입을 다물고 있다가 내게 물었다.

"헌데 미건 헌터 양은 왜 계단 밑을 들여다 보았을까요?"

"아무 생각없이 열어보았다고 하더군요."

내가 대답하면서 곧바로 물어보았다.

"왜 아그네스를 수납실로 끌고 갔을까요? 아무래도 무슨 이유가 있었을 것 같은데?"

"사체 발견이 늦으면 늦을수록 사망시각의 판단도 어려워지니까요. 가령 홀랜드 양이 돌아왔을 때 바로 시체를 발견했더라면 의사는 거의 10분 정도의 오차로 사망시각을 추정할 수 있었을 겁니다. 그렇게 되면 범인은 훨씬 더 불리해지는 법이죠."

나는 미간을 찌푸리면서 질문을 계속했다.

"하지만 만약 아그네스가 그 사람을 의심하고 있었다면……."

너시 경감이 내 말을 가로막았다.

"아니오. 그녀는 의혹이라고 할 정도로 의심하지는 않았어요. 단지 '이상한 일이야' 정도로만 생각했을 뿐일 겁니다. 분명 머리가 좋은 여자는 아니겠죠. 그저 막연히 좀 이상하다는 그런 기분에 지나지 않았으니. 따라서 상대가 설마 자기를 죽이러 왔다고는 꿈에도 생각지 못했겠죠."

"당신은 일이 이렇게 될 줄 예측하고 있었습니까?" 내가 물었다.

너시 경감은 고개를 저으며 감정을 담아 말했다.

"마땅히 예측하고 있어야 했는데…… 결국 그 자살 사건이 익명의 편지를 보낸 작자를 깜짝 놀라게 했나 봅니다. 하지만 버튼 씨, 공포라는 감정은 정말로 예측하기 어렵지 않습니까?"

"공포라! 그렇군요, 그런 감정을 예측해야만 했어요. 공포라는 것이 정신이상자의 머릿속에 꽉 들어찬다면!"

"게다가,"

너시 경감의 다음 말은, 이 사건이 실은 얼마나 끔찍한 것인지를 분명히 이야기해주고 있었다.

"우리가 지금 초점을 맞추고 있는 그 사람은 틀림없이 모두로부터 존경받고 사랑받는 상당한 사회적 지위를 가진 인물이 분명합니다!"

이윽고 너시는 자리에서 일어나 다시 한 번 로즈를 만나보겠다고 했다. 나는 조심스럽게 혹시 괜찮다면 나도 같이 가도 되겠느냐고 어렵게 말을 꺼냈는데 뜻밖에도 그는 흔쾌히 찬성했다.

"당신이 협력해주신다면 나도 기쁘기 한량없지요."

그는 이렇게까지 말해주었다.

"그런 말씀을 하시다니 오히려 민망합니다. 소설에서 보면 형사가 다른 사람의 협력을 환영하는 경우는 상대가 오로지 범인일 경우가 대부분 아닙니까?"

너시는 가볍게 웃었다.

"어딜 보나 당신은 절대 익명의 편지를 쓸 사람이 못 됩니다." 그는 덧붙였다. "솔직히 말해서 당신이라면 제가 하는 일에 반드시 도움이 될 것 같아서 그럽니다."

"그 말씀을 듣고 나니 안심이지만, 설마 제가 무슨 도움이 되겠습니까?"

"당신은 이 고장 사람이 아니기 때문이지요. 마을사람들에 대한 편견도 없을 뿐더러 이를테면 사교계에서도 여러 가지 정보를 얻을 기회가 많으니까요."

"범인이 상당한 사회적 지위를 갖고 있다는 전제하에서 하시는 말씀이군요?"

"그렇습니다."

"스파이가 되어 집집마다 방문하는 것이 제 임무입니까?"

"싫으십니까?"

나는 잠시 생각해 보았다.

"알겠습니다. 선량한 여성을 자살토록 만들고 젊은 하녀의 머리를 때려 죽이는 위험한 미치광이를 잡는 일이라면 다소 비열한 일이라도 감수해야겠지요."

"그렇게 말씀해주시니 기쁘군요. 하지만 상대가 굉장히 위험한 인물이라는 것을 절대 잊지 마십시오. 마치 방울뱀이나 코브라처럼, 언제 덤벼들지 모른답니다."

그 말을 들으니 나도 모르게 몸이 떨렸다.

"그렇지만 어쨌든 하루 빨리 해결하셔야지요."

"물론입니다. 우리라고 멍하게 하늘만 올려다보고 있는 것은 아니니까요. 몇 가지 단서를 토대로 수사는 계속하고 있습니다."

널따랗게 펼쳐진 가느다란 거미줄이 환상처럼 내 뇌리를 감쌌다.

너시 경감이 내게 로즈 부인의 증언을 다시 한 번 듣겠다고 한 것은, 그녀가 이 사건에 대해서는 이미 두 번이나 설명했지만 다시 물으면 또 다른 설명을 들을 수 있을 것 같아서 그런다고 말했다.

로즈 부인은 아침식사를 끝낸 뒷정리를 하고 있었는데 우리를 보자 금방 동작을 멈추고 눈을 동그랗게 뜨면서 가슴에 손을 갖다대더니 아침부터 가슴이 내내 쿵쿵 뛴다고 하소연했다.

너시 경감은 참을성 있게, 또한 권위를 지키면서 그녀를 상대했다. 처음에는 상냥하게, 두 번째는 고압적인 태도로 그녀를 대했는데, 이번에는 두 태도를 섞어놓은 듯한 자세로 임했다.

로즈 부인은 아그네스가 이번 주 내내 얼마나 겁에 질려 있었는지 굉장히 과장해서 떠들었는데 이따금 기쁨을 못 이기고 부르르 작은 경련을 일으켰다. 그녀가 무엇을 무서워했는지 너시 경감이 물으니 부인은 눈만 동그랗게 뜨고 아무렇지도 않은 듯이 대답했다.

"그야 모르지요. 만약 아그네스가 제게도 그 이야기를 해주었다면 나까지 무서워서 어떻게 합니까?"

"아그네스가 무엇을 고민하고 있었는지 말하지 않았소?"

"네. 그저 가끔 혼자 있는 걸 두려워했습니다."

너시 경감은 한숨을 내쉬면서 아그네스 문제는 더 이상 추궁하지 않기로 마음먹었다. 어제 오후 로즈 부인의 행적을 정확히 알아낸 것만으로 만족할 수밖에 없었던 것이다.

대충 설명하면 2시 30분 버스를 타고 그날 오후부터 밤까지 자기 집으로 돌아가 가족들과 함께 보내고, 니저 믹포드에서 8시 40분 버스로 돌아왔다는 이야기였다. 물론 부인의 설명에는 그날 어쩐지 불길한 예감이 들었으며, 그 느낌을 언니에게 이야기했더니 무어라 대답했다는 둥, 또 그 때문에 자기가 온다고 일부러 준비한 시드 케이크도 전혀 입을 대지 못했다는 식의 살을 붙인 과장된 증언도 포함되어 있었지만.

우리는 부엌을 나와 엘지 홀랜드를 찾았다. 그녀는 아이들을 가르치던 중이었으나 곧 얌전하게 자습하도록 당부하고 일어나, 늘 그렇듯 순종적이면서도 뛰어난 가정교사로서의 능력을 과시했다.

"그동안 코린과 브라이언은 이 세 문제를 계산해보도록 하렴. 내가 돌아올 때까지 꼭 답을 제출해야 해요. 알겠죠?"

그녀는 우리를 아이들의 침실로 안내했다.

"여기가 좋을 듯합니다. 아이들 앞에서는 결코 사건에 대해서는 이야기하고 싶지 않으니까요."

"일하는데 방해해서 죄송합니다, 홀랜드 양. 다시 한 번 확인하겠으니 신중하게 대답해주십시오. 지밍튼 부인이 돌아가신 날부터 어제까지 아그네스가 무언가 고민하는 기색을 당신은 전혀 알아차리지 못했습니까?"

"제게는 아무 말도 하지 않았습니다. 그애는 본래 얌전하고 말수도 별로 없는 편이었거든요."

"다른 한 사람과는 정반대였단 말씀이군요?"

"예. 로즈 부인은 굉장히 말이 많은 편이니까요. 저도 이따금 도저히 참지 못하고 주의를 줄 때가 있어요."

"어제 오후에 있었던 일을 아는 대로 설명해주시겠습니까? 생각나는 것은 모두요."

"예. 우리는 평상시처럼 1시쯤에 점심을 먹었습니다. 아이들에게 규칙적인 생활은 중요하니까요. 그 뒤 시밍튼 씨는 사무실로 나가셨고, 저는 아그네스가 저녁 준비하는 것을 도왔습니다. 그동안 아이들은 제가 산책을 데리고 갈 때까지 정원에서 놀고 있었고요."

"산책은 어디로 나가십니까?"

"밭둑길로 해서 애커 계곡으로 갔습니다. 아이들이 낚시를 하고 싶다고 해서요. 그런데 제가 그만 미끼를 잊어버리고 가서 도중에 한 번 돌아왔습니다."

"그게 몇 시쯤입니까?"

"우리가 집을 나선 것은 대략 3시 20분전이나 그보다 조금 늦었을 겁니다. 미건도 함께 갈 예정이었는데 갑자기 가고 싶지 않다고 하면서 자전거로 나가버리더군요. 원체 자전거타기를 좋아하거든요."

"제 질문은 당신이 미끼를 가지러 집으로 돌아온 것이 몇 시냐는 말입니다. 집에는 들어갔을 것 아닙니까?"

"아니에요. 미끼는 뒷뜰 온실 안에 있으니까요. 그때가 몇 시였더라? 아마 한 3시 10분전쯤 되었을 거라 생각합니다."

"미건이나 아그네스는 만났습니까?"

"그때는 이미 미건은 나가고 없었을 것입니다. 그리고 아그네스도 만나지 못했고요. 아무도 만나지 않았습니다."

"그리고 나서 당신은 낚시를 하러 갔군요?"

"네. 계곡을 따라 갔습니다. 하지만 아무것도 잡지는 못했어요. 늘 그렇지만 거의 못잡는 편이거든요. 하지만 아이들이 좋아하니까 그걸로 만족합니다만, 브라이언이 옷을 적셔서 돌아오자마자 옷부터 갈아입혀야 했어요."

"수요일은 당신이 차 당번이라면서요?"

"네. 시밍튼 씨의 찻잔을 객실에 준비해두었다가 사무실에서 돌아오시면 그저 물만 끓여서 내놓는 정도예요. 아이들과 저는, 물론 미건도 마찬가지지만, 공부방에서 차를 마시거든요. 제 찻잔이며 그 밖의 여러 가지 필요한 도구는 모두 2층 찬장 속에 들어 있어요."

"당신이 돌아온 시간은 몇 시입니까?"

"5시 10분전입니다. 저는 곧 아이들을 2층으로 올려보내고 차를 준비했습니다. 시밍튼 씨가 돌아오신 것은 5시쯤으로 저는 차를 준비하려고 아래로 내려왔습니다. 그런데 시밍튼 씨께서 공부방에서 우리와 함께 차를 드시겠다고 하셔서 아이들이 무척 기뻐했지요. 그 뒤는 술래잡기를 하면서 함께 놀아주시더군요. 하지만 지금 생각하니 등골이 오싹하군요. 그동안 아그네스는 계단 밑 수납실에 시체가 되어 박혀 있었으니까요!"

"수납실은 평소 자주 사용합니까?"

"아니에요. 고작 잡동사니를 넣는데 사용할 뿐이니까요. 모자며 코트 등은 현관에서 들어와 오른쪽에 있는 작은 장에 넣어둡니다. 그러니 그 수납실은 아마도 한 몇 개월은 전혀 열어보지 않았을 거라고 생각해요."

"그랬군요. 그래서 당신이 집에 돌아왔을 때도 별로 큰 이상을 느끼지 못한 것이군요? 달리 좀 이상한 점은 없었습니까?"

파란 눈이 커다랗게 벌어졌다.

"예. 여느 때와 다름없었습니다. 그래서 별 생각없이 지냈는데, 생각하면 할수록 정말 등골이 서늘해지는군요."

"화제를 좀 바꿔서, 지난 주는 어땠습니까?"

"지난 주라 하시면 부인께서?"

"네."

"그때는 정말로 깜짝 놀랐습니다. 그토록 끔찍한 광경은 저……"

"네에, 그건 잘 알고 있습니다. 당신은 그날 오후도 밖으로 나가셨지요?"

"예. 오후는 매일, 날씨만 괜찮으면 늘 아이들을 데리고 밖으로 나가는 편이지요. 공부는 오전중에 끝내고요. 그날은 사냥터 쪽으로 갔습니다. 꽤 멀리 나간 셈이지요. 집으로 돌아와 대문을 들어설 무렵, 사무실에서 돌아오시는 시밍튼 씨의 모습이 도로 저편에서 보이더군요. 너무 늦게 돌아왔다싶어 순간 당황했습니다. 빨리 차 준비를 해야 하니까요. 하지만 시계를 보았더니 겨우 5시 10분전 이었습니다."

"당신은 시밍튼 부인의 방에는 들어가지 않았습니까?"

"네. 전혀 들어가지 않았습니다. 부인은 대개 점심을 드시고 나면 낮잠을 주무셨으니까요. 신경통이 지병이어서 식사 뒤에 자주 발작을 일으켰는데, 그리피스 선생께서 처방해주신 약을 드시고 오후는 낮잠을 주무셨어요."

너시 경감이 혼잣말처럼 중얼거렸다.

"그럼 아무도 우편물을 부인 방까지 갖다드리지 않았겠군!"

"오후 우편물 말씀이시군요? 그건 대개 제가 산책에서 돌아오는 길에 우편함을 들여다보고 편지가 있으면 현관홀 탁자 위에 올려둡니다. 하지만 부인께서 직접 내려와 우편물을 가져가시는 일도 많습니다. 부인은 오후 내내 계속 주무시기만 하는 게 아니라 4시쯤에는 늘 일어나셨으니까요."

"그런데 유독 그날 오후만 일어나지 않으셨는데도 당신은 전혀 이상하다는 생각을 못했습니까?"

"예. 설마 그런 일이 있으리라고는 꿈에도 생각 못했거든요. 그런데 시밍튼 씨가 현관홀에서 코트를 벗고 계실 때 제가 곧 찻물이 끓으니까 잠깐만 기다려달라고 말씀드렸습니다. 그러자 시밍튼 씨께서는 괜찮다고 하시면서 '모나! 모나!' 하고 부인을 부르셨습니다. 그러나 도무지 대답이 없는지라 직접 2층으로 올라가셨지요. 분명 깜짝 놀라셨을 겁니다. 얼마 뒤 저를 부르는 소리가 나서 급히 달려가보니 '아이들을 가까이 오지 못하게 하라'는 당부를 하시면서 곧 그리피스 선생에게 전화를 거셨습니다. 저는 주전자를 불위에 올려놓은 것을 새까맣게 잊어버려서 그만 숯덩어리가 되고 말았답니다! 심장이 딱 멎을 정도로 놀랐으니까요. 점심때만 해도 그토록 즐거워보이시던 분이 어떻게!"

너시 경감이 틈을 주지 않고 질문했다.

"홀랜드 양은 부인이 받은 편지를 어떻게 생각하십니까?"

홀랜드는 분개하듯 대답했다.

"장난치고는 너무 심하다고 생각해요. 악질이에요!"

"네에, 물론 그건 그렇지만 제 질문의 의도는 그게 아니라, 당신은 그 편지를 어떻게 생각하느냐고 물었습니다."

엘지 홀랜드는 단호하게 잘라 말했다.

"아닙니다. 절대 거짓말이에요! 부인은 굉장히 감수성이 풍부하고, 신경이 예민한 분이었어요. 모든 일들에 일일이 마음을 쓰시지요. 그리고 아주 청결한 분이셨고요."

한순간 엘지 홀랜드의 얼굴이 붉어졌다.

"그런…… 그토록 지저분한 이야기를 읽으시면 틀림없이 깜짝 놀라 기절하실 겁니다."

너시는 잠시 침묵을 지키더니 다시 질문을 계속했다.

"홀랜드 양, 당신은 어떻습니까? 그런 편지를 받은 일이 전혀 없습니까?"

"아니오, 천만에요. 그런 것은 한 통도 받지 않았습니다."

"정말입니까? 어허, 그것 참!"

그는 손을 내저으며 차근차근 설득했다.

"그리 황급히 대답하지 않으셔도 됩니다. 그런 편지를 받는 일은 정말 불유쾌하여 자기가 그것을 받았다는 사실조차 인정하지 않으려는 사람들도 있습니다만, 이번 사건에서는 상당히 중요한 부분입니다. 그러니 꼭 사실을 말씀하셔야 합니다. 물론 편지 내용이 더할 나위 없이 엉터리라는 것은 이미 우리도 잘 알고 있으니까 전혀 마음 쓰지 마시고."

"하지만 전 편지를 받지 않았습니다. 정말입니다. 그런 것은 단 한 통도 받지 않았다고요."

금방이라도 울음을 터뜨릴 것처럼 분개하는 것을 보니 그녀가 편지를 받지 않은 것은 분명해 보였다.

홀랜드가 아이들에게 돌아가자 너시 경감은 일어서서 창밖을 내다보았다.

"헌데 도대체 무슨 영문이람? 편지를 받지 않았다니! 거짓말하는 것처럼은 보이지 않는데……"

"아무래도 편지는 받지 않은 것처럼 보이던데요?"

"그럼 이건 또 어떻게 해석해야 합니까? 하필이면 그녀가 편지를 받지 않았다는 것은 도대체 무슨 의미냐고요?"

그는 뒤돌아 나를 바라보면서 초조한 기색으로 목소리를 바꾸었다.

"아주 아름다운 여자군요!"

"네, 미인이지요."

"그렇죠? 탁월한 미모에다 젊기까지 하죠. 그러니까 익명의 편지를 보낸 범인의 먹이가 되기에는 아주 적절한 요소를 구비하고 있지 않습니까? 그런데도 왜 제외되었을까요?"

나는 고개만 갸웃하며 대답을 못했다.

"아주 흥미로운 문제군요, 그레이비즈가 알면 좋아하겠지. 편지를 받지 않은 사람이 있으면 꼭 알려달라고 했으니까."

"그녀가 두 번째 사람이죠, 에밀리 버튼 부인도 있으니까."

너시는 쓴웃음을 지었다.

"버튼 씨, 남의 말을 무조건 믿어서는 안됩니다. 내 장담하지만 에밀리 부인은 분명 편지를 받았어요, 아마 한두 번이 아닐 겁니다."

"어떻게 아십니까?"

"부인이 지금 세들어 있는 집 안주인은 전에 부인 집에서 일하던 여자이지요. 프로렌스 엘포드라고 하는데, 아주 울긋불긋 얼굴을 붉히며 펄펄 뛰었답니다. 누가 쓴 것인지 밝혀지기만 하면 아주 요절을 내겠다고 정말 무시무시한 기세였거든요."

"그럼 에밀리 부인은 왜 그런 편지를 받지 않았다고 거짓말을 했을까요?"

"고상한 분이어서 그렇지요, 편지 내용이 너무 지저분하지 않습니까? 모르긴 몰라도 에밀리 부인은 비도덕적인 모든 행위며 말과는 아예 담을 쌓고 살아왔을 겁니다."

"그 편지에는 어떤 내용이 적혀 있었습니까?"

"늘 하던 대로죠, 영 말도 안되는 온갖 엉터리 말을 꾸며가지고 부인이 자기 언니를 죽였다고 했답니다."

나는 울화가 치밀었다.

"위험한 미치광이가 온갖 장소에서 설치고 다니는데도 우리는 전혀 손을 쓸 수 없다니!"

"아닙니다. 곧 잡게 될 것입니다."

너시 경감이 잘라 말했다.

"이제 곧 기세가 등등해진 범인이 불필요한 편지를 한 통 써보내게 될 테니까요."

"하지만 일이 이렇게 되었는데 설마 또 편지를 쓰겠습니까?"

그는 득의만만하게 나를 바라보았다.

"아닙니다. 반드시 씁니다. 아마 안 쓰고는 못배길걸요? 이미 중독상태여서 앞으로도 꾸준히 쓸 겁니다. 틀림없어요!"

제9장

1

시밍튼의 집을 나오다 뜰에서 미건을 만났다. 기운을 되찾았는지 쾌활한 목소리로 내게 말을 걸었다.

한동안 다시 우리 집에 가지 않겠느냐고 물어보았더니 잠시 주저하면서도 끝내 고개를 저었다.

"저, 저는 역시 여기 있겠어요. 이곳이 제 집인걸요. 게다가 여기 있으면 동생들도 돌볼 수 있을 테니까."

"그래? 알겠다. 내 눈치 볼 것 없이 너 좋을 대로 하렴."

"그럼 여기 있겠어요. 하지만 만약……."

"만약 뭐?" 내가 재촉했다.

"만약 무서운 일이 일어나면 금방 당신에게 전화할 거예요. 그럼 꼭 빨리 와주세요."

나는 기뻤다.

"물론이지! 금방 날아올게. 그런데 그런 이상한 말을 하다니 무슨 나쁜 예감이라도 드는 거니?"

"아니에요. 그런 게 아니라…… 만약을 위해서 그렇게 생각하고 싶어서요."

미건의 표정이 불안해보였다.

"그렇게 생각하는 것은 좋지만 부디 시체를 찾으러 돌아다니지는 말아다오! 별로 칭찬하고 싶지 않으니까."

"그래요! 나도 정말 무서웠거든요."

미건은 살짝 미소를 지었다. 나는 그녀를 이대로 남겨두고 떠나고 싶지 않았으나 미건의 말대로 여긴 자기 집이고, 이제는 홀랜드도 조금은 신경을 써주리라 믿었다.

너시 경감은 나를 따라 리틀파즈로 왔다. 내가 조애너에게 아침에 일어난 일을 전부 설명하는 사이에 경감은 패트리지를 심문했다. 그러나 얼마 안 가 그는 아주 실망스런 얼굴로 어깨를 축 늘어뜨리고 돌아왔다.

"별로 도움이 안 됩니다. 아그네스가 걱정거리가 있어 어떻게 해야할지 모르겠다면서 자기와 의논하고 싶다고만 했다는군요."

"혹시 패트리지 부인이 누구에게 이야기한 것은 아닐까요?"

조애너가 말했다.

너시 경감은 떨떠름한 얼굴로 고개를 끄덕였다.

"네에. 에모리 부인에게 말했답니다. 출퇴근하는 가정부인데, 이렇게 말했다고 하는군요. '아그네스는 요즘 젊은애들과는 달리 나이든 사람의 조언을 잘 따르는 보기 드문 처녀이다. 아주 영리하지는 않지만 예의범절도 잘 알고 칭찬할 만하다'고요."

"패트리지 부인으로서는 자랑삼아 한 말이겠지만 에모리 부인이라는 사람이 온 동네방네 떠들고 다녔을지도 모를 일이군요?"

조애너가 말했다.

"바로 그렇답니다."

나는 고개를 갸웃했다.

"하지만 역시 이해가 안 됩니다. 왜 여동생이나 제게 그런 익명의 편지를 보냈을까요? 우리는 이 고장 사람도 아니고, 게다가 원한을 살 만한 사람도 전혀 없는데 말입니다."

"당신은 그런 편지를 보내는 사람의 심리를 잘 모르는 모양인데, 쉽게 말하면 그저 애꿎은 화풀이에 지나지 않는 것이랍니다. 그리고 그 사람의 원한이나 분노 따위는 모든 사람들을 향한 것이고요."

"딘 칼스롭 부인도 그 비슷한 말을 하지 않았어요?"

조애너가 말했다.

너시는 자세한 설명을 요구하는 얼굴로 조애너를 지긋이 바라보았으나 동생은 아무 말도 덧붙이지 않았다.

"아가씨, 만약 당신이 받은 편지봉투를 자세히 보셨다면 잘 아시겠지만, 받는 사람의 이름이 처음에는 '미스 버튼(Miss Barton)'이었지요. 즉, 에밀리 버튼 부인에게 보낼 편지였는데 그것을 나중에 'a'를 'u'로 바꿔서 '미스 버튼(Miss Burton)', 그러니까 당신 이름으로 고친 것이었어요."

아마도 이 사실을 좀더 적절하게 해석했더라면 사건을 푸는 중요한 단서가 되었을 것이다. 그러나 유감스럽게도 그때 우리는 미처 의미를 깨닫지 못했다.

너시 경감이 돌아가고 나와 조애너만 남았을 때, 동생은 직접 그 문제를 언급했다.

"오빠는 그 편지가 정말 에밀리 버튼에게 보내려던 것이라고 생각해요?"

"글쎄다, 아직은 잘 모르겠어. 만약 그게 사실이라면 '이, 매춘부야' 같은 말로는 시작하지 않았을 것 같거든."

조애너는 내 지적에 동의했다. 그러더니 문득 나더러 마을에 다녀 오라고 제안했다.

"사람들이 무어라 수군대는지 들어볼 필요가 있을 것 같아요. 오늘 아침은 모두 그 이야기들로 입이 닳았을 테니!"

함께 가자고 권했지만 놀랍게도 조애너는 거절했다. 혼자서 뜰을 거닐고 싶다고 대답했다.

나는 방문 앞에 섰다가 살며시 목소리를 낮추었다.

"설마 패트리지가 범인은 아니겠지?"

"패트리지?"

깜짝 놀란 조애너의 목소리를 들으니 그렇게 생각한 내가 부끄러워졌다. 당황한 나는 황급히 사과했다.

"아니야, 내가 실수했어. 그냥 문득 그런 생각이 떠오른 것뿐이야. 부인도 좀 '이상'한 데가 있는 사람이니까. 완고한 독신녀다운 면이 있어서 뭐랄까…… 마치 사이비 종교에 빠지기 쉬운 구석이 많잖니?"

"범인은 광신도가 아닐 거예요. 그레이비즈 경감도 그렇게 말했잖아요."

"그랬지. 성적 편견이 강한 여자일 거라고 말이야. 하지만 그것과 이것은 어떻게 보면 비슷하지 않니? 부인은 오랜 나날을 억압받는 비정상적인 생활을 해왔으니까 말이야. 할머니들과 함께 이 집에 거의 갇혀 있다시피 생활해왔다고."

"왜 그런 생각을 하게 되었어요?"

나는 천천히 대답했다.

"그러니까 말이야, 아그네스가 패트리지 부인에게 어떤 말을 했는지는 결국 부인밖에 모르는 일이니까 우린 무조건 그 말을 믿을 수밖에 없는 일이지. 하지만 만약 아그네스가 패트리지 부인에게 왜 시밍튼 씨 댁에 편지를 집어넣고 갔느냐고 전화로 따졌다고 가정하면, 부인은 가서 설명하겠다고 어제 찾아갔는지도 모르지 않느냐는 말이야."

"그래서 그걸 얼버무리기 위해 일부러 우리에게 와서 아그네스가 찾아온다는 소릴하면서 혹시 집을 비울지도 모른다는 말을 했다는 거예요?"

"그렇지!"

"하지만 패트리지는 어제 오후 전혀 외출하지 않았잖아요?"

"그건 모를 일이지. 우리도 집을 비웠으니까."

"그도 그렇군요. 하긴 아주 불가능한 일은 아니에요."

조애너는 잠시 생각에 잠겼다.

"하지만 역시 나는 믿을 수가 없어요. 들키지 않도록 그토록 교묘하게 잔손질을 한 편지를 패트리지 부인이 만들었을 거라고는 좀처럼 생각하기 어려우니까요. 지문도 안 묻게 궁리하고, 그 밖에도 사소한 데에 얼마나 신경을 많이 썼게요. 또 편지 내용만 하더라도 크게 어려운 문장은 아니지만 어쨌든 그만한 트집을 잡으려면 나름대로 아는 이야기가 많아야 할 텐데 그런 것도 미심쩍고…… 아무래도 부인에겐 너무 무리한 작업 같다는 생각이 들거든요. 게다가……." 조애너는 잠깐 주저하더니 조심스럽게 말을 이었다. "범인이 진짜 여자가 분명하긴 한 거예요?"

"그럼 넌 남자라고 생각하니?"

나는 기가 막혀 되물었다.

"물론 정상적인 남자는 아니고, 어떤 특수한 남자가 아닐까 생각해요. 가령 파이 씨 같은 사람도 조금 의심스럽지 않아요?"

"파이 씨가?"

"좀 수상쩍지 않아요? 고독하고, 불행하고, 게다가 심술궂으니."

모두 그를 우습게 알고 깔보잖아요. 그러니 세상의 행복한 사람들을 남몰래 저주하면서 지금 자기가 저지르는 일들을 즐기고 있는지도 모를 일이라고요."

"그레이비즈 경감이 범인은 중년의 독신자라고 말한 것을 기억해?"

"파이 씨도 중년에 독신이잖아요."

"그는 좀 경우가 틀리다고 생각해."

"글쎄요, 별로 안 틀리다고 보는데…… 하긴, 그 사람은 부자죠. 하지만 이런 문제가 꼭 돈과 결부되란 법은 없잖아요. 게다가 그는 틀림없이 머리도 좀 이상한 것 같고 말이에요. 암튼 이상한 사람이 분명해요."

"하지만 그도 익명의 편지를 받았어."

"그런 소릴 어떻게 믿어요! 우리가 그냥 그렇게 생각하는 것뿐인지도 모르고, 일부러 보란 듯이 그런 연극을 한 것인지도 모르잖아요?"

조애너도 좀처럼 고집을 굽히지 않았다.

"우리를 속이려고 말이니?"

"네. 그 정도는 누구라도 생각할 거예요. 그러면 오히려 지나치게 호들갑을 떠는 것처럼 보이지 않도록 잘 계산해서 행동하겠죠."

"뛰어난 배우로군!"

"아마 배우가 아니면 이런 일도 못 꾸밀걸요? 오히려 배우이기 때문에 이런 짓도 즐길 수 있을 거예요."

"마치 경험이라도 있는 듯하구나! 마치 범죄심리의 권위자인 것처럼 들리는데."

"네에, 나도 알고 있어요. 그렇지만 나는 적어도 범인의 기분이 되어 생각할 수는 있다고요. 만약 내가 조애너 버튼이 아니라면, 만약 내가 젊지도 않고 조금도 예쁘지 않고, 게다가 즐겁게 지낼 수도 없다면, 또 내가…… 무어라 표현해야 좋을까? 그러니까…… 다른 사람들이 모두 즐겁게 생활하는 것을 철책 너머 그늘에 숨어 손가락이나 빨면서 부러워하고 있다면…… 나도 틀림없이 속이 상하고 미운 생각에 그들에게 복수하고 싶어질 거예요. 철저하게 괴롭히다가 때로는 죽여버리고 싶을지도 모르죠."

"조애너!"

나는 동생의 어깨에 손을 얹어 흔들었다. 조애너는 작은 한숨을 쉬면서 몸을 떨더니 잠시 후 방싯 웃었다.

"놀랐죠? 하지만 이 문제를 풀려면 그런 식으로 생각하는 것이 옳다고 생각해요. 범인의 기분이 되어 그가 무엇을 느끼고, 왜 그런 짓을 하고 싶어하는지 알아야 한다고요. 그러면 그가 앞으로 무슨 짓을 하려는지 나도 알 수 있을 것 아니겠어요?"

"쳇! 나는 여기 정양하러 온 거야. 시골마을에서 벌어지는 잔잔한 소문이나 들으면서 평화롭고 즐겁게 지내기 위해서 말이야. 그런데 이 무슨 날벼락이니! 험담과 중상에 위협하는 글귀들이 나돌더니 급기야는 사람까지 죽어났으니! 젠장!"

2

조애너가 말한 대로 큰길은 구경꾼들로 가득했다. 나는 한 사람씩 모두의 반응을 살펴보리라 마음먹었다.

먼저 그리피스부터 만났다. 그는 당황스러울 정도로 얼굴빛도 안 좋았고, 피곤한 기색이 역력했다. 살인사건에 입회하는 것만이 의사의 일은 아니겠지만, 직업상 어쨌든 늘 인간들의 추악한 면만 보거나 죽은 사람을 다루게 되니 의사라는 직업에는 저절로 동정이 갔다.

"굉장히 피곤해보이십니다." 나는 위로했다.

"그렇습니까?" 그는 남의 일처럼 건성으로 답했다. "최근 여러 가지로 안 좋은 일들이 겹치는 바람에요."

"특히 미치광이를 상대로 하는 일은 더 못할 노릇이겠죠."

"그러게나 말입니다."

그는 내게서 눈길을 돌리더니 길 건너편을 바라보았다. 눈꺼풀이 가늘게 떨리고 있었다.

"그 미치광이가 누군지 짐작이 가십니까?"

"전혀 모르겠습니다. 무슨 일이 있어도 꼭 찾아내고 싶은데 말입니다."

그리피스는 뜬금없이 조애너는 어떻게 지내는지 물었다. 그러면서 조애너가 보고싶어하던 사진을 지금 자기가 들고 있다고 조금 주저하면서 덧붙였다.

내가 대신 동생에게 전해주겠다고 제안했다.

"아니, 아닙니다. 어차피 오전 중에 댁의 집 앞을 지나야 할 일이 있으니까요."

나는 괜히 쓸데없는 말을 해서 그리피스의 마음을 상하게 한 것은 아닌지 걱정스러웠다. 그렇다고는 하지만 이 천벌 받을 조애너 같으니! 그리피스처럼 훌륭한 사내의 목을 붙들어 매어 놓고는 자랑삼아 내보이다니!

나는 곧 그와 헤어졌다. 왜냐하면 건너편에서 그리피스의 여동생이 오는 것을 보았기 때문이다.

"정말 놀랐습니다! 당신도 새벽부터 그곳에 가셨다면서요?"

그 말 속에는 의혹이 도사리고 있었다. 그리고 '새벽부터'라는 말을 특별히 강조하고 있는 그녀의 눈이 반짝 빛을 발했다. 나는 미건이 전화로 날 불렀다는 말은 결코 하지 않겠다고 생각했다.

"네에, 어젯밤부터 좀 걱정이 되어서요. 아그네스라는 하녀가 우리 집에 차를 마시러 온다고 하고서는 결국 나타나지 않았거든요."

"그래서 뭔가 이상하다고 생각하셨어요? 정말 놀라운 직감을 가지셨군요!"

"저야 뭐 본래 사냥개 같은 남자니까요."

"림스톡에서 살인사건이 일어난 것은 이것이 처음입니다. 그러니 모두 불안해할 밖에요. 경찰이 하루 빨리 범인을 잡아주면 그보다 더 고마운 일은 없을 텐데 말입니다."

"아마 걱정하지 않으셔도 될 겁니다. 실력있는 형사들이 모두 한데 모여 있으니까요."

"시밍튼 씨 댁에 찾아갔을 때 지금까지 그 하녀가 문을 열어준 것도 여러 번이라고 생각하는데 도무지 얼굴이 기억나지 않는군요. 별로 말수도 없고 평범한 처녀였다는 기억은 있는데 말이에요. 그런데 오빠 말을 듣자하니 뒤통수를 얻어맞은 뒤 무언가 뾰족한 것으로 찔러 죽였다고 하는데 혹시 남자친구의 짓은 아닐까요? 당신은 어떻게 생각하세요?"

"당신은 그렇게 생각하시는군요?"

"보통 누구나 그렇게 생각하지 않을까요? 분명 말다툼 같은 걸 했겠지요. 이 근처는 근친결혼이 많아서 유전적으로 질이 나쁜 인간들도 꽤 되니까요."

그녀는 잠시 숨을 돌리더니 말을 이어나갔다.

"무엇보다 미건 헌터가 사체를 발견했다는 소리를 듣고 나는 몹시 놀랐습니다."

나는 짤막하게 대꾸했다.

"그렇습니다."

"그런 경험은 절대 좋지 못하답니다. 그 애도 크게 정상은 아니니까요. 그런 일을 겪으면 미건의 머리에도 어떤 영향을 미칠지 누가 알겠어요? 정말 걱정이에요."

나는 갑작스런 결심을 했다. 문득 꼭 알고 싶은 일이 생겼기 때문이다.

"좀 다른 이야기입니다만 당신은 어제 미건을 설득해서 집으로 돌아가게 하지 않았습니까?"

"설득한 게 아니에요."

나는 여전히 단호하게 이야기했다.

"어찌 되었건 당신이 미건에게 무슨 말인가 한 것은 분명한 사실이지요?"

에메 그리피스는 두 발에 단단히 힘을 주고 나를 똑바로 보았다. 다소 수세에 몰리는 모양이다.

"처녀애가 자기 책임을 회피하는 것은 별로 좋지 못한 일이라고 보았기 때문이에요. 미건은 어려서 세상이 무슨 소문을 퍼뜨리는지 모르니까 내가 나서서 슬며시 주의를 주는 것이 도리라고 생각했을 뿐이에요."

"소문?"

나는 너무 약이 올라 더 이상은 말도 나오지 않았다.

그러나 에메는 그 특유의 경탄할 만한 자신감과 냉정한 태도로 이야기를 계속했다.

"아마 당신은 지금 어떤 소문이 떠돌고 있는지 모르시겠지만 저는 다 알고 있어요. 모두 어떤 입방아를 찧는지 잘 알고 있단 말이에요! 미리 말씀드리지만 저는 그런 소문 따윈 전혀 개의치 않습니다. 하지만 세상 사람들은 그렇지가 않아요. 무슨 나쁜 소문이 나면 그대로 믿어버리니까요. 그러므로 자기 힘으로 살아가는 여성에게 만약 그런 소문이 따라다니면 그야말로 큰일이지요!"

"자기 힘으로 살아가는 여성?"

나는 도무지 영문을 알 수 없는 소리뿐이었다.

"그녀로서도 괴로운 입장이지요. 하지만 나름대로 애를 많이 썼답니다. 설마 아무도 돌볼 사람도 없는 아이들을 나 몰라라 팽개치고 일을 그만둘 수도 없을 테니까요. 그녀만큼 열심히 일하는 사람도 드물 겁니다. 실로 존경할 만하지요! 우리는 모두 그렇게 칭찬합니다. 그러나 역시 사람들이 부러워할 만한 처지에 있으니까 괜히 소문이 나도는 것이겠지요."

"도대체 누구 이야기를 하시는 겁니까?"

듣다 못해 나는 짜증스럽게 물었다.

"어머나! 엘지 홀랜드 양 이야기지 누구겠습니까?"

에메 그리피스는 답답하다는 듯이 그렇게 대답했다.

"그녀는 정말이지 훌륭한 여성입니다. 그런데도 그녀는 단지 자기 할 일을 다 하는 것뿐이라고 겸손해 하겠지요."

"그래서 세상 사람들은 어떤 소문을 퍼뜨렸답니까?"

에메 그리피스는 소리높여 웃었다. 이상한 웃음소리라고 나는 속으로 생각했다.

"홀랜드 양이 시밍튼의 둘째 부인이 되려고 착착 준비중이라는 소문입니다. 시밍튼 씨며 어수선한 집안을 다독거려 자기가 없어서는 안 될 사람처럼 여겨지도록 하나하나 계획대로 일을 꾸미고 있다고요."

"놀라운 말이군요! 부인이 죽은 지 겨우 일주일밖에 안 지났는데 그런 소문이 돌다니!"

에메 그리피스는 어깨를 으쓱 들었다 놓았다.

"물론 말도 안 되는 소문입니다. 그러나 세상 사람들은 늘 그런 식이지요. 홀랜드 양은 젊고 아름다우니 그것만으로도 충분히 소문이 돌지 않겠습니까? 게다가 이렇게 말하는 것은 뭣하지만 가정교사로 일생을 보내는 여자란 없으니까요. 가령 가정교사가 남편을 만나 가정을 꾸리고 싶다는 생각에 기회를 잘 포착하여 자신의 꿈을 실현시키는 것도 크게 이상한 일은 아니니까요.

물론 딕 시밍튼 씨는 손톱만큼도 그런 생각은 하고 있지 않으실 겁니다. 그는 모나 시밍튼이 자살하는 바람에 아무것도 할 의욕이 없을 테니까요. 하지만 아시다시피 사내들이란 다 그렇지 않습니까? 옆에서 여자가 딱 붙어서 자기를 위로해주고, 돌봐주고, 아이들에게도 애정을 보이면, 결국 그 여자를 의시하게 마련이잖아요."

나는 공손하게 물어보았다.

"그럼 당신은 엘지 홀랜드 양을 결코 만만하게 봐서는 안 된다는 말씀입니까?"

에메 그리피스는 얼굴을 붉혔다.

"천만에요! 나는 지금 그녀를 동정하고 있습니다. 사람들이 모두 그런 시시한 소문이나 퍼뜨리는 데 대해서 말입니다. 제가 미건에게 집으로 돌아가라고 권유한 것도 실은 그 때문이지요. 그 편이 딕 시밍튼과 홀랜드 둘만 남겨두기보다는 나을 것이라 생각해서 말입니다."

나는 비로소 전후사정을 알 것 같았다.

에메 그리피스는 밝은 웃음소리를 터뜨렸다.

"소문이라면 사족을 못쓰는 이 마을사람들 때문에 버튼 씨도 조금은 놀라셨겠지요? 분명히 말씀드리지만 이곳 사람들은 늘 최악의 경우만 생각한답니다!"

그녀는 다시 까르르 웃음을 던지면서 고개를 까딱하더니 성큼성큼 씩씩하게 사라졌다.

교회 근처에서 파이 씨를 만났다. 그는 에밀리 버튼 부인과 이야기를 나누고 있었다. 부인은 얼굴을 발갛게 붉히면서 흥분한 모습이었다.

파이 씨는 기쁜듯이 나에게 인사했다.

"정말 반갑습니다, 버튼 씨! 안녕하십니까? 아름다운 동생분도 잘 계시고요?"

조애너는 굉장히 건강하다고 내가 전해주었다.

"그런데 당신은 아직 우리 이야기를 듣지 못했겠죠? 지금 마을에서는 대소동이 벌어졌는데 실은 살인사건이 있었답니다! 신문에서나 볼 법한 그런 살인이 바로 이 고장에서 일어난 것이지요. 별로 유쾌하지 못한, 피로 얼룩진 처참한 범죄사건이 말입니다. 젊은 하녀가 참살되었다고 하는데 자세한 사정은 잘 모르지만 정말 놀라운 일 아닙니까?"

에밀리 부인이 떨리는 목소리로 이야기했다.

"너무 놀랐어요. 도대체 어떻게 그런 참혹한 일이!"

파이 씨가 부인을 돌아보았다.

"하지만 당신은 그것을 즐기고 있지 않습니까? 솔직히 말씀하시지요. 당신은 그 범죄를 비난하거나 탄식하고 있지만 사실 굉장히 스릴 있는 일이니까요. 스릴도 어디 보통 스릴입니까?"

"그토록 참한 아이가…… 아그네스는 성 크로타일드 고아원에서 온 아이입니다. 저야 별로 아는 바는 없지만 굉장히 순수하고 착한 아이라고 들었습니다. 얌전한 하녀였지요. 패트리지도 퍽 귀여워하던 애였고요."

나는 재빨리 끼어들었다.

"아그네스는 어제 오후 패트리지와 함께 차를 마실 약속을 했습니다." 그리고 곧 파이 씨를 돌아보았다. "그 이야기는 에메 그리피스 양에게 들어서 이미 아시겠지요?"

내가 너무 자연스럽게 이야기를 건네서 파이 씨는 전혀 의혹을 느끼지 못하는 듯했다.

"네에, 들었습니다. 하녀들끼리 일하는 집에서 서로 전화질이나 하고 있다니 정말 세상 많이 변했다고 하더군요."

"패트리지는 그런 전화가 걸려오리라곤 꿈에도 생각지 못한 일이었다고 하던데요?" 에밀리 부인이 말했다. "그리고 아그네스가 그런 짓을 하리라곤 저도 정말 놀랐답니다."

"그게 아니라 우리가 시대에 뒤떨어지는 거지요." 파이 씨가 반론했다. "제 집에 있는 두 사람도 늘상 어디론가 전화를 걸거나 아무데서나 상관없이 함부로 담배를 피우길래 참다못해 저도 한마디 했습니다만, 그만한 일로 잔소리를 하는 것도 좀 문제가 있다고 생각합니다. 우리 집의 프레스코는 좀 변덕스러운 것이 흠이긴 해도 요리실력도 빼어나고, 그의 아내도 일솜씨가 좋아서 정말 달리 흠잡을 데가 없거든요."

"그래요? 정말 운이 좋으십니다."

화제가 단순한 집안일로 돌아가는 것을 막기 위해 나는 두 사람의 대화에 끼어들었다.

"정말 소문이 빠르군요! 살인사건이 일어난 것을 사람들이 모두 알고 있는 것입니까?"

"그거야 정육점이라든지 빵집, 또는 잡화점 같은 가게주인들이 있으니까 일단 이들의 귀에만 들어가면 그 다음은 일사천리지요. 어쨌거나 림스톡도 타락했습니다! 익명의 편지에 이어 살인사건으로 점점 더 질이 떨어지고 있으니까요."

에밀리 부인이 불안하게 말했다.

"그 둘은 서로 무슨 관계가 있을까요? 아니, 관계가 있는 것은 분명합니까?"

파이 씨는 그 소리를 듣더니 기뻐서 발을 동동 굴렀다.

"그것 참 재미있는 생각이오! 그 하녀가 익명의 편지에 대해 무언가 아는 바가 있어서 살해되었다는 말인가요? 흐응, 이것 참 흥미로운 문제일세. 정말 좋은 힌트를 주셨습니다, 에밀리 양."

"아이, 그만두세요. 그런 이야기는 더 듣고 싶지 않으니까요."

에밀리 부인은 갑자기 그렇게만 말하고 자박자박 자리를 피해버렸다.

파이 씨는 한동안 부인의 뒷모습을 물끄러미 쳐다보고 있었다. 둥근 그의 얼굴이 의혹의 그림자로 흐려졌다.

이윽고 나를 돌아보더니 조용히 고개를 저었다.

"민감한 사람이에요. 하지만 귀엽지 않습니까? 하긴 골동품이나 진배없지요. 한 시대 전에 태어났어야 했는데, 시대를 잘못 태어났어요. 저분 어머니가 굉장히 엄격한 사람이었는데, 아마도 집의 시계를 1870년에 맞춰놓은 모양입니다. 식구들을 모조리 유리상자 속에 집어넣고 말입니다. 하지만 난 원래 골동품을 좋아하는 성미지요."

나는 그와 골동품에 대한 이야기를 할 마음은 없었다. 그래서 단도직입적으로 물어보았다.

"이 사건에 대해서 어떻게 생각하십니까?"

"옛? 뭐가 말입니까?"

"익명의 편지라든가 살인사건 같은 거요."

"사건이 쉴 새 없이 꼬리를 물고 일어나서 그러시는군요. 그러는 당신은 어떻게 생각하시는지?"

"아니, 제가 여쭤보는 겁니다."

나는 상냥하게 다시 되물었다. 파이 씨는 차분히 이야기했다.

"저는 이전부터 이상한 사람에 대한 연구를 하고 있어서 굉장히 흥미롭습니다. 설마라고 생각한 사람이 마치 미치광이 같은 짓을 저지르니까요. 이를테면 리지 보든 사건 같은 것도 도무지 말이 안 되는 사건이었답니다. 그래서 나는 이번 사건에 대해서도 경찰에게 이렇게 조언을 하고 싶습니다. 우선 사람들의 성격을 조사하라고요! 지문이나 필적감정이나 현미경 같은 데에는 의존하지 말라고요. 관계자의 손놀림이나 사소한 몸짓, 식사하는 방법, 때로는 아무 이유도 없는데 웃는 건 아닌지 낱낱이 주의깊게 관찰하지 않으면 안 된다고 말해주고 싶습니다."

나는 눈썹을 치켜올렸다.

"범인은 미치광이일까요?"

"그럼요, 미치광이가 분명하고말고요!"

파이 씨는 이렇게 대답하더니 다시 덧붙였다.

"하지만 잠깐 봐서는 절대 미치광이인지 아닌지 분간할 수 없는 법이죠!"

"누구를 두고 하시는 말씀인지?"

그의 눈빛이 나와 공중에서 얽혔다. 그가 빙그레 웃었다.

"아니, 밝힐 수 없습니다. 그럼 중상모략이 될 테니까요. 지금 같은 상황에 중상까지 더하는 짓은 차마 못할 행동이니까요."

그는 내뱉듯이 그렇게만 말하고 잰걸음으로 사라져버렸다.

4

멀어지는 그의 뒷모습만 멍하니 바라보고 있을 때 교회문이 열리더니 케이렙 딘 칼스롭 목사가 밖으로 나왔다.

그는 나에게 애매모호한 미소를 던졌다.

"안녕하세요, 미스터……."

"버튼입니다." 내가 대답했다.

"아, 그랬지. 이것 참 실례했습니다. 그만 깜빡했군요. 헌데 참 좋은 날씹니다."

"그렇군요."

나도 되도록 짤막하게 대답했다. 목사는 영혼이라도 들여다볼 듯한 눈초리로 날 바라보았다.

"그런데 그 뭐라더라…… 그래, 맞아, 시밍튼 씨 댁에서 일하는 어린 하녀가 가엾은 변을 당했다고 하더군요? 우리 가운데 살인자가 있다니 정말 믿을 수 없어요!"

"마치 꿈속에서 벌어진 일처럼 전혀 실감이 안 납니다."

나도 맞장구를 쳤다.

"게다가 방금 들은 소리인데……." 그가 몸을 앞으로 내밀었다. "요즘은 익명의 편지가 여기 저기 돌아다닌다는 소리가 있던데, 당신도 그런 이야기를 들어보셨습니까?"

"예. 들었습니다."

"비열한, 실로 비열한 짓을 하는군요."

목사는 잠시 말을 끊더니 느닷없이 어려운 라틴어를 인용했다. 그리고는 마지막에 이렇게 이야기했다.

"그야말로 호레이스의 말이 그대로 맞아떨어지지 않습니까?"

나는 애매모호하게 말꼬리를 흐렸다.

"네에, 그런 것 같군요."

5

적당히 말을 걸 만한 만만한 상대도 없고 해서 나는 그만 집으로 돌아가기로 했다. 그러나 도중에 마을사람들이 이번 사건에 대해 무슨 생각들을 하는지 알아보기 위해 담배와 셰리주를 사면서 가게주인과 이런저런 이야기를 나누었다.

아무래도 그의 의견은 '질이 나쁜 걸인'이 범인이라는 주장인 듯했다.

"거지들은 현관 너머에서 징징 짜는 소리로 돈을 구걸하다가도 여자 혼자 사는 집 같으면 금세 협박조로 위협을 하니까 늘 조심해야 합니다. 컨비클 거리에 사는 제 누이 도라도 하마터면 크게 경을 칠 뻔했다고 하더군요. 그 녀석은 술에 곤죽이 되어 시시껄렁한 시집을 팔러왔다고 했는데……."

그의 설명은 끝날 줄 모르고 이어졌는데, 결국 용기있고 대담한 도라라는 누이가 과감하게 그 술주정뱅이의 눈앞에서 현관문을 쾅당 닫으면서 좀 설명하기 곤란한 장소로 몸을 피한 뒤 숨을 죽이고 갈 때까지 기다렸다는 이야기였다. 누이동생이 숨은 장소를 직접 언급하지 않은 것은 아마도 그곳이 변소가 분명하기 때문일 것이다.

"글쎄, 여주인이 돌아올 때까지 그곳에서 꼼짝 않고 기다렸던 모양입니다!"

내가 리틀파즈로 돌아온 것은 점심 조금 전이었다. 조애녀는 멍하니 응접실 창가에 서서 깊은 생각에 잠겨 있었다.

"뭐하고 있는 거니, 그런 곳에서?" 내가 말을 붙였다.

"으응? 아니 아무것도."

나는 베란다로 나갔다. 쇠로 된 테이블에는 의자가 두 개 모여 있고, 젤리컵이 두 개 탁자 위에 얹혀 있었다. 나는 다른 의자 위에 얹혀져 있는 물건을 보고 잠시 멈칫했다.

"이건 뭐냐?"

"응? 아, 그거요. 아마 병에 걸린 비장(脾臟)인지 뭔지 하는 장기 사진일 거예요. 내가 보면 기뻐할 줄 알고 그리피스 씨가 들고 오셨더군요."

나는 흥미롭게 그 사진을 들여다보았다. 남자가 여자의 관심을 끌기 위해 취하는 방법은 사람마다 각양각색이고 천차만별이라지만, 아무리 그렇다 해도 나라면 절대 병에 걸린 비장 사진을 여자에게 보낼 생각은 하지 않을 것이다. 그러나 이번 일은 아무래도 조애너가 먼저 시작한 일 같다!

"별로 기분 좋은 물건은 아닌데?"

조애너도 그렇다고 고개를 끄덕였다.

"피곤한 얼굴이었어요. 굉장히 우울해보이는 그런 얼굴. 혹시 무슨 걱정거리라도 있는 건 아닐까요?"

"도저히 치료할 수 없는 비장 때문에 걱정이라도 하고 있는 건가?"

"바보! 더 심각한 일이라고요."

"그럼 혹시 네 생각을 하고 있는 게 아닐까? 그러니 너도 그를 놀릴 생각이라면 일찌감치 그만두어야 해, 알겠니?"

"어머! 쓸데없는 간섭 말아요. 난 아무 짓도 하지 않았으니까."

"여자는 늘 그런 소릴 하지."

조애너는 뽀로통해서 방을 나가버렸다.

병에 걸린 비장은 햇빛을 받고 조금씩 끝이 말려들기 시작했다. 나는 사진을 집어 응접실로 가져갔다. 사실 그런 사진 따위야 전혀 애착도 없었지만 혹시 그리피스의 비장품인지도 모르므로 밖에 그냥 내팽개쳐둘 수만은 없었던 것이다.

응접실에 들어와 책꽂이 제일 밑에서 가장 두꺼운 책 한 권을 꺼냈다. 그 사진을 책 사이에 끼워서 편편하게 만들 생각이었던 것이다. 누군가가 장황하게 지루한 설교를 늘어놓은 아주 두꺼운 책으로.

그런데 내가 손에 든 그 책은 저절로 스윽 벌어졌다. 어엉? 하는 가벼운 의문도 한순간, 나는 곧 그 이유를 알았다. 책 한복판쯤에 상당한 분량의 페이지가 깨끗이 오려져나가고 없었던 것이다.

6

나는 할 말을 잃고 그저 말뚝처럼 서 있었다. 이윽고 조심스레 첫 페이지를 열었다. 1840년에 출판된 책이었다.

더 이상 의문의 여지는 없었다. 나는 익명의 편지를 쓰는 데 재료가 된 두꺼운 책을 뚫어져라 노려보았다. 틀림없이 누군가가 이 책을 오려냈다!

가장 먼저 생각할 수 있는 경우는 에밀리 버튼 부인이었다. 누구보다 이 책을 가장 손쉽게 만질 수 있을 테니까. 그런 면에서는 패트리지 부인도 마찬가지라고 할 수 있었다.

물론 다른 가능성도 있다. 가령 에밀리 부인을 만나러 왔다가 여기서 기다리던 방문객이, 다시 말해 이 방에 혼자 있을 기회를 얻게 된 어떤 손님이 이 책을 오려냈을 가능성도 있는 것이다. 또는 일 때문에 찾아온 손님인지도 모르고.

그러나 마지막 예는 별로 적절하지 않다는 생각도 든다. 왜냐하면 전에 한번 은행 직원이 나를 찾아온 적이 있었는데 그때 패트리지는 안쪽 작은 서재로 그를 안내했기 때문이다. 아무래도 그것이 이 집의 규칙인 듯했다.

그러므로 일반 방문객이 더 가능성이 높은 셈이다. 게다가 '상당한 사회적 지위'가 있는 사람이라면 파이 씨가 아닐까? 또는 에메 그리피스인가, 딘 칼스롭 부인인가?

7

종소리가 나서 나는 점심을 먹으러 식당으로 갔다. 그리고 식사가 끝난 뒤 조애너와 그 일을 의논했다.

우리는 갖가지 가능성을 놓고 열심히 검토했지만 결국 책을 경찰서에 신고하는 것으로 결론을 내렸다.

그들은 내 어깨를 두드리면서 이 우연한 발견을 기뻐했다.

그레이비즈는 자리에 없었지만 너시 경감이 곧 그에게 연락을 하여 이 사실을 알렸다. 그리고 별로 기대는 하지 않는 얼굴이었지만 일단 지문을 검출해보겠다고 했다. 하지만 나나 패트리지, 또는 어디 사는 누구인지도 모를 사람의 지문이 발견된다 해도 그것은 단지 패트리지가 꼼꼼이 먼지를 털었다는 증거밖에는 안되리라.

마침 너시 경감이 나와 함께 우리 집 근처에 있는 언덕까지 오게 되었다. 도중에 나는 그에게 수사의 진행상황을 물어보았다.

"조금씩 그물망을 죄어가고 있는 중입니다. 상관없는 사람들을 하나하나 지우고 있지요."

"네에. 그래서 지금은 대충 어떤 얼굴들이 남아 있습니까?"

"우선 긴티 양입니다. 그녀는 어제 오후 어느 집에서 손님과 만날 약속이 있었던 모양인데, 컨비클 거리를 따라 계속 올라가다 보면 약속한 그 집이 나옵니다. 그런데 그 길은 시밍튼 씨의 집 앞을 지나게 되니까, 그녀는 올 때도 그렇고 갈 때도 그 앞을 지날 수밖에 없답니다.

또한 일주일 전에 익명의 편지가 배달되어 시밍튼 부인이 자살한 바로 그날, 긴티 씨는 하필이면 그때까지 잘 다니던 시밍튼 씨의 사무실을 그만두었답니다. 그날 시밍튼 씨는 내내 헨리 경과 상담하느라 그런 사실을 까맣게 모르고 처음에는 몇 번이나 사무실로 전화해서 긴티 양을 찾았다고 하더군요. 그런데 알고 보니 긴티 양은 오후 3시에서 4시 사이에 사무실에 없었어요. 몇 폰드짜린지 하는 상당한 고액의 인지가 마침 떨어져서 그것을 사러 나갔다고 하더군요. 그러면서 그런 잡일은 밑에 있는 소년을 시켜도 되었겠지만, 긴티 양은 머리도 아프고 해서 바깥 공기도 쐴 겸 자기가 사러 갔다고 했습니다. 물론 그리 오랜 시간 나가 있었던 것은 아니지만."

"그러나 필요 충분한 시간 아닙니까?"

"그렇습니다. 마을 변두리까지 가서 우편함에 편지를 집어넣고 서둘러 돌아올 시간은 충분히 있었을 겁니다. 그러나 시밍튼 씨 집 근처에서 그녀를 목격한 사람이 전혀 없답니다."

"별로 주의해서 보지 않았겠지요."

"그럴지도 모르죠."

"그 말고는 어떤 사람들이 남았습니까?"

너시 경감은 똑바로 앞만 바라보았다.

"엄밀하게 말하면 사실 우리는 어느 누구도 지울 수가 없는 형편입니다. 이해하시겠습니까?"

"네에, 알 것 같군요."

그의 목소리가 착 가라앉아 있었다

"에메 그리피스 씨는 어제 소녀클럽 모임에 나가 상당히 늦은 시간에야 돌아왔습니다."

"설마 그녀가?"

"예, 저도 그리 생각은 합니다. 그렇지만 정작 모르는 게 사람 아닙니까? 그리피스 씨는 상당히 성실하고 건전한 정신의 소유자이지만…… 알 수 없는 일이지요."

"지난 주는 어떻습니까? 과연 그녀가 우편함에 편지를 넣을 수 있었던가요?"

"네, 가능했습니다. 그날 오후 쇼핑을 하러 나갔으니까요." 그는 잠시 말을 끊었다. "에밀리 버튼 양도 마찬가지입니다. 그녀도 어제 오후 물건을 사러 나갔고, 게다가 지난 주 그날 오후에는 친구들을 만나러 시밍튼 씨 집 앞을 지나갔으니까요."

나는 도저히 믿을 수 없어 고개를 저었다. 페이지를 오려낸 책이 리틀파즈에서 발견된 이상 그 집 주인이 의심을 받을 것은 뻔한 이치인데도 어쩐지 쉽게 수긍할 수가 없었던 것이다. 어제 물건을 사러 나갔다가 돌아오던 에밀리 부인의 그토록 즐거워보이던 환한 얼굴을 생각하면 더욱 그러했다.

나는 무거운 음성으로 말했다.

"정말 불쾌한 사건이군요! 별의별 것을 다 상상해야 하고, 또 누구랄 것 없이 모조리 의심하게 만들다니……."

"그래요. 별로 유쾌한 일은 아니지요. 만나는 사람마다 혹시 이 사람이 흉악한 범인은 아닐까 의심의 눈초리로 보게 되니까요."

그는 잠시 묵묵히 침묵을 지키고 있다가 다시 입을 열었다.

"거기다 파이 씨도……."

나는 너무도 어이가 없어 반사적으로 되물었다.

"뭐라고요? 그에게도 혐의가?"

너시 경감도 쓴웃음을 지었다.

"네에, 그렇습니다. 나는 그도 의심스러운 생각이 듭니다. 굉장히 독특한 성격이니까요. 그것도 사람들이 별로 호감을 못 느낄 그런 종류의 독특한 성격이죠. 그에게는 알리바이가 전혀 없습니다. 두 경우 모두 자택 뜰에서 시간을 보냈다고 하니까요."

"그렇다면 당신이 의심하는 사람이 반드시 여자만은 아니군요?"

"반드시 여자라고 단정짓기보다는 보통 남자들은 그런 편지를 잘 쓰지 않는다고 생각하니까요. 물론 그레이비즈도 같은 의견이죠. 하지만 파이 씨는 좀…… 뭐랄까…… 여자같은…… 변태처럼 보이는 면이 있으니까요. 하지만 꼭 그래서라기보다는 어제 사건 당시의 알리바이에 대해서는 마을사람 모두를 조사해보았으니까 딱히 그에게 만 한정된 일은 아닙니다. 어쨌거나 살인사건인데 신중하게 다뤄야지 요. 그런데 당신은 크게 문제가 없더군요!" 그는 하얀 이를 드러내 고 씨익 웃었다. "게다가 당신 여동생도요. 또한 시밍튼 씨는 사무실 로 돌아온 뒤로는 계속 안에만 있었고, 그리피스 선생은 반대 방향으 로 왕진을 나가 있었지요. 왕진간 곳도 모조리 조사해보았답니다."

그는 잠시 사이를 두고 다시 한 번 미소를 지었다.

"모두 조사해보았습니다!"

나는 천천히 물어보았다.

"그렇다면 결국 다음 네 사람이 용의자로 남은 셈이군요. 긴티 양, 파이 씨. 그리피스 양, 에밀리 버튼 부인."

"아니, 아닙니다. 아직 두 사람 정도 더 있습니다. 게다가 목사 부 인도요."

"목사 부인까지 말입니까?"

"우리는 일단 모든 사람을 조사합니다. 게다가 딘 칼스롭 부인은 누가 보아도 특이한 사람인데——제 말의 의미를 아시겠지요?—— ——하려고 마음만 먹는다면 얼마든지 할 수 있는 입장이었습니다. 어제 오후 부인은 숲에서 작은 새를 바라보고 있었다고 했는데, 작 은 새는 도저히 그녀의 알리바이를 증명해줄 수 없으니까요."

그때 경감은 경찰서로 오는 중인 오엔 그리피스에게 급히 고개를 돌렸다.

"여어, 너시 경감! 오늘 아침 제 집을 찾아오셨다고 하던데 무슨 중요한 일이라도 있습니까?"

그리피스가 먼저 물었다.

"형편이 괜찮으시면 금요일 검사심문에 꼭 좀 와주십사 해서요."

"알겠습니다. 모어스비와 제가 오늘밤 안으로 검사보고를 끝내놓겠습니다."

너시가 물었다.

"그리고 또 한 가지 물어보고 싶은 일이 있답니다. 돌아가신 시밍
튼 부인은 가루약인지 뭔지 하여튼 선생이 처방한 약을 먹었다고
하던데?"

그는 잠시 말을 잘랐다. 그러고는 오엔 그리피스를 추궁하듯 눈으
로 재촉했다.

"그게 무슨 말입니까?"

"혹시 다량 복용하면 죽을지도 모르는 약이었습니까?"

그리피스도 감정이 상했는지 대답이 거칠었다.

"아니, 그럴 염려는 없습니다. 25회분을 한꺼번에 먹지만 않으면
요!"

"하지만 당신은 부인에게 꼭 정해진 양만 먹도록 주의를 하셨다고
하던데요? 홀랜드 양에게서 들었습니다."

"아, 그 얘깁니까? 네, 물론 주의를 했습니다. 시밍튼 부인은 의
사에게 받은 약을 좀 과하게 복용하는 경향이 있어서요. 많이 먹으
면 그만큼 빨리 나을 거라 믿는 분이었거든요. 페나세틴이나 아스
피린 같은 약이라 할지라도 과용하면 다 독이 되니까요. 특히 심장
에 말이죠. 그러나 부인의 사망 원인은 분명히 밝혀져 있습니다.
시안화물 때문이 틀림없으니까요."

"네에, 잘 알고 있습니다만 제가 묻고 싶은 것은 그런 게 아닙니
다. 나는 단지 만약 자살할 거라면 청산가리보다는 다량의 수면제
를 먹는 방법을 택하지 않겠는가 하는 단순한 의문이지요."

"하긴, 그렇게도 말씀하실 수 있겠네요. 그러나 청산가리가 훨씬
극적인 느낌을 줄 뿐더러 효과 또한 확실하지요. 수면제라면 빨리
발견해서 손을 쓰면 성공 못하는 수도 있으니까요."

"그렇네요, 이것 참 죄송합니다, 그리피스 씨. 고맙습니다."

그리피스가 먼저 사라졌고, 나도 곧 너시 경감과 헤어져 천천히 언덕길을 올라 집으로 향했다.

조애너는 외출한 모양이었다. 아니, 잘은 모르지만 어쨌든 모습이 보이지 않았다. 그리고 전화받침대에는 동생이 내 앞으로 남겨놓은 듯한 야릇한 종이쪽지가 놓여 있었다.

——만약 그리피스 선생에게 전화가 오면, 제가 화요일에는 갈 수 없지만 수요일이나 목요일쯤엔 형편이 될 것 같다고 전해주세요.

나는 눈썹을 치켜들었다 놓으면서 응접실로 들어갔다. 가장 편안한 팔걸이의자에 몸을 묻고(나머지 의자들은 대부분 등받이가 직선이어서 등이 배기거나, 죽은 버튼 부인의 그림자가 어려 있는 듯하여 기분이 별로였다) 발을 앞으로 쭉 뻗으면서 사건을 전체적으로 곰곰이 되돌아보았다.

그러나 한창 경감과 이야기하고 있을 때 오엔을 만나는 바람에 두 용의자 이름을 마저 듣지 못한 것이 비로소 생각나 나는 무척 섭섭한 생각이 들었다.

그 두 사람은 과연 누구일까?

그 가운데 한 사람은 아마 패트리지일 것이다. 페이지가 많이 오려져나간 그 책도 이 집에서 발견되지 않았는가! 아그네스는 범인이 신뢰할 만한 자신의 상담자였기 때문에 전혀 경계하지 않았고, 따라서 그리도 쉽사리 살해되었을 것이다. 그래, 패트리지는 절대 제외할 수 없는 인물임에 분명하다.

그렇다면 남은 한 사람은 도대체 누구란 말인가?

내가 모르는 사람일 수도 있겠지. 혹시 크리트 부인일까? 마을사람들은 처음부터 그녀를 제일 의심하고 있었던 모양이던데?

나는 눈을 감았다. 도저히 범인이라고는 생각할 수 없는 네 사람의 얼굴이 하나둘 눈앞에 떠오른다. 상냥하고 여린 에밀리 버튼 부인일까? 그녀를 의심한다면 이유는 어떤 것이 있을까? 생활이 어렵다는 것? 어려서부터 편협된 환경에서 속박당하고 살아온 죄? 너무 많은 희생을 강요당한 삶이어서? '별로 고상하지 못한' 이야기를 하는 것을 극단적으로 두려워하는 그녀의 기묘한 태도——그것은 나쁜 짓이라고 내심 죄악감을 느끼기 때문에? 그렇지만 이런 이유들은 너무 프로이트적이지 않은가! 벌레도 한 마리 못 죽일 것 같은 얼굴을 한 귀부인에게 마취를 했더니 그녀의 숨겨진 무의식이 드러나더라는 어느 의사의 이야기가 떠오른다——'그 부인이 그런 말까지 다 알고 있었던가 싶어 정말 깜짝 놀랐답니다!'.

그럼 에메 그리피스는?

그녀에게는 '억제'된 감정 따위는 없어보인다. 밝고 남성적이며 희망으로 가득하다. 다망한 생활. 그러나 딘 칼스롭은 왜 그녀를 '가엾다'고 했는가?

게다가 어떤……어? 뭐였지? 아! 그래그래, 생각났다. 오엔 그리피스가 이런 말도 했었지——'내가 북부에 있는 마을에서 개업하고 있을 때에도 익명의 편지사건이 있었다'고.

혹시 그것도 에메 그리피스의 짓은 아니었을까? 우연의 일치일지도 모르지만 비슷한 사건이 있었다는 것은 절대 간과해서는 안 될 문제지, 아무렴!

아니, 잠깐만! 그래 그 편지를 쓴 범인은 체포되었다고 했어. 그리피스가 그렇게 말했지. 여학생이라고 한 소리를 들은 기억이 나.

나는 갑자기 등골이 오싹해졌다. 어쩌면 창으로 차가운 바람이 불어들어와서 그랬는지도 모르겠다. 의자에 앉아 불안하게 몸을 틀었다. 나는 왜 갑자기 그렇게 오싹했던 것일까?

아니다. 하던 생각이나 마저하자. 어디까지 했더라…… 에메 그리피스까지였나? 혹시 그때 범인은 사실 여학생이 아니라 에메 그리피스였는지도 모를 일이다. 그리고 이곳으로 왔는데 다시 그런 똑같은 장난을 시작했다. 그래서 오빠인 오엔이 그토록 초췌한 어두운 얼굴을 하고 있는 것이고, 그는 혹시 동생짓이 아닌가 걱정하는 게 틀림없다. 그래, 의심하는 것이 분명해!

이제 파이 씨는 어떤가 살펴보자. 말 그대로 별로 호감이 가는 인상 좋은 남자는 아니다. 척 보기에도 이런 일을 저지르고도 남을 사람처럼 보인다. 음험하게 뒤에서 웃고 있을 듯한 그런 남자인 것도 사실이다. 그러나…….

현관홀 전화받침대에 놓여 있던 그 메모쪽지. 그것은 왜 내 머리에서 떠나지 않는 것일까? 그리피스와 조애너…… 그는 조애너를 사랑하고 있다…… 아니야, 그 메모가 신경쓰이는 것은 그 때문이 아니다. 뭔가 다른 이유 때문인데 그게 잘…….

머리가 몽롱해지면서 좀처럼 생각이 정리가 안 된다. 졸음이 밀려든다. 바보가 오로지 하나만 알고 거기에 집착하는 것처럼 나도 같은 소리만 되풀이했다.

"아니 땐 굴뚝에 연기나랴. 아니 땐 굴뚝에 연기…… 그래, 그 둘은 분명 밀접한 관련이 있는 게 분명한데……."

그로부터 얼마나 시간이 흘렀을까…… 나는 미건과 함께 거리를 걷고 있었다. 엘지 홀랜드가 옆을 스쳐지나갔다. 그녀는 웨딩드레스를 입고 있었다. 주위 사람들의 웅성거림이 들려온다.

"드디어 그리피스 선생이랑 결혼하는군! 두 사람은 오래 전부터 남몰래 약혼한 사이라지?"

장소는 어느새 교회 안이다. 딘 칼스롭이 라틴어로 기도문을 읽고 있다.

기도문이 낭랑하게 울려퍼지는 가운데 딘 칼스롭 부인이 정력적으로 외친다

"막아야 합니다! 절대 막아야 합니다!"

한동안 나는 비몽사몽 간을 헤매며 의식이 몽롱해 있었는데 점점 눈앞을 가로막고 있던 안개가 걷혔다. 그와 동시에 내가 지금 리틀파즈의 응접실에 앉아 있고, 딘 칼스롭 부인이 지금 뜰로 들어와 문 앞에 서서 걱정스러운 말투로 내게 말을 걸고 있다는 것을 깨달았다.

"이제는 꼭 막아야 합니다!"

나는 벌떡 자리에서 일어났다.

"무, 무슨 말씀입니까? 제가 그만 깜빡 졸고 있던 터라 제대로 못 들었는데, 무슨 말씀을 하셨습니까?"

딘 칼스롭 부인은 한손을 꼭 움켜쥐고 다른 손바닥을 격렬하게 두드렸다.

"무슨 일이 있어도 이제는 막아야 합니다! 그런 비열한 편지며 살인을요, 아그네스 워델 같은 죄없는 여자를 죽여서는 안 된다고요!"

"지당하신 말씀입니다만 저더러 무얼 어쩌라고요?"

"무슨 일이든 해야만 하지 않겠습니까?"

나는 상대를 나무라듯 쓴웃음을 지었다.

"그래서 도대체 어쩌라고요?"

"철저하게 조사를 하셔야지요! 이 마을에 그런 사악한 인간은 없다고 전에 말씀드렸지만 제가 잘못 알았어요, 틀림없이 있어요, 그런 인간이 이 마을에 존재한다고요!"

자꾸 짜증이 나려고 해서 나도 모르게 말투가 불손해졌다.

"예, 그건 잘 알고 있습니다. 그런데 당신은 어떻게 하실 생각입니

까?"

"물론 그런 짓을 당장 그만두게 만들어야지요!"

"경찰들이 최선을 다하고 있습니다."

"아그네스는 바로 어제 살해되었어요. 최선을 다하고 있다고는 도저히 믿을 수 없지 않겠어요?"

"그렇다면 당신은 경찰보다 더 잘할 자신이라도 있다는 말씀입니까?"

"무슨 말씀입니까? 당연히 할 수 없지요. 그러나 나는 그 방면의 전문가를 불러오려고 생각하고 있습니다."

나는 고개를 절레절레 흔들었다.

"아마 불가능한 일일 겁니다. 런던경시청은 군 경찰서장의 요청이 없으면 절대 움직이지 않으니까요. 아니, 실은 런던경시청에서 그레이비즈 경감이 이미 파견되었습니다."

"아닙니다. 제 말은 그런 종류의 전문가가 아니라, 익명의 편지나 살인사건에 조예가 깊은 사람을 말하는 것이지요. 또 제가 전문가라고 한 것은 세상을 잘 아는 사람이기 때문이고요. 아시겠습니까? 지금 우리가 필요로 하는 사람은 이런 비상식적인 행위에 대해 많은 실례를 알고 있는 진짜 전문가라고요!"

참으로 독특한 의견이었다. 그러나 이상하게도 굉장히 설득력이 있었다.

내가 멍한 표정으로 어안이 벙벙해 있는 사이에 부인은 가볍게 고개를 끄덕이더니 빠른 말투로 자신만만하게 선언했다.

"나는 지금 당장 그런 사람을 찾으러 갈 거예요!"

그리고 부인은 다시 뜰로 모습을 감췄다.

제10장

1

다음 한 주는 내 생애 가장 기묘한 나날이었으리라. 기이한 꿈이라도 꾸고 있는 듯한, 좀처럼 실감이 나지 않는 그런 시간들이 흘렀다.

아그네스 워델의 검사심문이 열리면서 경찰서는 구경 나온 림스톡 사람들로 굉장한 성황을 이뤘으나 새로운 사실은 하나도 밝혀지지 않았다. 그저 예상대로의 판결만 내려졌을 뿐이다. '미지의 범인에 의한 살해'라고.

그리하여 아그네스 워델은 1시간여 동안 화려한 무대에 올라 찬란한 각광을 받은 뒤 오래된 쓸쓸한 교회 묘지에 누워 잠이 들었고, 림스톡 사람들도 변함없는 일상으로 복귀했다.

아니, 마지막 한 구절은 사실과 조금 다를지도 모르겠다. 이전과는 조금 다른 점이 있었으니.

거의 모든 사람들의 눈에 공포와 식탐의 중간쯤 되는 그런 기괴한 빛이 떠오르게 된 것이다. 이웃끼리 서로 그런 눈으로 바라보았다. 검사심문에서 뚜렷이 밝혀진 것이 하나는 있었기 때문이다. 절대 타

지방 사람이 아그네스를 죽인 것은 아니라는 사실이다. 거지나 낯선 사람을 이 마을에서 목격한 사람은 아무도 없었을 뿐더러 그 비슷한 정보조차 없었다. 따라서 아그네스에게 불의에 달려들어 뒤통수를 치고 쇠꼬챙이로 머리를 찔러 죽인 범인은 지금도 엄연히 대로를 활보하거나 쇼핑을 하면서, 림스톡의 어느 곳인가를 백주 대낮에 당당하게 나돌아다니고 있는 것이다.

게다가 아무도 그 범인의 정체를 알지 못한다.

앞에서 말한 대로 매일이 꿈처럼 지나갔다. 나는 사람들을 만날 때마다 이전과는 다른 눈으로 그들을 보았다. 혹시 이 사람이 범인은 아닐까 하는 의혹의 눈길로 상대를 탐색하게 된 것이다. 당연히 별로 좋은 기분은 아니었다.

그리고 밤이 되어 커튼을 치게 되면 조애너와 나는 망상과도 같은 온갖 기이한 가능성을 놓고 이야기하고 사정을 검토했다.

조애너는 파이 씨가 범인이라고 강경하게 고집했다. 나는 다소 망설이긴 했지만 첫 용의자였던 긴티 양이 범인이라고 마음을 고쳐먹었다. 그러나 일단 의심할 수 있는 모든 인물에 대해서 몇 번이고 꼼꼼히 따져보았다.

파이 씨인가? 아니면 긴티 양? 또는 딘 칼스롭 부인, 에메 그리피스, 에밀리 버튼, 패트리지, 과연 누구란 말인가!

그러면서 불안과 기대가 뒤섞인 기분으로 무슨 일인가 일어나길 기다리고 있었다.

그러나 아무 일도 일어나지 않았다. 우리가 알고 있는 한, 그 뒤 익명의 편지를 받은 사람은 아무도 없었다. 너시 경감은 마치 가끔 생각났다는 듯이 마을에 나타났지만 그가 무엇을 하고 있는지, 경찰은 도대체 어떤 대책을 마련하고 있는지 나는 전혀 알지 못했다. 그레이비즈는 런던으로 돌아가버렸다.

에밀리 버튼 부인이 차를 마시러 왔다. 미건은 점심때 찾아왔다. 오엔 그리피스는 일이 바빠서 코빼기도 보기 힘들었고, 우리는 이따금 파이 씨 댁에 찾아가서 셰리주를 함께 마셨다. 그리고 목사관에도 가끔 불려가 함께 차를 마셨다.

딘 칼스롭 부인이 전에 만났을 때처럼 강경한 태도가 아니어서 나는 속으로 다행스러워했다. 부인은 마치 언제 그런 일이 있었냐는 듯 온화한 모습이었다.

지금 부인의 관심은 오로지 컬리플라워나 양배추를 위협하는 배추흰나비를 어떻게 없앨까 하는 것이 전부인 듯했다.

목사관에서 보낸 오후는 아마 우리가 이 지방으로 내려와 생활한 가운데 가장 평화로운 하루로 손꼽힐 것이다. 고풍스러운 매력이 넘치는 목사관의 커다란 응접실에는 크레통 사라사(질긴 무명 천 종류)천으로 만들어진 색바랜 커튼이 늘어뜨려져 있었다.

목사관에는 손님이 한 사람 머물고 있었다. 인상 좋은 노부인 미스 마플로 하얀 털실로 끊임없이 무언가를 짜고 있었다. 우리가 갓 구운 스콘을 먹고 있는데 목사가 들어와서 온화하게 웃으면서 고상한 말투로 빅식을 자랑했다. 재미있는 대화였다.

그러나 마을에서 일어난 살인사건도 우리가 일부러 피할 이유는 없었으므로 자연히 그 이야기도 화제에 올랐다.

미스 마플은 그 사건에 굉장한 관심을 표명했다. 그러다 좀 멋쩍었든지 이렇게 변명했다.

"시골에서 살다보면 좀처럼 화젯거리가 없어서요."

그러면서 죽은 그 하녀도 틀림없이 자기 집에서 일하는 에디스 같은 여자가 분명할 거라고 단정했다.

"좋은 아이랍니다. 아주 성실하죠. 하지만 가끔 사리 분별이 안 될 때가 있기는 하지만요."

부인은 또 자기 종질녀의 동서가 한때 익명의 편지를 받고 엄청나게 고민한 적도 있으므로 이 사건에는 특히 더 관심이 간다고 덧붙였다. 부인은 딘 칼스롭 부인에게 물었다.

"그런데 어떻습니까? 이 고장, 아니 이 마을사람들은 무어라고 합니까? 사건을 어떻게 보고들 있나요?"

"변함없이 크리트 부인이 범인이라고 굳게 믿고 있는 건 아닐까요?"

조애너가 끼어들었다.

"아닙니다. 이번에는 그리 생각하지 않을 겁니다."

딘 칼스롭 부인이 말했다.

미스 마플이 크리트 부인이 누군지 물었다.

마귀할멈으로 불린다고 조애너가 대답했다.

"호오, 그런 사람입니까?"

미스 마플은 딘 칼스롭 부인에게 다시 차근차근 설명을 들었다.

목사가 라틴어 문구를 장황하게 인용했다. 마녀의 요술과 관련된 이야기인 모양이라고 짐작만 할뿐 우리는 전혀 알아듣지도 못하면서 얌전히 듣고 있었다.

"바보같은 여자죠." 목사 부인이 말했다. "잘난 척하는 것을 좋아하거든요. 보름달이 뜬 밤에 약초를 캐러 간다거나 하면서 아예 마을 사람들에게 선전을 하고 다니니까요."

"그래서 또 어리석은 여자들이 병을 낫게 해달라고 그 사람을 찾아다니는군!" 미스 마플이 탄식했다.

나는 목사가 다시 그 자랑스런 라틴어로 좌중을 휘어잡으려 하는 것을 눈치채고 재빨리 질문을 던졌다.

"그런데 왜 이번 사건에서는 그 부인을 의심하지 않는 걸까요? 편지 때만 해도 모두 그 여자 짓이 분명하다고 그렇게 입을 모았으면서?"

미스 마플이 대신 말했다.

"생각만 해도 모골이 송연해지는 이야기지만 그 하녀는 쇠꼬챙이에 찔려 죽었지 않습니까? 그러니 그 크리트 부인에게는 당연히 의심이 돌아가지 않는 것이지요, 왜냐하면 하녀를 죽일 생각이 있었다면 크리트 부인은 시름시름 앓다가 죽도록 저주만 걸면 되었을 거니까요."

"그토록 낡은 미신이 아직까지 남아 있다니 정말 믿어지지 않습니다." 목사가 놀라워했다.

"그리스도교를 포교하던 초창기에는 그런 지방의 미신에 교묘하게 파고들면서 그리스도교가 세력을 넓혀간 것도 사실이지만, 시간이 흐르면서 점차 그런 바람직하지 못한 불순물들은 하나둘 걸러지게 마련인데 아직도……."

"우리는 지금 미신 이야기를 하는 게 아닙니다." 딘 칼스롭 부인이 화제를 바로잡았다. "사실에 대해서 이야기하고 있는 중입니다."

"사실 중에서도 더없이 불쾌하고 기분 나쁜 사실이지요."

내가 말했다.

"동감이에요." 미스 마플이 맞장구를 쳤다. "그런데 제가 너무 독단적인지는 모르겠지만 당신은 이 고장 사람이 아닌 것 같군요, 게다가 세상 경험도 풍부하고 사회생활에 대해서도 폭넓은 지식을 가지고 계시니까 분명 이 불유쾌한 문제에 대해서도 어떤 해답을 발견할 수 있지 않을까 생각합니다만?"

나는 그저 계면쩍은 웃음만 지었다.

"지금까지 발견한 해답이라는 것이 고작해야 이상한 꿈뿐입니다. 그 꿈을 꾸고 있을 때는 마치 근사하게 문제를 해결했다는 착각에 기고만장하지만 유감스럽게도 눈을 떠보면 모두 말도 안되는 이야기라는 것을 깨닫지요. 정말 한심한 노릇입니다!"

"하지만 재미있지 않습니까? 도대체 어떤 꿈을 꾸시는지?"

"'아니 땐 굴뚝에 연기나랴?'라고 하는 부질없는 속담에서 시작되는 꿈이지요. 사람들이 모두 그 속담을 지긋지긋할 정도로 되뇐답니다. 그러다 이윽고 내가 그것을 군사용어와 혼동해 버립니다. 연막, 종이쪽지, 전화 메모…… 아니, 아닙니다. 이건 또 다른 꿈이었군요."

"다른 꿈이라시면?"

이 노부인이 내 꿈 이야기를 아주 흥미롭게 들어주었으므로, 나는 속으로 이분도 나폴레옹의 《꿈의 책》의 애독자임이 분명하다고 생각했다. 그 책은 내 유모의 보감이었다.

"뭐, 전혀 말도 안 되는 이야기입니다만 시밍튼 씨 댁의 가정교사인 엘지 홀랜드 양이 그리피스 의사와 결혼을 하게 되는데, 여기 계신 목사님께서 라틴어로 기도문을 읽고 계시는 꿈이지요(딘 칼스롭 부인이 남편을 돌아보며 아주 적역을 맡았다고 감탄했다). 그러다 갑자기 칼스롭 부인이 벌떡 일어나 이의를 제기하면서 '막아야 한다'고 소리치십니다."

나는 미소를 지으며 덧붙였다.

"그런데 마지막 부분은 현실이었어요. 제가 눈을 떠보니 부인께서 제 옆에 서서 그렇게 소리치고 계셨으니까요."

"어쨌든 막아야 하는 건 사실이지요."

딘 칼스롭 부인이 말했다. 이번에는 말투가 온화해서 나는 다행이라고 가슴을 쓸었다.

"'전화 메모'라는 것은 어디서 나옵니까?"

미스 마플이 미간을 좁히면서 물었다.

"아! 그것은 말이 잘못 나왔는데, 꿈이 아니고 전에 실제로 있었던 일입니다. 제가 홀을 지나가는데, 만약 어떤 사람으로부터 전화가 오면 이렇게 전해달라는 조애너의 메모를 본 적이 있거든요."

미스 마플은 몸을 앞으로 내밀었다. 부인의 뺨이 연한 핑크빛으로 상기되어 있었다.

"대단히 죄송하고 무례하게 꼬치꼬치 캐묻는 듯한 질문이어서 몸 둘 바를 모르겠습니다만 어떤 내용의 메모였습니까?" 그러면서 부인은 조애너에게 눈길을 돌렸다. "물어봐도 괜찮겠어요?"

조애너는 흥미로운 표정이었다.

"네에, 전 괜찮으니 맘대로 하세요. 대신 전 기억이 잘 안 나니까 오빠에게 물어보세요. 아무튼 별로 대단한 일은 아니었다고 기억하니까요."

나는 노부인의 열렬한 관심에 덩달아 흥미를 느끼고는 최대한 기억을 되살려 정확하고 상세하게 내용을 설명했다. 그렇지만 듣고 나면 틀림없이 실망할 것이라고 걱정했다.

그런데 뜻밖에도 미스 마플은 무언가 생각하는 듯하더니 이윽고 크게 고개를 끄덕이면서 방그레 웃음을 지었다. 굉장히 기쁜 표정이었다.

"역시 그랬군요. 아마 그런 일일 거라 짐작했습니다."

딘 칼스롭 부인이 날카롭게 질문했다.

"그런 일이라뇨?"

"흔한 일이지요."

미스 마플은 태연히 대답했다. 노부인은 무언가 생각하는 얼굴로 나를 물끄러미 바라보더니 문득 이렇게 말했다.

"당신은 굉장히 영리한 분입니다만…… 자신감이 조금 부족하다고는 생각지 않으십니까? 좀더 자신감을 가지셔도 좋으련만!"

조애너가 놀렸다.

"천만의 말씀입니다! 오빠를 계속 비행기 태우시면 정말 곤란해요, 안 그래도 착각이 심해서 문제인데."

"입 다물어!" 나는 여동생을 꾸짖었다. "마플 여사의 말씀이 하나도 틀리지 않으니까."

미스 마플은 다시 뜨개질을 시작했고, 혼잣말처럼 중얼거렸다.

"들키지 않도록 사람을 죽인다는 것은 마술과 많이 닮았지요."

"재빠른 손놀림으로 사람들을 속이기 때문입니까?"

"물론 그것도 있지만 다른 게 더 필요하지요, 정당하지 않은 것을 정당하지 않은 장소에서 사람들에게 내보일 필요가 있다는 것, 다소 유도공작이 필요하다는 점에서도 말입니다."

"옳거니!" 내가 무릎을 쳤다. "분명 우리는 모두 들에 풀어놓은 미치광이를 엉뚱한 장소에서 찾고 있는지도 모를 일이군요?"

"나라면 미치광이가 아니라 오히려 너무도 정상적인 사람을 찾을 겁니다." 미스 마플이 말했다.

"네, 그렇습니다. 너시 경감도 그런 이야기를 했어요, 아주 사회적 지위가 높은 사람이라는 점을 강조하더군요."

"예, 아마 그럴 겁니다." 미스 마플이 고개를 끄덕였다. "그리고 그것이 중요한 포인트가 되겠지요."

모두 그 의견에 수긍하는 눈치였다.

나는 칼스롭 부인에게 말했다.

"너시 경감은 앞으로도 익명의 편지가 나돌 거라고 했는데 부인은 어떻게 보십니까?"

"아마 그렇게 되겠죠."

부인은 천천히 대답했다.

"경찰이 생각할 정도니까 반드시 그럴 겁니다."

미스 마플의 확신에 찬 말이었다.

나는 끈질기게 칼스롭 부인을 물고 늘어졌다.

"당신은 아직도 그 편지를 쓴 자를 동정하고 계십니까?"

부인의 얼굴이 발갛게 달아올랐다.

"그래도 어쩔 수 없는 일이잖아요?"

"이번 사건에서는 난 절대 찬성할 수 없습니다."

미스 마플이 단호하게 잘라 말했다.

나는 안타깝게 소리쳤다.

"그는 한 여성을 자살시켜 남은 가족들을 끝도 모를 슬픔의 구렁텅이로 밀어넣은 악한인데도요?"

"당신도 편지를 받았어요?" 미스 마플이 조애너에게 물었다.

조애너가 흥분해서 목소리를 높였다.

"네, 받았고 말고요! 굉장히 비열하고 천한 내용이 적혀 있었어요."

"젊고 아름다운 여성들은 어쨌든 그런 편지의 표적이 되기 쉬운 법이죠."

"그렇게 말씀하시니 생각나는데, 엘지 홀랜드 양은 한 통도 받지 않았다고 했습니다." 내가 말했다.

"어디 보자, 그러니까 그 시밍튼 씨 댁에서 일하는 가정교사 말씀이시군요? 당신 꿈속에도 등장한?"

"그렇습니다."

"실제로는 받았으면서도 안 받았다고 발뺌하는 것 아닐까?"

조애너가 말했다.

"아니, 그렇진 않을 거야. 나는 홀랜드 양의 말을 믿어. 너시 경감도 그렇게 말했는걸."

"호오, 거 참 재미있는 이야기네요." 미스 마플이 감탄했다. "어쨌든 이렇게 재미있는 이야기는 처음 들었습니다."

집으로 돌아가면서, 편지가 앞으로도 계속 나돌 거라는 너시 경감의 이야기는 하지 않는 편이 좋았다고 조애너가 말했다.

"왜?"

"칼스롭 부인이 장본인일지도 모르니까 그렇죠."

"에이, 설마! 진심으로 하는 소리니?"

"진짜 어떤지는 잘 모르지만 어쨌든 굉장히 이상한 사람임에는 틀림없잖아요."

우리는 다시 온갖 가능성에 대해 시끄럽게 토론했다.

내가 엑상프톤에서 차로 돌아온 것은 그로부터 이틀 뒤 밤이었다. 엑상프톤에서 저녁까지 먹고 나서 출발했더니 림스톡에 들어선 것은 꽤 밤이 이슥해서였다.

그때 헤드라이트 상태가 시원치 않아서 나는 속도를 떨어뜨리고 스위치를 몇 번 비틀어보다가 마침내 차를 세우고 밖으로 나와 고장인지 살펴보았다. 상당히 시간을 빼앗겼으나 간신히 다시 차를 움직일수 있게 되었다.

거리에는 인기척이 전혀 없었다. 림스톡 사람들은 어두워지면 거의 밖으로 나오지 않는다. 앞쪽에 건물이 몇 채 늘어서 있는 것이 보이더니 엉성한 맞배지붕을 한 부인회관 건물이 희미한 별빛을 받고 어렴풋이 눈앞에 떠올랐다. 나는 갑자기 발작처럼 그 건물을 들여다보고 싶은 충동에 휩싸였다. 마침 문을 스쳐지나가던 그림자가 희끗 눈에 들어왔다는 생각이 들었다. 물론 내 착각인지도 모른다. 의식에 남을 만한 뚜렷한 영상은 아니었지만 어쨌든 나는 그곳으로 가고싶다는 억누를 길 없는 호기심에 완전히 압도되었다.

문은 아주 살짝 열려 있었다. 나는 살며시 대문을 열고 안으로 들어갔다. 좁은 길을 몇 걸음 가니 돌층계가 네 단 나타나 정면 입구로

통했다.

나는 잠시 주저하면서 그 자리에 서 있었다. 도대체 내가 지금 무슨 일을 하려고 여기 있나 스스로도 이해할 수 없었다. 그런데 갑자기 아주 가까운 곳에서 옷자락 스치는 소리가 났다. 여자 드레스 끄는 소리처럼도 들렸다. 나는 몸을 돌려 소리가 나는 건물 모퉁이로 향했다.

사람 그림자 같은 것은 없었다. 나는 그대로 벽을 따라 가다가 다시 한 번 모퉁이를 돌아 건물 뒤로 갔다. 2피트밖에 떨어지지 않은 곳에 활짝 열린 창이 얼핏 눈에 들어왔다.

나는 살금살금 다가가 귀를 곤두세웠다. 아무 소리도 들리지 않았지만 어쩐지 누군가가 있다는 그런 느낌이 들었다.

내 등은 아직 곡예를 하기에는 조금 무리가 있었으나 어떻게든 간신히 창을 기어올라 조심스레 안으로 들어갔다. 조심하느라고 했는데도 조금 높은 소리가 나버려서 나는 순간 기겁을 했다.

창에 바짝 붙어서 잠시 귀를 쫑긋 세우고 있다가 이윽고 두 팔을 앞으로 내뻗고 더듬더듬 걸음을 옮겼다. 그때 내 오른쪽 앞에서 희미한 소리가 났다.

나는 호주머니에서 손전등을 소리가 나는 곳을 향해 꺼내들고 스위치를 눌렀다.

곧 나직한 음성이 들렸다.

"불을 끄시오!"

나는 황급히 전등을 껐다. 한순간이지만 그 목소리가 바로 너시 경감이라는 것을 깨달았기 때문이다.

그는 내 팔을 잡고 문을 하나 빠져나가 복도로 나갔다. 주변에 전혀 창이 없어서 바깥에서 우리를 볼 염려가 없는 곳이었다. 그는 스위치를 돌려 전등을 켜더니 노했다기보다는 아예 잡아먹을 듯한 기세로 나를 노려보았다.

"젠장! 이런 중요한 시기에 훼방꾼이 뛰어들다니!"

"죄송합니다. 어쩐지 이상한 예감이 들어서 그만." 나는 사과했다.

"그 예감이 들어맞았다는 말이오. 혹시 본 사람은 없었습니까?"

나는 주저했다.

"글쎄요, 정확히는 알 수 없지만 대문으로 누군가가 숨어드는 것처럼 보였어요. 물론 그 모습을 직접 본 것은 아닙니다. 그리고 누군가가 모퉁이를 돌아 이 건물 뒤로 가는 것 같은 옷자락 스치는 소리도 들렸고요."

너시는 고개를 끄덕였다.

"사실일 겁니다. 누군가가 당신보다 앞서 이 건물 뒤로 돌아왔습니다. 그리고 저 창 옆에서 잠시 주춤하다가 재빨리 달아나 버렸어요. 아마도 당신 발소리를 들었던 모양이죠."

나는 거듭 사과했다.

"그런데 경감님은 왜 오셨습니까?"

"저는 범인이 익명의 편지를 계속해서 쓸 수밖에 없으리라 예측하고 있습니다. 물론 그도 위험부담이 크다는 것은 잘 알지만 결코 그만두지 못할 겁니다. 알코올이나 약물중독과 다를 바 없으니까요."

나는 고개를 끄덕였다.

"그러니 누군지 모를 그 편지를 쓴 범인은 아마 지금까지 보낸 편지와 비슷한 형태의 편지를 보내고 싶어할 것입니다. 아직 그 책에서 오려낸 페이지가 상당 부분 남아 있을 테니까 글자를 오려붙이기만 하면 편지는 곧 완성되겠지요. 그러나 문제는 보내는 사람의 이름을 적을 봉투랍니다. 범인은 틀림없이 전과 동일한 방법을 쓰려고 하지, 절대 다른 타이프를 사용한다거나 손으로 직접 쓰는 위험은 저지르지 않을 테니까요. "

"범인이 진짜 게임을 계속할까요 ? "

내가 좀처럼 믿어지지 않아 다시 한 번 물었다.

"하고말고요. 범인은 아마 지금쯤 절대적인 자신감을 가지고 있을 겁니다. 그리고 내가 장담할 수 있는 것은 그런 범인들은 대개 자신을 과대평가하고 망상에 젖는 편이지요. 그러므로 같은 타이프라이터를 사용하기 위해 분명 밤중에 부인회관을 찾아올 것이라고 나는 생각한 것이고요. "

"긴티 양인가요 ? "

"글쎄요, 과연 누굴까요 ? "

"아직 모르고 계신 겁니까 ? "

"모르겠습니다. "

"하지만 짐작은 하고 계시겠지요 ? "

"뭐 대충은요. 하지만 상대는 굉장히 교활한 인간입니다. 게임의 비결을 실로 잘 파악하고 있으니까요. "

나는 너시가 친 그물의 일부를 상상할 수 있었다. 용의자가 우체통에 넣거나 상대방 우편함에 직접 투함한 편지는 하나도 빠짐없이 바로 검열하도록 이미 손을 써두었을 것이다. 그런데 초저녁에 범인은 깜빡 실수를 했고, 너시 경감은 꼬리를 잡은 것이리라. 쓸데없이 날뛰어서 경감을 방해했다고 나는 재삼 사과했다.

"아닙니다. 하는 수 없지요. 다음 기회를 기다리면 되니까. "

나는 어둠에 쌓인 바깥으로 나왔다. 희미한 사람 그림자가 내 차 옆에 서 있었다. 놀랍게도 미건이었다.

"어머, 안녕하세요 ! 역시 당신 차가 맞군요. 무엇 하고 계셨어요 ? "

"너야말로 이런 밤중에 무엇 하고 있니 ? " 내가 되물었다.

"산책요. 나는 밤중에 산책하는 걸 좋아하거든요. 아무도 불러세우지 않고, 쓸데없는 이야기를 듣지 않아도 되고, 별도 아름답고, 나무나 꽃에서도 좋은 향기가 나고, 낮에는 아무것도 아닌 것들도 밤이 되면 아주 신비롭게 변하니까요."

"좋은 이야기다만 한밤중에 돌아다니는 것은 아마 고양이와 마녀 정도가 고작일걸? 집에 있는 사람들이 걱정하지 않겠니?"

"아니오, 아무도 걱정하지 않아요. 제가 어디서 무얼 하건 전혀 상관하지 않아요."

"이젠 괜찮은 거니? 몸도 건강하고?"

"네. 변함없이요."

"홀랜드 양이 너를 잘 보살펴주니?"

"네, 뭐 그럭저럭요. 아마 그녀가 완전한 백치라면 훨씬 나았겠지만."

"독설가로군! 그렇지만 일리는 있는 말이야. 집에 데려다줄 테니 타렴."

미건이 모습이 보이지 않아도 누구 하나 걱정하는 사람이 없다는 것은 반드시 사실이라고는 할 수 없을 것 같았다.

우리가 탄 차가 미건의 집에 도착했을 때 현관 돌계단에는 시밍튼 씨가 서 있었다. 그는 차 안을 살피듯 우리를 보았다.

"아, 안녕하시오? 함께 타고 있는 사람이 미건 맞습니까?"

"네. 그렇습니다. 바래다주러 왔습니다." 내가 대답했다.

시밍튼은 엄격한 목소리로 말했다.

"미건, 아무 말없이 나가면 어떡하니? 홀랜드 양이 얼마나 걱정했는데."

미건은 무어라 중얼거리면서 시밍튼의 옆을 지나 집으로 들어갔다. 시밍튼은 한숨을 쉬었다.

"어머니가 없으니 다 큰 딸을 어떻게 다루어야할지 막막하군요. 학교를 보내기엔 나이가 너무 많고 말입니다."

그는 의혹의 눈길로 나를 바라보았다.

"당신이 드라이브 가자고 미건을 불러냈습니까?"

나는 그렇다고 대답하는 편이 무난하다고 생각했다.

제11장

1

다음 날은 내가 아주 미치광이 같았다. 지금 다시 떠올려보아도 다른 말로는 도저히 설명할 길이 없는 하루였다.

나는 매달 한 번씩 마커스 켄트를 찾아가 진찰을 받기로 약속했으므로 그날도 기차를 타러갔는데, 뜻밖에도 조애너는 그대로 집에 있겠다고 했다. 보통 때 같으면 즐겁게 따라나서 한 이틀 놀다가 돌아왔을 텐데.

나는 그럼 밤기차로 돌아오자고 조애너를 설득해보았지만 할 일이 태산이라는 영문 모를 소리만 했다. 게다가 그런 낡아빠진 지저분한 기차에서 옹색하게 몇 시간을 덜컹거리며 심심하게 지낼 바에야 시골에서 기분좋게 상쾌한 하루를 보내는 편이 훨씬 낫다고 말해 나를 또한번 놀라게 했다.

물론 말이야 바른 소리지만 조애너에게는 어울리지 않는 매몰찬 반응이었다.

차 쓸 일은 없다고 해서 역까지 내가 차를 몰고 가서 돌아올 때까지 그곳에 세워두기로 했다.

오로지 철도회사만이 그 이유를 알고 있겠지만, 림스톡 역은 어찌된 노릇인지 마을에서 반 마일 이상이나 떨어진 먼 곳에 있었다. 그 길을 반 정도 가고 있을 때 정처없이 헤매고 다니는 미건을 발견했다.

"안녕? 그런데 뭐하고 있니?"

"산책요."

"별로 즐거운 산책은 아닌 것 같구나. 마치 기운없는 게가 비실비실 사방을 기고 있는 듯이 보이는데?"

"딱히 가야 할 데가 있는 게 아니니까요."

"그럼 역까지 나를 배웅해주렴."

내가 차문을 열자 미건은 기세좋게 안으로 뛰어들어왔다.

"어디 가세요?"

"런던. 진찰받으러 가는 길이지."

"당신 등도 이제는 그리 심한 상태가 아닐 텐데요?"

"응. 이제 거의 다 나았어. 의사도 나를 보면 기뻐할 거야."

미건은 말없이 고개를 끄덕였다.

역에 도착하자 나는 차를 세우고 표를 샀다. 플랫폼에는 두세 명밖에 없었다. 아는 얼굴이 아니었다.

"1페니만 빌려주실래요?" 미건이 불쑥 말했다. "자동판매기의 초콜릿을 사고 싶어서요."

"아직 아기로군!"

나는 미건에게 동전을 하나 건네주면서 놀렸다.

"양치 대용 껌이나 트로치($\binom{\text{상한 이빨을 치료}}{\text{하는 항생물질}}$)는 당연히 싫어하시겠지?"

"초콜릿이 가장 좋아요."

미건은 놀림을 받고 있다는 것도 알지 못하고 천진하게 대답했다.

자동판매기로 가는 그녀의 뒷모습을 나는 안타까운 마음으로 바라보았다.

뒷꿈치가 다 떨어진 구두, 싸구려 양말, 형편없는 점퍼와 치마. 왜 저런 것들이 나를 안타깝게 하는지는 모르겠지만 가슴이 아파 도저히 보고 있을 수가 없었다.

미건이 초콜릿을 들고 오자 나는 다짜고짜 나무랐다.

"넌 어째서 그리도 형편없는 양말을 신고 있니?"

미건은 깜짝 놀라 자기 발을 내려다보았다.

"이게 이상해요?"

"당연히 이상하지! 보기만해도 속이 메슥거릴 지경이야. 그리고 또 이 썩어빠진 양배추 같은 점퍼는 다 뭐냐고?"

"이건 아직 모양이 멀쩡하잖아요, 겨우 4, 5년밖에 안 입었는데?"

"그렇겠지. 게다가 어째서 너는 그런……."

이때 열차가 들어오면서 내 잔소리를 가로막았다.

나는 텅 빈 일등실에 몸을 실은 뒤 창을 열고 잔소리를 마저 하려고 상체를 쑥 내밀었다.

미건은 창 아래에서 얼굴을 위로 들고 서 있었다. 그러고는 왜 내가 화를 내는지 물었다.

"누가 화냈다고 그래!" 나는 거짓말을 했다. "네가 도저히 눈 뜨고는 못 봐줄 꼴을 하고 다니는데다 자기 차림새에 전혀 신경을 쓰지 않으니 내가 조금 잔소리를 한 것뿐이지."

"어차피 꾸민다고 예뻐질 것도 아닌데 무슨 꼴을 하고 다니든 상관하지 마세요."

"그 무슨 바보같은 소릴! 난 예쁘게 치장한 미건이 보고 싶어서 그래. 런던에 데려가서 모자에서 구두까지 제대로 된 걸 갖춰주고 싶다고."

"정말 그래 주면 좋겠어요."

알 수 없는 복잡한 표정으로 미건이 대답했다.

기차가 움직이기 시작했다. 나는 조금 위를 올려다보는 미건의 얼굴을 내려다보았다. 쓸쓸한 표정이었다. 그때 처음 말한 대로 갑자기 광기가 나를 덮쳤다.

나는 문을 벌컥 열고 미건의 한 팔을 잡아 열차 안으로 끌어당겼다.

역무원의 신음같은 비명소리가 들렸지만 그가 할 수 있는 일은 고작해야 열려진 출입문을 다시 닫는 것뿐이었다. 발판을 딛고 서 있는 미건을 나는 충동적으로 통로로 끌어당겼다.

"이게 무슨 일이에요?"

무릎 주위를 문지르면서 미건이 놀라 물었다.

"자, 아무 말 말고 나와 함께 런던으로 가자. 내가 시키는 대로만 하면 틀림없이 너도 몰라보게 달라질 거야. 어디 얼마나 예쁘게 변할지 한번 보여주렴. 하여간 난 이 지독한 차림새에는 정말 신물이 나니깐."

"으햐!" 미건은 황홀한 듯 탄성을 질렀다.

차장이 와서 내가 미건에게 왕복차표를 사 주었다. 그녀는 한구석에 얌전히 앉아 경이와 존경의 눈초리로 나를 바라보았다.

"당신은 굉장히 돌발적인 행동을 하는 사람이군요!"

차장이 떠나자 그녀가 말했다.

"아버지를 닮아서 그래."

벼락치듯 나를 엄습한 그 충동을 미건에게 어떻게 설명할 수 있을까? 조금 전까지만 해도 그녀는 마치 버림받은 강아지처럼 슬픈 눈을 하고 있었는데 지금은 그야말로 희색이 만면했다.

"넌 런던에 대해서는 잘 모르겠지?"

"알고 있어요. 학교 다닐 때도 자주 갔고, 치과의사에게 갈 때도 갔고, 한 번은 팬터마임을 보러 간 적도 있거든요."

"이제부터 갈 런던은 그런 곳과는 조금 다를지도 모르지."

나는 애매하게 말했다.

드디어 런던에 도착했다. 하리 거리까지 가야 할 시간은 아직 30분 정도 여유가 있었다. 나는 곧 택시를 잡아타고 조애너가 자주 가는 밀로틴 의상실로 달려갔다. 밀로틴은 마흔 대여섯 살쯤 된 진보적이며 쾌활한 여자로 영리하고 붙임성이 좋았다. 나도 전부티 이 부인이 마음에 들었다.

내가 미건에게 말했다.

"널 내 조카라고 하자."

"왜요?"

"질문은 그만둬."

밀로틴은 엷은 청회색의 타이트한 드레스를 입고 체격도 듬직한 호감을 주는 유대인이었다. 나는 그녀를 불러 한쪽으로 데려갔다.

"실은 내 조카를 데리고 왔어요. 조애너가 데려와야 했지만 사정이 좀 생겨서요. 그렇지만 부탁만 하면 당신이 다 알아서 해줄 거라고 해서 내가 왔어요. 지금 꼴로는 아무 데도 못 가겠으니까요."

"하긴, 그렇겠군요!"

감정이 듬뿍 실린 목소리였다.

"그래서 저 애를 머리끝에서 발끝까지 예쁘게 꾸며 주십사 하는 겁니다. 양말이나 구두, 속옷까지 전부요! 그런데 늘 조애너의 머리를 만져주던 남자 미용실도 분명 이 근처라고 생각되는데?"

"앙트와느? 이 모퉁이를 돌면 보여요. 제가 안내하죠."

"이렇게 고마울 데가! 당신같이 친절한 사람은 천 명에 하나 나올까말까 할 겁니다."

"호호호! 비행기를 잘 태우시는군요. 그렇지만 어쨌든 요금은 별 도예요. 이 점은 분명히 해두고 싶군요. 왜냐하면 여자손님들의 반 은 좀처럼 계산을 하려들지 않거든요. 하지만 그렇게 말씀해 주시 니 기뻐요."

그녀는 조금 떨어진 곳에 서 있는 미건을 직업적인 눈으로 단숨에 훑어보았다.

"몸매가 아주 좋군요!"

"하, 그래요? 당신은 X광선으로 된 눈이라도 가진 모양이군요. 내게는 영 아니올시다인데."

밀로틴이 즐거운 듯 깔깔 웃었다.

"아무리 치장을 해도 도저히 손을 쓸 수 없는 여자를 데려와 돈을 뿌리며 의기양양해하는 분들도 틀림없이 있죠. 천진하고 귀엽다는 둥 하면서요. 사실 보통 사람처럼 될 때까지 일년이나 걸린 사람도 적지 않거든요. 그렇다고 너무 걱정하지 마시고, 일단 제게 한번 맡겨주세요."

"그럼 잘 부탁드리고, 전 6시쯤에 다시 오겠습니다."

2

마커스 켄트는 나를 보더니 굉장히 기뻐했다. 예상보다 훨씬 회복 이 빠르다며 결과를 알려주었다.

"이토록 좋아지다니 본래 당신 체력이 코끼리처럼 튼튼한 모양이군 요. 신선한 시골 공기를 마시고, 밤샘도 하지 않고, 자극이나 흥분 과도 멀리 떨어져 있으니 역력하게 효과가 나타나나 봅니다. 정말 놀랍군요!"

"아닙니다. 당신이 예로 든 처음 두 가지 조건은 어떨지 모르지만 시골이라도 자극과 흥분은 도저히 피할 수가 없더군요. 그야말로 광장하니까요."

"무슨 말씀을?"

"살인사건이 일어났답니다."

마커스 켄트는 잠시 입을 못 다물고 멍하니 있더니 한참 만에야 다시 목소리가 새어나왔다.

"목가적인 사랑의 비극이라도 있었단 말입니까? 농가의 젊은이가 여인을 죽였다는 뭐 그런?"

"아니오, 그런 달콤한 살인이 아닙니다. 흉악한 살인마가 정신없이 설치고 다닌답니다."

"신문에는 나오지 않은 것 같은데 그 남자는 체포되었습니까?"

"아직도 체포하지 못했습니다. 게다가 남자가 아니라 여자가 범인이죠!"

"설마! 만약 그게 사실이라면 림스톡에서 요양하는 문제도 재고하셔야 하지 않겠습니까?"

나는 딱 잘라 대답했다.

"아닙니다. 아주 좋은 곳이랍니다. 저는 절대 떠나고 싶지 않습니다."

마커스 의사는 잠시 어리둥절한 모양이었다.

"아하, 알겠어요! 금발의 아름다운 여자라도 만난 모양이군요?"

"천만에요!"

나는 엘지 홀랜드를 머리 속으로 떠올려보면서 조금은 양심의 가책을 받았다.

"대신 범죄 심리에 굉장한 흥미를 느끼게 되었거든요."

"그랬군요, 알겠어요. 그 정도라면 건강에는 크게 해롭지 않겠지만 행여 살인마 따위에게 희생되지 않도록 늘 조심하셔야 합니다."

"걱정하지 마십시오."

"자, 어떻습니까? 오늘 저녁은 저와 함께 드시면서 그 무시무시한 살인사건에 대해 자세히 얘기해 주시면?"

"말씀은 고맙지만 오늘은 약속이 있습니다. 유감스럽군요."

"데이트라도 하시는가 보죠? 여자에게 흥미를 느낄 정도이니 이제 곧 완치가 멀지 않았나봅니다!"

"후후, 상상에 맡기겠습니다."

나는 데이트 상대인 미건을 떠올리면서 쓴웃음을 지으며 그렇게 대답했다.

6시에 밀로틴 의상실에 가보니 막 가게문을 닫고 있는 중이었다. 진열실 바깥 계단 꼭대기에서 밀로틴 부인을 만났다. 그녀는 손가락에 입술을 갖다댔다.

"분명 깜짝 놀라실 거예요! 제가 이런 말씀 드리기는 뭣하지만 최대한 솜씨를 뽐내보았죠."

나는 커다란 진열실로 들어갔다.

미건이 높다란 거울에 비친 제 모습을 들여다보고 있었다. 나는 처음 그 여자가 미건인 줄도 몰랐다! 그리고 한순간 숨을 죽이고 말뚝처럼 그 자리에 못 박혀 버렸다. 훤칠한 몸매는 수양버들처럼 하늘하늘 날씬하고, 구두를 신고 있는 얇은 비단스타킹에 감싸인 다리도 미끈하게 모양이 예뻤다. 다리며 손, 그리고 신체 어느 부위도 아름답지 않은 선이 없었다. 반들반들 윤기가 흐르는 머리는 호두처럼 교묘하게 틀어올려져 맨얼굴과 잘 조화를 이루고 있었다. 얼굴에는 전혀 화장을 하지 않고 내버려둔 것을 보니 재치있는 미용사가 분명한 모양이다. 혹시 화장을 했다손 치더라도 굉장히 품위있게 완성되어서 전혀 표가 나지 않는 것인지도 몰랐다. 미건의 입술은 연지가 따로 필요없었다.

아니, 그뿐이 아니었다. 내가 지금까지 한번도 보지 못한 전혀 뜻밖의 것도 함께 있었다. 새하얀 목덜미에는 천진한 자긍심이 감돌고 있었던 것이다. 미건은 이빨 사이에 종이라도 물고 있는 듯한 사랑스런 미소를 지으며 고요히 나를 돌아보았다.

"어때요? 좀 근사하지 않아요?" 미건이 물었다.

"근사하냐고? 근사할 정도가 아니라 굉장히 멋져! 지금부터 저녁을 먹으러 갈 건데 만약 1초마다 남자들이 미건을 돌아보지 않으면 내 손에 장을 지질 생각이야! 정말 놀랍군, 놀라워! 아마 다른 여자들은 모두 꽁지를 빼고 말거야."

미건은 아름다운 얼굴은 아니지만 굉장히 개성적인 얼굴이었다. 그녀가 앞장서서 레스토랑에 들어서니 지배인이 황급히 다가왔다. 나는 세상에서 좀처럼 보기 드문 진귀한 보물을 손에 넣은 사람처럼 자랑스러움에 가슴이 뿌듯해졌다.

우리는 우선 칵테일을 마시면서 이야기를 나눴다. 그리고 식사를 했고, 그 뒤에는 함께 춤을 췄다. 미건이 하도 졸라서 도저히 거절할 수 없었을 뿐이었는데 그토록 능숙할 줄은 미처 짐작도 못했다. 참으로 굉장했다. 나에게 안겨 깃털처럼 가볍게 사뿐사뿐, 몸도 두 발도 완벽하게 리듬을 타고 있었다.

"놀랐는걸? 너도 춤출 줄 아는구나!"

그녀가 오히려 조금 의아한 얼굴을 했다.

"당연하죠. 학교에서 매주 댄스 수업이 있었으니까요."

"더 잘 추려면 교실 밖에서도 자주 춰보아야지."

우리는 다시 테이블로 돌아왔다.

"이곳의 요리는 정말 맛있어요. 모든 것이 너무 근사해요!"

미건이 기쁜 듯이 웃으며 말했다.

"그래. 나도 동감이야."

꿈같은 밤이었다. 나는 다시금 광기에 사로잡히고 있었다. 그러나 그녀가 무심코 이런 말을 했을 때 나는 여지없이 다시 지상으로 추락하고 말았다.

"이제 집으로 돌아가야 하잖아요?"

나도 모르게 비명을 질렀다. 분명 나는 제정신이 아니었다. 모든 것을 잊어버리고 있었다. 현실과 동떨어진 세계에서 내가 창조해낸 이성과 단 둘이서만 함께 즐기고 있었던 것이다.

"아뿔사!"

마지막 열차도 이미 오래 전에 출발해버렸다는 것을 비로소 깨달았다.

"여기 잠깐 있으렴. 내 금방 전화를 걸고 올 테니."

나는 택시회사에 전화해서 지금 당장 가장 크고 빠른 차를 한 대 수배해달라고 부탁했다.

그리고 자리로 돌아와 미건에게 알렸다.

"마지막 열차가 떠나고 말았으니 자동차로 돌아가기로 하지."

"자동차? 야호! 정말 신나요."

천진난만한 귀여운 아이였다. 내가 말하는 것이라면 하나도 불평없이 모든 것을 받아들였고, 모든 일에 환호했다.

자동차가 도착했다. 분명 크고 빠른 차였지만, 림스톡에 도착한 것은 꽤 늦은 시각이었다.

나는 갑자기 양심에 가책을 받았다.

"모두 너 때문에 걱정해서 찾아다니고 있을지도 모르겠군."

그러나 미건은 아주 태연했다.

"그런 일은 아마 없을 거예요. 나는 말없이 나와서 점심때도 집에 들어가지 않는 날이 많거든요."

"그 정도라면 큰일은 아니지만 오늘은 점심때도 그렇고 저녁식사 시간에도 돌아가지 않았잖니?"

그러나 미건은 운이 좋았다. 그녀의 집은 어둠 속에 묻혀 쥐죽은 듯 고요했으니까. 미건의 말대로 우리는 뒤로 돌아가서 로즈의 방 창문에 작은 돌을 던졌다.

예상대로 로즈가 얼굴을 내밀었고, 놀라서 낮게 비명을 지르면서 어쩔 줄 모르는 가슴을 진정시키며 우리를 안으로 들어오게 했다.

"전 아가씨가 벌써 잠자리에 들었다고 생각하고 있었답니다. 주인 어른과 홀랜드 양은——홀랜드의 이름은 조금 깔보는 듯한 어감을 풍기면서 콧방귀를 뀌었다——일찌감치 저녁을 드신 뒤 함께 드라이브를 나가셨고요. 저더러 아이들을 돌보라고 하시면서 말이에요. 그리고 주인어른이 돌아오셔서 아가씨에 대해 물어보시길래, 저는 2층 아이들 방에서 코린을 재우려고 하는데 미건 아가씨가 들어오는 소리가 났고, 잠시 뒤 제가 내려와보니 모습이 보이지 않는 걸 보니 아마 주무시는 모양이라고 대답했어요."

나는 부인의 말을 가로막으며 미건에게 이제 그만 쉬라고 권했다.

"그럼 안녕히 주무세요. 오늘 굉장히 즐거웠어요."

미건이 밤인사를 했다.

나는 다소 꿈꾸는 듯한 기분으로 차를 타고 집으로 돌아갔다. 그리고 운전기사에게는 기분좋게 팁을 건네면서 피곤하면 우리 집에서 자고 가라고 권했다. 그러나 운전기사는 사양하더니 새까만 밤길을 다시 거슬러 돌아갔다.

내가 운전기사와 이야기를 나누는 동안 열쇠 돌아가는 소리가 났는데, 차가 출발하자 현관문이 활짝 열렸다. 조애너의 목소리가 들렸다.

"오빠, 돌아왔어요? 많이 늦었네요."

"걱정했지?"

나는 안으로 들어가 문을 잠그며 말했다.

조애너가 응접실로 들어가길래 나도 그 뒤를 따라갔다. 커피 주전자가 뜨거운 김을 쏟아내고 있었다. 나는 위스키소다를 만들어 마셨고, 조애너는 혼자서 커피를 홀짝거렸다.

"걱정을 왜 해요? 오빠는 틀림없이 그곳에서 잔다고 생각하고 밤새 시끌벅적 요란을 떨 게 분명한데요."

"시끌벅적 요란이라고? 하긴!"

나는 쓴웃음을 지으며 소리 높여 웃었다. 그러자 금세 눈치를 챈 조애너가 꼬치꼬치 캐물었고 나도 자초지종을 사실대로 털어놓았다.

"오빠! 정말 제정신이에요? 아, 정말 믿을 수 없어!"

"그럴 거야."

"이런 시골에서 그런 짓을 했다가는 정말 큰일나요. 내일이면 림스톡 사람들이 이 사실을 모두 알지도 모른다고요!"

"그럴지도 모르지. 하지만 미건은 아직 어린애잖니?"

"아니에요. 미건도 벌써 20살이에요. 20살 처녀를 런던으로 끌고 가서 드레스를 사입히거나 하면 이상한 소문이 나도 할 말이 없죠. 정말 큰일을 냈군요! 자칫하단 미건과 결혼해야 할지도 모른다고요, 알겠어요?"

조애너는 농담 반 진담 반으로 나를 위협했다. 내가 어떤 중대한 발견을 한 것도 바로 그때였다.

"겁날 게 뭐야! 그렇게 되면 결혼하지, 뭐."

조애너의 얼굴에 기묘한 표정이 스쳐지나갔다. 동생은 발딱 일어나 문으로 가면서 한마디 툭 던졌다.

"이렇게 될 줄 내 벌써부터 알고 있었어!"

새로운 발견에 아연해하면서 잔을 손에 든 채 발이 바닥에 붙어버린 나만 남겨두고, 조애너는 휑하니 응접실을 나가버렸다.

제12장

1

남자들이 프러포즈를 하러갈 때면 보통 어떤 증세가 나타나는지 나는 잘 모른다.

소설에서는 목이 탄다거나 셔츠의 목둘레가 어쩐지 꽉 죄어드는 듯한 느낌이 들고, 불안하게 이리저리 눈망울을 굴리는 두 눈에도 애처러운 몇 가지 반응이 나타난다고 들었다.

그런데 나는 전혀 아무렇지도 않았다. 근사한 생각이라고 마음먹기 바쁘게 단숨에 결정을 내린 터라 당혹할 만한 이유가 없었기 때문인지도 모른다.

다음 날 오전 11시쯤 나는 시밍튼의 집을 찾아갔다. 벨을 누르고 기다리자 로즈 부인이 나왔고, 나는 미건을 만나고 싶다고 용건을 전했다. 그제서야 비로소 좀 쑥스러운 생각이 든 것은 로즈 부인이 잘 알겠다는 얼굴로 뜻있는 시선을 내게 던졌기 때문이다.

부인은 나를 작은 거실로 안내했다. 그곳에서 기다리고 있는 동안 나는 혹시 밤 사이 이 집 사람들의 구박을 이기지 못하고 미건이 밤광이라도 한 것은 아닐까 걱정했다.

그러나 문이 열리면서 빙글 뒤돌아선 순간, 나는 가슴을 쓸어내렸다. 미건이 꽤 쑥스러워했을망정 정신은 멀쩡했기 때문이었다. 머리칼은 다시 호두알처럼 광택이 흘렀고, 어제 익힌 자신감과 긍지가 지금도 온몸에 가득했다. 오늘은 다시 낡은 옷을 입고 있었으나 매무새는 예전과 달랐다. 여자는 자신의 아름다움을 자각하는 기준이 달라질 수도 있는 모양이다. 미건은 성숙한 여자가 되어 있었다.

나는 역시 조금은 긴장하고 있었나 보다. 그렇지 않았다면 '여어, 생선토막!' 같은 농담을 던지면서 친밀하게 인사를 했을 텐데. 하긴 아무리 좋게 생각해도 연인들의 인사로는 좀처럼 어울리는 말이 아니겠지.

그러나 미건은 그런 분위기가 썩 마음에 들었나 보았다. 방긋 웃으면서 '어서 오세요'라고 얌전하게 인사했다.

"어제 일로 크게 싫은 소리는 듣지 않았니?" 내가 물었다.

미건은 고개를 저었다. "아니오, 별로……"

그러나 잠시 눈을 깜박이더니 농담처럼 이렇게 말을 이었다.

"하긴 좀 시끄러운 일은 있었지만서도요. 모두 이해하기 어려웠는지 저마다 추측으로 온갖 소리를 떠들어댔어요. 하지만 어차피 모두 시시한 소동에 지나지 않으니 떠들고 싶으면 얼마든지 떠들라지요. 난 신경쓰지 않아요."

마치 거위 등이 물에 젖지 않듯 불쾌한 소문을 살짝 흘려버리는 미건을 보고 나는 다시 한 번 안도했다.

"실은 오늘 아침 여기 찾아온 것은 한 가지 제안할 일이 있어서야. 너도 알고 있겠지만 난 미건이 좋고, 미건도 날 좋아한다고 생각하는데……."

"네, 정말 좋아요!"

미건이 열정적으로 대답했다.

"게다가 우리는 마음도 잘 맞는 것 같아. 그래서 우리가 아예 결혼 해버리면 훨씬 더 좋지 않을까 생각해봤는데 미건은 어떻게 생각 해?"

"어머나!"

조금 놀란 기색이었다. 단지 그뿐이었다. 눈을 휘둥그레 뜨지도 않 았고, 얼굴빛을 바꾸지도 않았다. '차분한 놀라움'이라고나 표현해야 할까? 아무튼 그게 전부였다.

"정말로 나와 결혼하고 싶어하시는 거예요?"

그녀는 다짐을 받듯 또박또박 되물었다.

"물론 진심이야. 내 최대의 소원이지."

나는 대답했다. 결코 거짓말이 아니었다.

"당신은 절 사랑하는 거로군요?"

"사랑하고말고."

미건의 눈은 냉정했고 진지했다.

"저는 당신이 무척 근사하고 멋진 사람이라고 생각해요. 하지만 사 랑하지는 않아요."

"그럼 나를 사랑하도록 만들어야지."

"그건 안 돼요. 억지로 강요하는 건 싫으니까요."

미건은 잠시 말을 멈추더니 침울한 표정을 지었다.

"전 당신의 아내로는 어울리지 않아요. 사랑하기보다는 미워하는 게 더 특기인 그런 여자인걸요."

이상하게도 미건은 격한 감정을 담아 그런 말을 했다.

"미움은 어차피 오래가지 않는 법이지. 사랑은 오래토록 지속되지 만."

"정말 그럴까요?"

"난 그렇게 생각해."

한동안 침묵이 이어졌다. 이윽고 내가 먼저 입을 열었다.

"그럼 대답은 'No!'라는 말이니?"

"네, No예요."

"내게 희망을 줄 만한 그런 말도 없고?"

"그런 건 모두 부질없는 짓이죠."

"하긴!" 나도 동의했다. "그래, 사실 필요없는 말일 거야. 미건이 그런 말을 던지든 말든 나는 계속해서 희망을 품고 있을 테니까."

2

뭐, 본인이 그렇다면 어쩔 수 없는 일이다. 나는 로즈 부인의 흥미로운 눈길이 집요하게 내 등을 따라오는 걸 짜증스럽게 의식하면서, 다소 어지럼증을 느끼며 휘청휘청 그 집을 나왔다.

로즈 부인이 나를 붙잡고 온갖 수다를 떠는 통에 간신히 달아나기까지 진땀깨나 흘렸던 것이다.

수다의 주제인즉슨, 그 끔찍한 사건이 벌어진 다음부터는 불안해서 미칠 것 같다는 이야기였다. 이 집의 아이들이며 시밍튼 씨에 대한 동정이 없었다면 자기는 아마 벌써 그만두었을 것이다. 다른 하녀만 구하면 당장이라도 그만두고 싶은데 살인이 벌어진 이런 집에서 일하고 싶어하는 사람은 아무도 없다. 그런데 홀랜드 양이 한동안 집안일을 도와주기로 해서 정말 고마운 일이라고 생각한다. 홀랜드 양은 굉장히 상냥하고 얌전한 처녀이지만 이제 곧 이 집 안주인이 될 날을 남몰래 꿈꾸고 있다! 시밍튼 씨는 물론 그 사실을 모르지만 홀아비가 야심있는 여자와 얽히게 되면 한 주먹거리도 되지 않을 거라고 덧붙였다. 또 설령 홀랜드 양이 돌아가신 주인마님의 자리를 넘보지 않는다 하더라도 그리 되는 것은 시간문제라고 잘라 말했다.

나는 한시라도 빨리 벗어나고 싶어서 기계적으로 맞장구를 쳤지만, 로즈 부인은 내 모자를 꽉 움켜쥔 채 좀처럼 끝나지 않을 수다를 늘어놓았다.

과연 로즈 부인의 말이 모두 사실인지 미심쩍어서 나는 찬찬히 따져보았다. 엘지 홀랜드는 제2의 시밍튼 부인이 되려고 목하 공작중인가? 아니면 그저 주부가 없는 가정을 돌보기 위한 친절한 마음에 지나지 않는가?

그러나 동기야 어떻든 결과는 매한가지일 것이다. 시밍튼 부인의 아이들은 아직 어머니가 필요한 나이이고, 엘지는 다정한 여성이니까. 별로 고상한 편은 아니지만 어쨌든 그 정도의 미모라면 시밍튼 씨처럼 멋없는 사람일지라도 반드시 유혹에 넘어가게 되리라.

나는 미건을 떠올리지 않으려고 일부러 더 골똘히 그런 일을 생각했다.

행여 독자 가운데에는 내가 정말 멋대로 착각에 빠져 미건에게 구애를 했고, 당연한 결과로 퇴짜를 맞았다고 생각하실 분이 계실지도 모르겠는데, 절대 오해이다. 나는 미건을 돌보고, 그녀를 행복하게 만들고, 그녀의 안전을 돕는 일이 내 본분이라고 생각했고, 그것이야말로 내게 가장 어울리는 자연스럽고 이치에 맞는 생활이라고 믿었다. 또한 그녀와 내가 굉장히 닮은꼴임을 부디 미건도 이해해주길 기대했던 것이다.

어쨌든 나는 포기하지 않았다. 미건은 나의 연인이었다. 어떻게 해서든 미건을 내 사람으로 만들고 싶었다.

곰곰이 생각한 끝에 나는 시밍튼의 사무실로 찾아갔다. 비록 미건은 어떠한 비난에도 전혀 관심을 나타내지 않겠지만 나는 일단 지금까지의 일들을 그에게 설명해두고 싶었기 때문이다.

마침 시밍튼 씨를 찾아온 손님이 아무도 없어서 나는 곧 그의 방으로 안내되었다. 그가 나를 보자마자 떨떠름한 얼굴로 잘근잘근 입술을 깨물면서 여느 때보다 한층 더 불안한 태도를 나타내는 것을 보고, 나는 순간 그가 별로 나를 좋게 생각하지 않는다는 것을 깨달았다.

"안녕하십니까?"

나는 인사부터 했다.

"갑자기 불쑥 찾아와서 정말이지 실례가 많습니다. 일 때문이 아니라 개인적인 용건으로 찾아뵙게 되었는데 간단하게 설명드리겠습니다. 실은 당신도 어느 정도 알고 계시리라 생각하지만 저는 댁의 따님을 좋아합니다. 그래서 따님에게 프러포즈를 했더니 거절하더군요. 그러나 저는 그것이 최종적인 대답은 아니라고 생각합니다."

나는 시밍튼의 얼굴이 돌변하는 것을 보고 조롱하는 눈길로 그의 마음을 읽었다. 미건은 그의 가정에서는 내놓은 존재였다. 물론 그는 공평하고 친절한 남자여서 죽은 그의 아내가 남긴 딸을 절대 방해물처럼 취급할 생각은 털끝만치도 없었다. 그렇지만 미건이 나와 결혼이라도 하게 되면 그보다 더 다행한 일은 없을 것이다. 얼어붙은 듯한 그의 표정이 봄눈 녹듯 풀리면서 신중한 미소가 피어올랐다.

"솔직히 나는 지금까지 그런 일은 한번도 생각 못해봤습니다. 아니, 당신이 미건을 친절하게 대해주시는 것은 알고 있지만 아직도 나는 그 애를 어린아이라고만 생각하고 있으니까요."

"따님은 이제 어린애가 아닙니다." 나는 짤막하게 반발했다.

"네에, 물론 절대 어린 나이는 아니지요. 그러나……."

"따님은 주변 사람들이 그렇게만 보아주면 나이에 걸맞는 행동을 할 수 있을 겁니다." 나는 좀 화난 듯이 무뚝뚝하게 말했다.

"아직 21살은 되지 않았지만 이제 한두 달만 지나면 곧 그 나이가 되겠지요. 만약 저에 대해서 알고 싶으시다면 자세하게 설명드리겠습니다. 저는 상당한 자산도 있고, 유복한 생활을 하고 있습니다. 그리고 따님을 행복하게 할 수 있다면 어떤 일이라도 할 생각입니다."

"네에, 그것은 이미 잘 알고 있는 일입니다. 그러나 어쨌든 미건이 승낙하지 않으면 어쩔 수 없는 일 아니겠습니까?"

"따님이 곧 이곳으로 찾아오리라 생각하는데, 일단 제가 먼저 설명 드리는 편이 나을 것 같아서 이렇게 말씀드리는 것뿐입니다."

그는 흔쾌히 내 말을 받아들였다. 그리고 우리는 기분 좋게 헤어졌다.

3

밖으로 나가자마자 에밀리 버튼 부인과 딱 마주쳤다. 장바구니를 들고 있었다.

"안녕하세요, 버튼 씨. 어제 런던에 다녀오셨다고요?"

이미 알고 있는 눈치였다. 그녀의 눈은 친절해보였지만 동시에 기이한 호기심에 가득 차 있었다.

부인은 방싯 웃었다.

마커스 켄트의 미소를 좀 작게 만든 듯한 그런 웃음이다.

"듣자하니 하마터면 미건은 그 열차를 못 탈뻔했다면서요? 달려서 풀쩍 올라탔다고 하던데?"

"제가 도왔습니다. 안아서 기차에 태웠지요."

"어머나! 마침 당신이 기차를 타고 있어서 정말 다행이었네요. 아니면 무슨 큰일이 벌어졌을지 어떻게 알겠어요?"

나는 지금까지 이토록 얌전한 노부인이 사내를 조롱하듯이 시시콜콜 캐묻고 달려들 줄은 꿈에도 생각지 못했다!

그러나 마침 딘 칼스롭 부인이 맹렬하게 다가오고 있었으므로 더 이상 괴로움은 맛보지 않아도 되었다. 목사 부인은 목사관의 손님인 그 점잖은 노부인과 동행이었는데, 주위는 아랑곳하지 않고 하고 싶은 말을 다했다.

"안녕하세요? 당신이 미건에게 멋진 드레스를 사주었다고요? 정말 놀라워요! 어떻게 그런 생각을 하시게 되었어요? 남자들은 좀처럼 그런 현실적인 생각은 하지 못하는 법이거늘! 나도 전부터 미건에 대해서는 가슴이 아팠어요. 머리가 좋은 아이는 저능아와 종이 한 장 차이니까요."

그녀는 나를 어리둥절하게 만들어 놓고 생선가게로 사라져버렸다. 내 옆에 남겨진 미스 마플이 눈을 깜박이면서 이렇게 말했다.

"참 보기 드문 사람이에요. 게다가 부인이 하는 말은 대개 잘 들어맞지요."

"그러니 모두가 미심쩍게 생각하는 것 아닙니까?"

"그렇겠네요. 정직한 사람은 아무래도 그렇게 생각하겠지요."

칼스롭 부인이 다시 활기차게 생선가게에서 뛰어나와 우리에게 돌아왔다. 커다랗고 새빨간 새우를 들고 있었다.

"어때요? 파이 씨와 꼭 닮지 않았어요?" 부인이 말했다. "남성적이고 핸섬하잖아요."

4

나는 조애너와 얼굴을 마주치는 것이 다소 불안하였는데, 집으로 돌아와보니 모두 쓸데없는 걱정이었다. 동생은 외출한 채 점심때에도 돌아오지 않았기 때문이다. 그래서 패트리지는 완전히 성질이 나 있었고, 얇게 저민 고기를 접시에 담으면서 벌레씹은 얼굴로 불평을 늘어놓았다.

"에밀리 아가씨는 늘 돌아오실 시간을 말씀하신 뒤 외출하십니다만

......."

나는 미안한 마음에 지각한 조애너를 대신하여 저민 고기를 두 접시나 먹었다. 그러나 서서히 여동생이 어디 갔는지 걱정이 되기 시작했다. 요즘 들어 여동생의 행동이 많이 이상해진 것은 사실이었다.

조애너가 응접실로 뛰어든 것은 오후 3시 반쯤이었다. 밖에서 자동차 멈추는 소리가 나서 나는 그리피스가 찾아온 것이 아닐까 생각하고 있었는데, 차는 금방 다시 출발했고 조애너가 혼자 들어왔다.

발갛게 상기된 심상찮은 얼굴을 보고 나는 무슨 일이 있다고 직감했다.

"무슨 일이니?" 나는 조애너를 다그쳤다.

동생은 입을 벌리려다 말고 크게 한숨을 쉬면서 의자에 몸을 던지더니 멍한 얼굴로 앞만 바라보았다.

"오늘은 정말 끔찍한 일을 당했어요!"

"무슨 일인데?"

"내가 믿을 수 없는 일을 하고 말았어요. 아, 정말 무서웠어!"

"도대체 무슨 소리야?"

"오늘, 늘 그렇듯이 산책을 나갔어요. 언덕을 올라가 사냥터 쪽으로요. 2, 3마일쯤 걷다가 골짜기로 내려갔어요. 굉장히 외진 곳이었는데 농가가 한 채 있더군요. 마침 나는 굉장히 목이 말랐기에 그곳으로 가서 우유나 뭐나 좀 마시게 해달라고 부탁할 생각이었어요. 그래서 농가 마당으로 들어섰더니 현관문이 열리면서 오엔 씨가 나오더라고요."

"그랬어?"

"그는 간호사가 왔다고 생각한 모양이에요. 알고 보니 그 농가의 안주인이 출산이 임박했나 봐요. 그래서 그는 간호사를 보내 다른 의사를 데려오도록 보냈는데, 어쨌든 결국 늦어진 셈이었죠."

"흐음! 그래서?"

"그래서 그가 나를 보더니 갑자기 '할 수 없군. 당신이라도 잠깐 들어오세요. 아무도 없는 것보다는 나을 테니까'라고 했어요. 나는 사정을 듣고는 깜짝 놀라서 절대 그런 일은 할 수 없다고, 해본 적도 없고, 나는 아무것도 모른다고 완강하게 거절했어요.

그랬더니 오엔 씨가 그런 것은 전혀 문제가 되지 않는다고 하면서 굉장히 무서운 표정으로 나를 잡았어요. '당신도 여자죠? 그렇다면 같은 여자를 돕기 위해 조금은 노력해줄 수 있지 않겠소!' 그러면서 내가 언젠가 의사의 일에 흥미를 갖고 있다거나 간호사가 되어보고 싶다고 한 말들을 끄집어내면서 '잘난 척 그런 말을 하지 않았소! 그게 진심에서 한 말은 아니었을지 모르지만 어쨌든 지금 당장 그 말을 실천하지 않으면 안 될 상황이니까, 치장하는 것밖에는 재주가 없는 목각인형이라는 소릴 듣고 싶지 않으면 조금이라도 인정머리가 있는 행동을 하는 게 어떻겠소?'라고 위협하듯 말했어요!

그래서 어쩔 수 없이 도저히 믿지 못할 그 일을 내가 하게 된 것이에요. 오빠, 내가 도구를 소독하거나 하는 여러 가지 일들을 도와주었다고요. 아주 녹초가 되었고, 지금도 다리가 후들거려서 서 있을 수도 없어요. 정말 무서웠어요! 하지만 산모나 아기는 지금 모두 괜찮아요. 무사히 아기가 태어났을 때는 얼마나 마음이 놓였는지 몰라요. 오엔 씨도 한때는 틀렸다고 생각했다는데…… 아아! 지금 생각해도 너무 끔찍한 일이야!"

조애너는 두 손으로 얼굴을 감쌌다.

나는 출산을 돕는 조애너의 사랑스런 모습을 떠올리면서 오엔 그리피스에게도 속으로 감탄했다. 조애너를 꾸짖어, 동생으로 하여금 태어나서 처음으로 현실과 대결시킨 것이다.

나는 지나가는 말처럼 여동생에게 말했다.

"네게 온 편지가 지금 홀에 있어. 폴한테서 온 것 같던데?"

"응?" 동생은 잠시 말을 잇지 못하더니 아직도 흥분이 가라앉지 않은 목소리로 말했다.

"오빠, 난 의사들이 어떤 일을 하는지 전혀 알지 못했어요! 절대 용기가 없으면 할 수 없는 일이었다고요."

나는 말없이 홀로 가서 편지를 들고와 조애너에게 건넸다. 동생은 봉투를 뜯어 한동안 무표정하게 편지를 읽고 있더니 바닥에 툭 내버렸다.

"굉장히 멋졌어요. 그 땀하며, 결코 지지 않겠다고 노력하는 그 필사의 얼굴…… 굉장히 거칠게 나를 꾸짖었지만, 어쨌든 그는 굉장히 멋졌어요!"

나는 은밀한 기쁨을 느끼면서 바닥에 버려진 폴의 편지를 내려다보았다. 폴 때문에 생긴 동생의 병은 이미 깨끗이 치유된 듯했다.

제13장

1

　사건은 늘 예기치 않은 순간에 일어나는 법이다. 나는 조애너와 내 개인적인 문제에만 매달려 있었으므로, 다음 날 아침 너시 경감으로부터 전화가 걸려와 이런 말을 들었을 때에는 깜짝 놀라 정신이 아뜩해졌다.

　"그녀를 잡았습니다, 버튼 씨!"

　자칫 수화기를 놓칠 뻔했다.

　"그녀라시면?"

　그가 말을 가로막았다.

　"누가 엿들을 염려는 없습니까?"

　"예, 아마 괜찮을 겁니다."

　부엌으로 통하는 커튼이 붙은 문이 아주 조금 열려 있는 것을 보았다.

　"죄송하지만 역시 경찰서로 오시는 수고를 하셔야겠습니다만?"

　"아! 그러지요, 곧 가겠습니다."

나는 황급히 경찰서로 달려갔다. 안쪽 방에서 너시 경감과 퍼킨즈 경감보가 기다리고 있었다. 너시 경감의 얼굴에 웃음이 가득했다.

"참으로 고생 끝에 간신히 꼬리를 잡았습니다."

그는 탁자 위에 놓인 편지를 손가락으로 툭툭 쳤다. 이번에는 타이프로 친 편지였다. 상당히 급하게 친 편지로 이런 내용이 적혀 있었다.

'네가 죽은 여자의 자리를 탐내고 있지만 그리는 뇌지 않을 것이야. 마을 사람들이 모두 너를 조롱하고 있어. 지금 당장 집에서 나가! 곧 나가지 않으면 후회할 일이 생길 거야. 그 하녀가 어떻게 되었는지를 생각해보면 무슨 말인지 잘 알겠지. 다시 한 번 경고한다. 당장 꺼져! 그리고 두 번 다시 돌아오지 마!'

그러면서 비열하고 지저분한 말들로 편지를 끝맺고 있었다.

"오늘 아침 홀랜드 양에게 배달된 편지라오." 너시 경감이 말했다.

"지금까지 그녀가 한 통의 편지도 받지 않은 걸 도리어 이상하다고 생각했지요." 경감보가 끼어들었다.

"누가 쓴 것입니까?" 내가 경감에게 물었다.

너시 경감의 얼굴에서 기쁨이 다소 빛을 잃었다. 대신 우울과 피로가 그 자리에 스며들었다. 경감은 나직한 음성으로 말했다.

"이 이야기는 어느 점잖은 신사를 굉장히 슬프게 만들겠지만, 사실은 사실이니까요. 아마 그도 전부터 의혹을 느끼고 있었다고 나는 생각합니다."

"도대체 누가 썼다는 말입니까?" 내가 같은 말을 되물었다.

"에메 그리피스 양입니다."

그날 오후 너시와 퍼킨즈는 체포장을 들고 그리피스의 집으로 향했다.

너시가 불러서 나도 그들과 동행했다.

"의사 선생은 당신을 대단히 좋아하더군요. 그동안 이 고장에서는 별로 친구가 없었거든요. 그러니 당신으로서는 별로 내키지 않는 일이라고 생각은 합니다만, 의사 선생이 충격을 이길 수 있도록 나름대로 최선을 다하고 싶어서 말입니다."

나는 승낙했다. 말 그대로 선뜻 맡고 싶은 일은 아니었지만 조금이라도 도움이 되고 싶었기 때문이다.

우리가 벨을 눌러 에메 그리피스의 면회를 요청했더니 곧 응접실로 안내되었다. 엘지 홀랜드와 미건과 시밍튼이 그곳에서 차를 마시고 있었다.

너시는 대단히 신중하게 행동했다.

우선 에메 그리피스에게 개인적으로 두어 가지 이야기하고 싶은 것이 있다고 밝혔다. 에메 그리피스는 천천히 일어나 우리에게 다가왔다. 그녀의 눈에 어렴풋이 동요하는 기색이 떠올랐다가 이내 사라졌다. 지극히 자연스런 태도였고 변함없이 쾌활했다.

"어머나! 제게 무슨 볼일이신지? 혹시 자동차 라이트 때문에 다시 오신 것은 아니겠지요?"

그녀는 응접실을 나와 홀을 가로지른 뒤 작은 서재로 우리를 안내했다.

나는 응접실 문을 닫을 때 시밍튼이 깜짝 놀란 얼굴로 고개를 드는 것을 보았다. 지금까지 수많은 형사사건을 다룬 직업 탓인지 그는 너시의 태도에서 변호사 특유의 직감으로 무슨 일이 생겼다고 알아차렸는지 엉거주춤 허리를 일으켰다.

내가 문을 닫기 전에 본 것은 그것이 전부였다. 나는 곧 경감들의 뒤를 따라 서재로 향했다.

너시는 벌써 직무를 수행하고 있었다. 온화하고 예의바른 태도로 우선 그녀에게 경고를 한 뒤, 함께 경찰서로 가 주었으면 한다고 알렸다. 그리고는 체포장을 꺼내 그 내용을 읽었다.

지금 이 자리에서 그 정확한 법률적 용어는 기억할 수 없지만, 일단 살인사건이 아닌 편지사건에 대한 혐의였다.

에메 그리피스는 기가 막히다는 얼굴로 혐의 내용을 되풀이하면서 일소에 부쳤다.

"적당히 하시지요! 마치 내가 그런 비열한 편지라도 썼다는 말이 아닙니까? 당신은 분명 제정신입니까? 나는 그런 편지 따윈 단 한 줄도 쓴 기억이 없어요."

너시 경감은 엘지 홀랜드가 받은 편지를 꺼내보였다.

"이것을 당신이 쓴 편지가 아니라고 주장하시는 겁니까, 그리피스 양?"

그녀는 주저하는 듯이 보였지만 그것도 아주 짧은 일순간에 지나지 않았다.

"물론입니다. 그런 것은 본 적도 없습니다."

너시는 부드럽게 반박했다.

"실례가 되는 말씀입니다만, 당신은 그저께 밤 11시부터 11시 반 사이에 부인회관에서 틀림없이 타이프라이터를 사용하여 편지를 썼습니다. 목격자도 있습니다. 그리고 어제 당신은 편지다발을 껴안고 우체국으로 가서……."

"그런 편지를 우체국에서 보낸 기억이 절대 없다니까요!"

"네, 당신은 보내지 않았습니다. 우표를 사서 붙이는 동안 당신은 그것을 바닥에 떨어뜨렸으니까요. 마치 전혀 알지 못하는 시늉을 하면서 말입니다. 즉 누군가가 나중에 그것을 주워 아무 생각없이 우체통에 넣어줄 것을 미리 계산하고 한 행동이지요."

"그런 바보같은!"

그때 문이 열리면서 시밍튼이 들어왔다.

"무슨 일입니까?" 그가 날카롭게 물었다. "에메 양, 만약 무슨 해로운 일이 생겼다면 일단 변호사부터 부르십시오. 만약 저라도 괜찮으시면……"

그녀의 태도가 그때부터 달라졌다. 양손으로 얼굴을 덮고 비틀비틀 의자로 가면서 소리쳤다.

"건너 가세요, 딕! 당신이 나설 자리가 아니에요!"

"하지만 변호사를 불러야 합니다."

"됐다니까요! 그런 건 아무래도 상관없어요! 제발 저 방으로 가세요. 당신은 몰랐으면 하는 문제니까!"

그는 아마 사정을 알고 있는 모양이었다. 착 가라앉은 음성으로 이렇게 말했다.

"그럼 엑상프톤의 밀드메이에게 부탁하세요. 됐지요?"

그녀는 고개를 끄덕였다. 소리를 죽여 흐느끼고 있었다.

시밍튼은 방을 나갔다.

통로에서 오엔 그리피스와 맞닥뜨렸다.

"무슨 일입니까?"

오엔이 떨리는 목소리로 너시 경감에게 물었다.

"제 여동생이 무슨?"

"네, 대단히 송구스런 말씀입니다만 실은 불가피한 사정이 있어서요."

"여동생이 그…… 예의 그 편지에 어떤 책임이 있다는 말씀이십니까?"

"예. 아무래도 틀림없을 겁니다." 너시가 대답하면서 에메를 뒤돌아보았다. "그럼 죄송한 말씀이지만 함께 모시고 가겠습니다. 변호사를 선임하는 문제에 대해서는 최대한 편의를 제공하겠습니다."

오엔이 외쳤다.

"에메!"

그녀는 오빠를 볼 생각도 하지 않고 밀어제치듯 그 앞을 지나갔다.

"아무 말 마세요, 부탁이니까 나를 보지 말아요!"

그들은 집을 나갔다. 오엔은 남자답게 묵묵히 그 뒷모습을 지켜보았다.

나는 잠시 기다렸다가 오엔에게 다가갔다.

"그리피스 씨, 제가 무슨 도울 일이라도 있다면 언제든지 말씀해 주십시오."

그는 마치 꿈이라도 꾸고 있는 듯한 말투였다.

"에메가? 아냐, 믿을 수 없어!"

"무슨 착오일지도 모르지요." 나는 위로했다.

그리피스가 천천히 말했다.

"그렇다면 에메는 아마 저런 태도를 취하지 않을 겁니다. 하지만 설마! 도저히 믿을 수 없는 일이군요."

그는 의자에 몸을 파묻었다. 나는 조금이라도 도움이 되었으면 싶어서 강한 진정제를 찾아서 그에게 들고 왔다. 그는 단숨에 그것을 먹었다. 조금 효과가 있는 듯했다.

"조금 전까지만 해도 정말 미칠 것 같았는데 이젠 괜찮습니다. 누구든 어쩔 수 없는 일이니까요."

문이 열리고 조애너가 들어섰다. 새파랗게 질린 얼굴이었다.

동생은 오엔에게 다가가더니 나를 보았다.

"나가세요, 오빠. 나 오엔 씨에게 할 말이 있어요."

내가 문을 닫으면서 얼핏 뒤돌아보니 여동생의 무릎이 오엔의 의자 옆에서 스르르 무너지고 있었다.

3

그 다음 24시간 동안에 일어난 일들을 계통적으로 설명하기란 도저히 불가능할 것 같다. 온갖 사건이 제각각 아무 상관없이 돌발적으로 발생했기 때문이다.

우선 조애녀가 기운없이 집으로 돌아왔고, 내가 동생의 원기를 회복시키려고 무진 애를 썼다는 것은 기억난다.

"이번에는 누가 봉사의 천사가 되려나?" 내가 말했다.

동생은 금방이라도 울음을 터뜨릴 듯한 서글픈 미소를 지었다.

"나 같은 건 필요없대요, 무례하기 짝이 없는 거만한 사람이에요!"

나는 한동안 잠자코 앉아 있었는데 이윽고 조애녀가 입을 열었다.

"버튼 집안 식구들은 요즘 영 되는 일이 없네요!"

내가 '괜찮아, 뭐 어때? 퇴짜맞은 사람끼리 서로 위로해주면 되지' 하고 달래니, 조애녀가 이렇게 대답했다.

"어쩐지 지금은 그런 말들이 전혀 위로가 안 돼요."

4

다음 날 오엔이 찾아와서 조애녀에 대해 열광적인 말을 늘어놓았다. 실로 근사하고 멋진 여성이라고, 그리고 여동생이 자기를 찾아와, 괜찮다면 당장에라도 결혼하고 싶다는 이야기를 했다는 것도, 그러나 자기는 그것을 받아들일 수가 없었다고 설명했다. 신문사가 그런 소식을 들으면 곧 대단한 소동이 벌어질 것이 분명하고, 여동생처럼 아름답고 훌륭한 여성을 그런 지저분한 소용돌이 속으로 끌고 들어가는 것은 절대 있을 수 없는 일이라고 하면서.

나는 그런 조애너를 좋아하고, 또 어떤 고난에도 굴하지 않고 역경을 이겨나갈 여자라는 사실은 알고 있었으나, 오엔이 너무 점잖을 빼면서 잘난 척하는 말에는 다소 역정이 나서 너무 고상을 떨지 말라고 짜증스럽게 한마디했다.

내가 큰길로 가보니 모든 사람들의 혀가 눈이 팽팽 돌 정도로 빠르게 돌아가고 있었다. 에밀리 버튼은 에메 그리피스를 지금까지 전혀 신용하지 않았다는 말을 하고 있었다. 식료품점 안주인은 그리피스 양은 늘 이상한 눈초리를 하고 있었다고 헐뜯었다.

너시 경감에게 들은 이야기로는 에메 그리피스에 관한 증거수집은 완전히 끝났다고 했다. 가택수색으로 에밀리 버튼의 책에서 오려나간 페이지의 남은 부분들도 발견되었다. 그것은 벽지로 둘둘 말린 채 하필이면 계단 밑 수납실에 들어 있었다고 했다.

"아주 적당한 자리를 골랐구먼!" 너시 경감이 감탄했다.

"꼼꼼한 하녀라면 책상이나 수납장 서랍을 열어보지 않는다고 장담할 수 없을 테니까. 하지만 작년에 사용한 테니스 공이며 낡은 벽지 등이 가득 들어 있는 수납실이라면, 무언가를 집어넣을 때가 아니면 좀처럼 열어보지 않을 테지."

"특히 좋아하는 장소인 모양이군요!" 내가 말했다.

"그래요. 범죄자의 심리는 별로 큰 변화가 없는 법이니까요. 그런데 그 살인사건 말인데, 실은 중요한 사실을 알아냈습니다. 병원 약제실에 있던 커다랗고 무거운 막자 하나가 없어졌더군요. 그 하녀를 기절시킨 것이 무엇인지 이제 짐작이 가시겠지요?"

"하지만 들고 돌아다니기에는 조금 어색한 물건 아닙니까?"
내가 반론했다.

"그리피스 양은 딱히 그렇지도 않았던 모양입니다. 그녀는 그날 오후 소녀클럽 모임에 나갔는데, 도중에 꽃이며 야채를 적십자 모금 행사의 일환인 판매장에 놓고 가려고 커다란 바구니를 들고 있었다고 하니까요."

"쇠꼬챙이는 발견되지 않았습니까?"

"네. 하지만 발견되지 않는 것이 당연하지 않겠습니까? 범인이 비록 미치광이일지는 모르지만 그렇다고 우리 좋으라고 일부러 그 쇠꼬챙이를 피가 묻은 채로 내버려둘 정도로 미치지는 않았을 테니까요. 잘 닦아서 부엌 선반에 되돌려 놓으면 그것으로 끝나는 일인데요 뭘."

"당신은 모든 증거를 빈틈없이 갖출 생각은 없으신가 보군요."

내가 그렇게 이야기를 마무리했다.

에메 그리피스가 체포되었다는 뉴스를 가장 나중에 들은 사람은 목사였다. 미스 마플은 그 소식을 듣고 굉장히 슬퍼하였다. 부인은 내게 그 문제에 대해 열심히 설명했다.

"잘못된 일입니다, 버튼 씨. 틀림없이 잘못이라고요."

"하지만 정말인 모양입니다. 경찰이 그곳에서 잠복하고 있었으니까요. 그리고 그녀가 그 편지를 타이프로 치는 광경을 직접 보았고요."

"네. 그랬겠지요. 그런 모습을 보았을 수도 있겠지요. 그래요, 그건 알고 있습니다."

"게다가 익명의 편지를 보내는 재료가 되었던 책에서 오려낸 페이지도 발견되었습니다. 그녀가 자기 집에다 몰래 감추고 있었거든요."

미스 마플은 눈을 동그랗게 뜨고 나를 바라보았다. 한참 뒤 부인은 굉장히 낮은 목소리로 말했다.

"참으로 지독한 짓이군요! 정말 너무 악독한 사람이에요."

그때 딘 칼스롭 부인이 엄청난 기세로 다가와서 우리 이야기에 끼어들었다.

"왜 그래요, 제인?"

미스 마플은 절망적으로 중얼거렸다.

"이젠 어쩔 수 없다고요!"

"왜 화를 내세요?"

"분명 무슨 이유가 있는 게 분명해요. 하지만 또 내가 늙어서 주책을 부리고 있는지도 모르고요."

나는 당황했다. 다행히 칼스롭 부인이 친구를 데리고 갔으므로 나는 가슴을 쓸어내렸다.

그러나 그날 오후 나는 다시 미스 마플과 얼굴을 마주하게 되었다. 집으로 돌아오던 해거름이었다.

부인은 마을 변두리에 있는 작은 다리 근처에 서 있었다. 크리트 부인의 집이 거기서 가까웠고, 놀랍게도 부인과 이야기를 하고 있던 상대는 미건이었다.

나는 미건을 만나고 싶어서 하루종일 그녀를 찾아다녔던 터라 당장 그쪽으로 걸음을 재촉했다. 그러나 내가 그들 가까이까지 갔을 때, 미건은 갑자기 발길을 돌려 나와 반대 방향으로 걸어가버렸다.

나는 울컥 성질이 나서 서둘러 그녀를 따라가려고 했다. 그런데 미스 마플이 그런 나를 불러세웠다.

"잠깐만, 당신에게 할 말이 있어요. 그리고 미건을 따라가는 것은 그만두는 게 좋을 겁니다. 지금 가보았자 별로 좋은 일은 없을 테니까요."

내가 무례한 말로 사정없이 대꾸해주려고 마음먹었을 때 부인은 이런 말을 하여 단숨에 내 기를 꺾었다.

"저 처녀는 위대한 용기를 가지고 있답니다. 숭고한 용기를요."

나는 곧 미건의 뒤를 따라가려고 했으나 미스 마플이 다시금 충고했다.

"안 됩니다. 지금 그녀를 만나서는 안 됩니다. 내가 이런 말을 하는 데에는 명확한 이유가 있습니다. 가만 혼자 있도록 해줘서 그녀가 용기를 잃어버리는 일이 없도록 돕지 않으면 안 됩니다."

이 노부인의 주장은 나를 움찔하게 만드는 그런 이상한 힘을 가지고 있었다. 부인은 내가 모르는 어떤 것을 알고 있는 것이다.

나는 조금 두려워졌다. 그러나 왜 두려운지는 알 수 없었다.

나는 집으로 돌아가는 대신 큰길로 나가 이리저리 헤매고 다녔다. 무엇을 기다리는지, 무엇을 생각하고 있는지는 나도 알지 못했다.

그러는 동안 지겹기 짝이 없는 늙은 애프리튼 소령에게 붙잡혔다. 늘 그렇듯이 아름다운 내 여동생에 대한 안부부터 물은 뒤, 그는 이렇게 말했다.

"그리피스 씨의 여동생이 완전히 미쳐버린 모양이구려. 그토록 모두를 괴롭혔던 익명의 편지를 쓴 장본인이 바로 그녀라고 하지 않소이까? 나는 처음에 도저히 믿어지지 않았는데 아무래도 그녀 짓이 분명한 것 같군요."

나는 '아마 그럴 겁니다'라고 대답했다.

"하여간 경찰들은 정말 대단하구려. 그들이 사건을 해결하는 것은 단지 시간문제였던 모양이오. 어쨌거나 그 익명의 편지는 정말이지 기막힌 소동을 불러일으켰어요. 쭈그렁이 할멈들까지 그 편지를 받아보고 싶어서 온몸이 근질근질했을 정도였으니까. 그리피스 씨의 여동생은 이빨이 조금 긴 게 흠이지 그리 못난 얼굴은 아니지 않소? 그런데 왜 그런 짓을 했는지 모르겠구려. 하긴, 이 근처에는 본래 미인이 드물지만서도, 미인이라고는 시밍튼 씨 댁의 가정교사가 고작인데, 그녀라면 참 볼만하지요. 상냥하기도 하고 말이오.

그런 여자를 위해서라면 내 어떤 일이든 다 해주고 싶은 마음이 절로 생긴다오. 아닌 게 아니라 내가 얼마 전에 아이들을 데리고 산책인지 피크닉인지를 나온 그녀를 만난 적이 있다오. 아이들은 들판에서 즐겁게 뛰어놀고 그녀는 뜨개질을 하고 있었는데, 털실이 다 떨어져서 난처해하더군요. 그래서 내가 '림스톡까지 달려갔다 오십시오. 채 10분도 걸리지 않을 테니 내가 건너편에서 낚시대를 가져올 때까지 기다렸다가 얼른 다녀오라'고 말해주었지요. 그러나 아이들을 두고 간다는 것이 영 마음에 걸리는지 주저하길래, 내가 '걱정마시구려. 설마 아이들에게 해코지를 할 사람이 어디 있겠소?'라고 설득해서 그녀가 마을로 가서 털실을 사올 때까지 아이들을 돌보기도 했다오. 물론 이야기는 그게 다지만, 그 가정교사가 너무도 정중하게 고맙다는 인사를 하더라고요. 친절하게 대해주셔서 정말 감사드린다나요. 참으로 기특한 여자예요!"

비로소 나도 소령에게서 해방되었다.

미스 마플의 모습을 세 번째로 본 것은 그 직후였다. 부인은 막 경찰서에서 나오던 길이었다.

5

공포란 어디에서 생겨나, 어떻게 만들어지는가? 그리고 표면에 모습을 드러낼 때까지 어디에 숨어 있는 것일까?

아주 짤막한 말 한마디, 그대로 가슴에 머물면서 단 한순간도 잊혀지지 않는 말이 있다.

"부디 나를 데려가 주세요. 여긴 너무 무서워요. 위험하다는 생각이 들어서 견딜 수 없어요."

미건은 왜 그런 말을 했을까? 무엇이 그녀로 하여금 위험하다고 느끼게 했을까?

시밍튼 부인의 죽음이 미건에게 위험을 느끼게 할 이유는 전혀 없을 것이다. 그런데도 미건은 위험을 느꼈다. 왜? 왜 그랬을까? 어떤 죄의식을 느껴서 그런 말을 했단 말인가!

설마 미건이? 말도 안돼! 미건이 그토록 비열한 편지와 관련이 있을 턱이 없다, 절대로!

오엔 그리피스는 북부에서 일어난 사건을 알고 있었다. 그 범인은 여학생이었다.

그레이비즈 경감은 어떤 말을 했더라? 그래, 사춘기의 심리에 대한 이야기였지.

수술대 위에서 헛소리를 하던 천진한 중년 귀부인. 분필로 벽에 낙서하는 소년.

아니야, 말도 안돼! 미건은 절대 아니라고!

유전? 몹쓸 혈통? 본인은 미처 의식하지 못하는 어떤 이상한 성격의 유전? 그녀의 죄가 아니라 과거로부터 그녀에게 전해내려온 불행한 성질은 아닐까?

"전 당신의 아내로는 어울리지 않아요, 사랑하기보다는 미워하는 게 더 특기인 그런 여자인걸요."

오! 미건, 부디 그런 말은 하지 말아줘! 그 노부인은 너를 점찍은 모양이야. 아마 너를 의심하는 것이겠지. 그녀는 너를 용기 있는 여자라고 했다. 도대체 무엇을 하는 데 필요한 용기란 말인가?

이러한 생각은 모두 내 머리 속에서 들끓는 폭풍에 지나지 않았다. 이윽고 이 폭풍은 내 머리 속에서 사라졌다. 그러나 이번에는 미건이 보고 싶었다. 견딜 수 없도록 보고 싶었다.

그날 밤 9시 반쯤 나는 마을로 내려와 시밍튼의 집으로 향했다.

내게 전혀 색다른 생각이 떠오른 것은 바로 그때였다. 그것은 지금까지 어느 누구도 의심해본 적이 없는 어떤 여자에 대한 생각이었다.

'혹시 너시 경감은 그녀를 주목했을지도.'

너무도 어처구니없고 절대 상상도 할 수 없는 일이었다. 그러나 지금 와서 곰곰이 생각하면 꼭 그렇지만도 않은 것 같았다.

이윽고 나는 시밍튼 씨 집의 대문을 열고 들어가 건물에 다가섰다. 먹물을 풀어놓은 듯한 칠흑같은 밤이었다. 작은 빗방울이 한두 방울 듣기 시작했다. 거의 한 치 앞을 분간할 수 없는 진한 어둠이었다.

한 창문으로 가느다란 빛이 새어나오고 있었다. 저 방은 아침에 사용하는 거실이 아닐까?

나는 순간 주저하면서 현관으로 향하던 걸음을 멈추고, 길에서 벗어나 커다란 산울타리를 돌아 몸을 낮추고 살금살금 그 창으로 다가갔다.

그 빛은 완전히 치지 않은 커튼 틈새로 새어나온 것이었다. 그곳으로 방 안 풍경을 손쉽게 엿볼 수 있었다.

기이할 정도로 평화로운 가정적인 풍경이었다. 시밍튼은 커다란 팔걸이의자에 앉아 있고, 엘지 홀랜드는 고개를 숙인 채 아이들의 솔기가 뜯어진 셔츠를 부지런히 꿰매고 있었다.

창의 윗부분이 조금 열려 있어서 말소리까지 들려왔다.

"하지만 아이들은 모두 기숙사 학교에 넣어도 좋을 나이라고 생각합니다. 물론 저도 아이들을 그냥 내버려두고 떠나는 것이 결코 괴롭지 않은 것은 아닙니다. 정말로 발이 떨어지지 않습니다. 그 아이들을 너무나 사랑하니까요."

시밍튼이 대답했다.

"브라이언은 그럴 거요. 실은 나도 다음 학기에는 그 아이를 원혜이즈 학교에 넣으려고 생각하고 있었다오. 내가 졸업한 학교거든. 그러나 코린에게는 아직 너무 이르다고 생각해요. 한 1년은 더 지나야겠지."

"네, 이해합니다. 코린에게는 좀 이른 감이 있으니까요."

극히 평범한 가정적인 대화, 지극히 평범한 가정적인 정경이었다. 치렁한 금빛 머리칼이 바느질에 여념이 없는 그녀의 손 위에 드리워져 있었다. 그때 문이 열리면서 미건이 들어섰다.

나는 통로를 가로막고 선 그녀의 모습에서 심상치 않은 긴박감을 느꼈다. 그녀의 얼굴은 딱딱하게 긴장으로 굳어 있었고, 두 눈은 격렬한 결의를 내보이며 번쩍이고 있었다. 오늘밤의 그녀는 여느 때 같은 자신감 없는 태도도, 어린아이 같은 모습도 전혀 찾아볼 길 없었다.

그녀는 시밍튼에게 말을 걸었으나 호칭은 전혀 사용하지 않았다. 나도 그제서야 어떤 호칭으로든지 그녀가 시밍튼을 부른 적이 단 한 번도 없었음을 깨달았다. 미건은 시밍튼을 도대체 아버지라 부르는 것일까, 또는 딕이라고 부르는 것일까?

"잠깐 할 말이 있어요, 단 둘이서만."

시밍튼은 좀 놀라는가 싶더니 기분이 상한 듯했다. 그는 얼굴을 찌푸렸지만 미건은 평소와는 달리 조금도 망설이거나 주저하지 않았다.

그녀는 엘지 홀랜드를 돌아보았다.

"죄송하지만 자리를 잠시 피해주시겠어요, 엘지?"

"네. 그러죠."

엘지 홀랜드는 용수철처럼 튀어올랐다. 깜짝 놀라서 조금 허둥대는 듯했다.

홀랜드가 문으로 다가가자 미건은 한 걸음 안으로 들어와서 그녀를 내보냈다.

홀랜드는 잠시 통로에 멈춰서서 어깨 너머로 뒤돌아보았다.

입술을 굳게 다물고 한 손을 옆으로 늘어뜨리고 다른 손으로는 바느질감을 끌어안은 채 조용히 서 있었다.

나는 그녀의 아름다움에 압도되어 한순간 숨이 멎는 듯했다.

나는 지금도 그녀를 떠올리면 늘 그 자태가 생각난다. 움직임을 멈춘 바로 그 순간, 고대 그리스 여신을 연상시키던 영원히 꺼질 줄 모르는 신비한 아름다움이!

잠시 후 그녀는 문을 닫고 물러갔다.

시밍튼은 다소 짜증스럽게 물었다.

"무슨 일이냐, 미건? 원하는 게 무어냐?"

미건은 탁자 앞까지 왔다. 그곳에 서서 말없이 시밍튼을 굽어보았다. 나는 그 얼굴에 떠오른 예사롭지 않은 결의와 처음 보는 그녀의 대담한 모습에 신선한 감동을 받았다.

이윽고 그녀의 입술이 움직이면서 나를 아연실색하게 만드는 말들이 쏟아져나왔다.

"돈이 필요해요."

그 요구는 시밍튼의 기분을 한층 더 나쁘게 한 것 같았다. 그는 엄격한 목소리로 대답했다.

"그게 내일 아침까지 기다리지 못할 일이었니? 왜 그래? 용돈이 부족하다는 말이냐?"

감정에 호소하는 힘은 약하지만 이성을 설득하기에는 충분한 남자다운 대답이라고 나는 생각했다.

미건이 대답했다.

"제가 필요한 것은 큰돈이에요."

시밍튼은 의자에서 자세를 고쳐 똑바로 앉았다.

"너도 앞으로 한두 달만 있으면 성년이 돼. 그러면 네 할머니가 남겨주신 돈이 수탁자의 손에서 네게 넘어올 거야."

미건은 말했다.

"그런 이야기를 하고 있는 것이 아니에요. 나는 당신으로부터 돈을 받고 싶어요."

그녀의 말투가 점차 빨라졌다.

"내 아버지에 대해서는 아무도 내게 말해주지 않고, 모두 내게는 알리고 싶어하지 않는 눈치지만 나는 아버지가 교도소에 들어가 계신 것도, 왜 들어가게 되셨는지도 다 알고 있어요. 공갈범이라는 것도요!"

그녀는 잠시 사이를 두었다.

"나는 그 딸이니까 아마 아버지를 닮았을 거예요. 어쨌든 내가 당신에게 돈을 내라고 하는 이유는……." 꺼림칙하게 말을 끊더니 기복이 없는 메마른 음성으로 굉장히 천천히 이야기를 계속했다. "그 이유는…… 만약 당신이 돈을 내놓지 않는다면, 그날 당신이 엄마 방에 들어가 약이 들어 있는 캡슐에 어떤 짓을 했는지 내가 본 그대로 경찰에게 가서 이야기할 거예요."

한순간 무거운 침묵이 드리워졌다. 이윽고 시밍튼이 무감동한, 태연한 목소리로 대답했다.

"도대체 무슨 소리를 하는지 나는 전혀 모르겠구나."

"알고 있을 텐데요?"

미건이 미소를 지었다. 온화한 미소는 아니었다.

시밍튼은 벌떡 자리에서 일어났다. 그리고 책상으로 가서 호주머니에서 수표책을 꺼내 금액을 적었다. 꼼꼼하게 흡수지를 대서 잉크를 제거한 뒤 그것을 미건에게 내밀었다.

"너도 이젠 어른이니까 드레스니 뭐니 하는 여러 가지를 사고 싶은 마음은 나도 충분히 이해한다. 그러니 이 수표를 네게 주마. 네가 무슨 소리를 하는지는 모르겠지만 그것은 못들은 걸로 하마."

미건은 수표를 들여다보더니 말했다.

"고마워요. 이것만 있으면 어떻게든 될 거예요."

그녀는 몸을 돌려 방을 나왔다. 시밍튼은 그 뒷모습에 눈길을 주면서 문이 닫힌 뒤에도 한동안 더 지켜보고 있었다. 이윽고 그가 고개를 돌렸다. 순간 나는 무조건 돌진하기로 마음먹었다.

그러나 그 결심은 어이없는 방법으로 저지되었다. 벽에 붙어 있던 커다란 관목 울타리가 갑자기 나무가 아닌 다른 것으로 변해버렸던 것이다. 너시 경감이 재빠르게 나를 잡아당기더니 내 귀에 대고 속삭였다.

"조용해, 버튼! 부탁이야!"

너시 경감은 신중하게 주의하면서 나를 억지로 끌다시피 창가에서 떼어놓았다.

건물 모퉁이를 돌아가자 그는 간신히 상체를 펴고 이마의 땀을 닦았다.

"댁이 소리치고 싶은 것도 당연하오!" 그가 말했다.

내가 애원하듯 말했다.

"미건이 위험해요! 그의 얼굴을 보았습니까? 그녀를 이 집에서 도망치게 해야 합니다."

내 팔을 잡고 있는 너시 경감의 팔에 다시금 힘이 들어갔다.

"침착해요, 버튼 씨. 지금부터 내가 하는 말을 잘 들으세요."

6

나는 그 이야기를 들었다.

별로 마음에 들지는 않았지만 결국 승복했다.

그러나 나는 현장에 남아 있겠다고 떼를 썼고, 절대 명령에 복종하겠다고 맹세했다. 그리하여 나는 너시 및 퍼킨즈와 함께 이미 자물쇠가 벗겨진 뒷문으로 몰래 숨어들었다.

그리고 너시와 함께 2층으로 올라가 계단참에 있는 창문 벽감을 가리고 있는 벨벳 커튼 그늘에 숨어서 기다렸다. 이윽고 2시를 가리키는 시계소리가 집 안에 울려퍼졌다. 시밍튼의 방문이 열리더니 그가 우리 앞을 지나 미건의 방으로 들어갔다.

나는 꼼짝도 하지 않고 그저 묵묵히 기다렸다. 퍼킨즈 경감보가 활짝 열려 있는 그 방 문그늘에 숨어 있다는 것을 알고 있었고, 그가 민완형사여서 일솜씨도 뛰어나고, 내가 약속한 대로 무조건 가만히 참고 있어야 한다는 것을 잘 이해하고 있었기 때문이다.

두근거리는 가슴을 간신히 억누른 채 기다리고 있자니 시밍튼이 미건을 안고 밖으로 나와서 1층으로 내려가는 것이 보였다. 너시와 나는 즉시 안전한 거리를 두고 그 뒤를 밟았다.

그는 미건을 부엌으로 데려가 머리가 가스 오븐 속에 들어가도록 눕혀놓고 가스밸브를 열었다. 그 순간 너시와 내가 부엌으로 쳐들어가 전등 스위치를 넣었다.

리처드 시밍튼은 그것으로 끝이었다. 그는 그 자리에서 무너지듯 쓰러졌다. 내가 미건을 안아올려 가스밸브를 잠그는 사이, 그가 쓰러지는 것을 똑똑히 목격했다. 그는 조금도 저항하려 하지 않았다. 이미 게임에서 졌다는 것을 분명히 깨달은 것이다.

7

2층에서 나는 미건의 머리맡에 앉아 그녀가 의식을 회복하기만을 기다리면서 너시에게 대들었다.

"그녀가 절대 괜찮을 거라고 말씀하셨지만 그걸 어떻게 보장하실 생각이었소? 너무 위험하지 않습니까, 그런 작전은?"

너시는 무조건 나를 달랬다.

"이것은 그저 그녀가 늘 자기 전에 마시는 우유에 수면제를 넣은 것뿐이에요. 아무 일 없을 겁니다. 왜냐하면 그가 미건 양을 독살할 위험은 없었으니까요. 그로서는 그리피스 양이 체포되면서 모든 일은 깨끗이 정리된 셈이었어요. 그러므로 더 이상 괴이한 사건이 일어나는 것은 그도 원하지 않았을 겁니다. 따라서 독살이나 폭력으로 죽이는 방법은 피하고 싶었을 거고요. 하지만 만약 불행한 여성이 어머니의 자살로 머리가 조금 이상해져서 마침내 가스 오븐에 머리를 집어넣고 죽었다고 하면 세상 사람들은 납득할 거라고 생각한 것이지요. 그럼 세상 사람들도 본래 좀 이상한 여자애였는데 어머니의 자살로 더 한층 충격을 받고 그런 짓을 한 것이라 믿을 거라고 말입니다."

나는 미건을 지켜보면서 말했다.

"그렇다고는 하지만 너무 오래 깨어나지 못하고 있는 것 아닙니까?"

"당신은 그리피스 선생이 하는 말을 들으셨겠죠? 심장도 맥박도 다 정상이라고 했잖아요. 그저 푹 잠든 것뿐이니까 저절로 일어날 때까지 기다리라고요. 게다가 사용된 수면제도 그가 자기 환자에게 처방하는 극히 무난한 약이라고 하지 않았습니까?"

미건은 몸을 뒤척이면서 무어라 중얼거렸다.

너시 경감은 살짝 자리를 비켜주었다.

얼마 뒤 미건이 번쩍 눈을 떴다.

"어머나, 제리!"

"잘 잤어, 미건?"

"제가 잘 해냈나요?"

"넌 요람 속에 있을 때부터 협박을 일삼지 않았나 의심스러울 정도로 능청스럽더군!"

미건은 눈을 감고 천천히 중얼거렸다.

"어제 당신에게 편지를 썼어요. 만일 일이 실패했을 경우를 대비해

서요. 하지만 도중에 잠이 들고 말았어요. 아마 저기쯤 있을 텐데
……."

나는 책상으로 갔다. 나달나달해진 작은 흡수지 아래에 쓰다 만 편
지가 놓여 있었다.

'친애하는 제리에게' 라고 시작되는 딱딱하고 의례적인 편지였다.

'나는 학교에서 배운 셰익스피어의 이런 14행시를 중얼거리고 있어
요.

……당신은 내 마음 속 생명의 양식이며
대지를 적시는 비처럼 자비롭구나

그리고 나는 역시 당신을 사랑한다는 것을 알았습니다. 왜냐하면
지금 내 기분은…….'

제14장

"제가 전문가를 부른 것은 올바른 판단이었지요?"

딘 칼스롭 부인이 말했다.

나는 어이가 없어 그녀를 바라보았다. 장소는 목사관. 밖은 억수같은 비가 쏟아지고 있었으나 난로에는 마음을 아늑하게 하는 불길이 활활 타오르고 있었다.

칼스롭 부인은 방을 서성이다 소파 쿠션을 들고 나와 어쩐된 까닭인지 그것을 그랜드피아노 위에 올려 놓았다.

"전문가를?" 나는 놀라서 되물었다.

"누굽니까, 그 전문가가? 도대체 그가 무슨 일을 했다는 겁니까?"

"그가 아닙니다."

칼스롭 부인이 대답했다.

부인은 과장된 몸짓으로 미스 마플을 지목했다. 미스 마플은 뜨개질을 끝내고 뜨개바늘을 무명실뭉치에 끼워넣고 있었다.

"이분이 내가 말하는 전문가, 제인 마플입니다. 잘 보십시오, 이

분은 인간이 저지르는 온갖 종류의 부정과 악에 대해서 실로 놀랄 만큼 상세히 알고 계시답니다."

"저런! 그렇게 말하면 이쪽이 곤란해져요."

미스 마플이 중얼거렸다.

"하지만 사실이잖아요?"

"어떤 마을의 인간 생활을 연중 사시사철 잘 관찰하고 있는 사람이라고 해야 올바른 표현일 거예요."

미스 마플이 새초롬한 표정으로 설명했다.

그러더니 모두가 이 살인사건에 대해 설명을 듣고 싶어한다는 것을 알아차린 듯 천천히 뜨개바늘을 치우고 설명을 시작했다.

"이런 사건에서 가장 필요한 것은 모든 편견을 없애는 것입니다. 대개 범죄는 굉장히 단순한 법입니다. 이 사건도 마찬가지였지요. 더없이 간결하고, 그야말로 정직하며, 지극히 이해하기 쉬운 그런 범죄였습니다. 물론 불유쾌한 성질의 사건인 것은 분명합니다만."

"너무도 불유쾌하지요!"

"이 사건은 처음부터 실체가 너무 빤히 드러나보였습니다. 버튼 씨, 당신은 진상을 알고 있었어요."

"천만에요! 저는 전혀 알지 못했는걸요."

"아니에요. 당신 눈에는 제대로 보였어요. 그러니 당신은 내게 이 사건의 전모를 풀어서 설명할 수 있었겠죠. 개별적인 사실의 상호 관계를 당신은 완전히 파악하고 있었지만, 단지 자신이 느낀 감정을 정확히 깨닫지 못했을 뿐입니다. 아마 자신감이 다소 부족했기 때문일 거라고 저는 생각합니다. 우선 그 '아니 땐 굴뚝에 연기나랴?'라고 하는 진부한 속담. 당신은 어쩐 일인지 그 속담에 계속 신경이 쓰였고, 생각하시고 생각한 끝에 그 본질을 곧 깨닫게 되었습니다. 결국, 연막이라는 것을 알아차린 것이지요. 방향을 틀리게 유도하는 것, 모두의 눈을 혼란스럽게 하는 것, 즉 익명의 편지에 향하도록 하는 것이라고요. 따라서 진상을 정확한 눈으로 보면 익명의 편지 같은 건 존재하지 않은 셈이지요!"

"아니에요! 그건 아닙니다, 마플 씨. 그 익명의 편지는 엄연히 저도 한 통 받았으니까요."

"네, 그러나 그것은 모조품에 불과합니다. 여기 있는 제 친구는 그것을 알아차렸어요. 아무리 평화로운 림스톡이라도 어떤 스캔들은 늘 떠돌게 마련이지요. 그러므로 이 고장에 살고 있는 여자들이라면 그런 소문쯤 누구나 알고 있고, 따라서 편지의 재료로도 쓸 수 있었겠지요. 그러나 남자들은 별로 소문에 흥미가 없는 경우가 많습니다. 특히 시밍튼 씨 같은 편견이 없는 논리적인 남자라면 더더욱 그렇지요. 그러므로 만약 여자가 편지를 썼다면 그보다는 훨씬 요령있게 썼을 것입니다.

그러니 만약 연기를 헤치고 불 가까이 접근하기만 하면 상황은 확실히 보였을 것이 분명합니다. 다시 말해 실제로 일어난 사실, 즉 시밍튼 부인이 죽었다는 사실에 당신은 일단 접근했습니다.

그렇게 되면 당연히 시밍튼 부인을 죽인 것은 누굴까 라고 생각하시게 되겠지요. 그리고 그러한 사건에서 가장 먼저 의심을 받게 되는 사람은 당연히 남편이고요. 다음은 범죄의 동기에 대한 것인데, 이런 경우는 혹시 다른 여자가 생긴 것은 아닐까 하는 의심부터 하게 되는 법이지요.

그런데 당신에게 처음 들은 이야기로는 그 집에 굉장히 매력적인 젊은 가정교사가 있다고 하더군요. 벌써 윤곽이 뚜렷해졌습니다. 안 그렇습니까? 걸핏하면 짜증을 부리는 신경쇠약증 환자인 아내에게 얽매여 있던 남편, 냉정하게 억제된 무감동한 그 시밍튼 씨 앞에 어느 날 갑자기 눈부실 정도로 아름다운 처녀가 나타난 것이니까요.

　남자들이 어느 정도 나이가 들어 사랑을 하게 되면, 젊을 때보다 훨씬 고치기 힘든 나쁜 질병처럼 변하는 경우가 많지요. 쉽게 말해 아무것도 보이지 않게 되니까요. 마치 광기처럼 말입니다. 게다가 시밍튼 씨는 누가 보더라도 별로 선량한 남자라는 생각은 갖지 않게 생겼더군요. 별로 친절하지도 않고, 그다지 다정다감한 편도 아니며, 동정심도 없지요. 성격도 음습한 편이고요. 그런 남자는 특히 광기에 맞서 싸울 힘이 부족하답니다. 더군다나 이런 시골에서는 그런 광기를 해결하는 방법이 아내가 죽기만을 기다리는 것이 유일하지 않습니까? 그도 그 가정교사와 결혼하고 싶어서 참을 수 없는 지경이었지만, 둘 다 사회적 지위가 있는 사람들이었습니다. 또한 시밍튼 씨는 자기 자식들과도 헤어지고 싶지 않았을 거고요. 결국 가정도, 자녀도, 사회적 지위도, 엘지도, 아무것도 잃고 싶지 않았던 것이지요. 그래서 그는 그 모든 것을 고스란히 차지하기 위해서 한 사람을 죽이기로 했습니다.

　그는 어떤 의미에서는 굉장히 현명한 방법을 선택했다고 생각합니다. 직업적인 특성상 그는 갖가지 범죄사건을 보고 들었으므로 아내가 기이한 죽음을 당하는 경우는 우선 그 남편에게 혐의가 돌아온다는 것을 잘 알고 있었습니다. 그러니 함부로 독살하게 되면 사체를 바로 검시하게 된다는 것도 잘 알고 있었고요. 그래서 그는 다른 사건에 연관되었다가 부수적으로 사고사를 당한 것처럼 꾸미게 된 것입니다. 그래서 그는 익명의 편지를 보내는 가공의 범인을 창조해냈습니다. 그렇게 되면 경찰은 당연히 여성을 의심하게 될 것이었으니 실로 교묘한 생각이지요. 경찰로서도 처음에는 그렇게 생각한 것이 당연하다면 당연한 결과일 겁니다. 그런 종류의 편지는 지금까지 모두 여성이 썼으니까요. 따라서 그는 작년에 일어난 비슷한 종류의 사건에서 적힌 편지며, 그리피스 선생에게 들은 사건을 참고로 교묘하게 그것을 위장했습니다. 나는 시밍튼 씨가 글자 하나 구절 하나까지 그 편지를 그대로 흉내냈다고는 생각지 않지만, 어느 정도 그 편지의 표현이나 문구를 채용한 뒤 나중에 온갖 것을 뒤섞어서 여성의 심리, 특히 억제된 미치광이 같은 여성의 심리가 잘 드러나게 만들었을 겁니다.

그는 필적이며 타이프라이터의 감정 같은 경찰수사에 대해서도 꽤 자세히 알고 있었을 것이니 아마도 그는 오래 전부터 차근차근 이 계획을 준비해왔을 거라고 나는 생각합니다. 편지 봉투는 일단 전부 찍어둔 뒤 타이프라이터는 부인회관에 기증했고, 어느 날 리틀파즈를 방문했을 때 응접실에서 기다리면서 책에서 페이지를 오려냈을 것입니다. 아마 상당히 오래 전부터 준비된 일일 겁니다. 페이지를 오려낸 책도 설교를 모아 놓은 지루한 책이니 누가 그런 책을 꺼내 읽어보려고 하겠습니까!

이렇게 그는 익명의 편지를 보낼 가공의 범인을 설정한 뒤 드디어 본격적인 행동에 들어가게 된 것이지요. 그는 가정교사며 아이들과 미건이 모두 외출할 만한 어느 화창한 날 오후, 또한 하녀들마저 모두 외출하고 없는 휴일을 택했습니다. 그런데 설마 하녀인 아그네스가 남자친구와 말다툼을 하고 집으로 돌아올 줄 어찌 예상했겠습니까?"

조애너가 물었다.

"그런데 그 하녀가 도대체 무엇을 보았는지 혹시 아세요?"

"아니, 모릅니다. 그러나 추측은 할 수 있지요. 아마 그녀는 아무것도 보지 않았을 거라고 생각합니다."

"아무것도요?"

"네. 아그네스라는 하녀는 식기를 넣어두는 방 창가에 서서 밖을 바라보면서 청년이 자기에게 사과하러 오기를 기다리고 있었던 셈인데, 말 그대로 아무것도 보지 못했을 겁니다. 다시 말하면 아무도 그 집에 오지 않았으니까요. 우편배달부도, 다른 어떤 사람도 말입니다.

그녀는 머리가 좀 둔한 편이어서 상당한 시간이 걸린 셈이지만, 어쨌든 뒤늦게 조금 이상하다는 생각을 하게 된 것이지요. 왜냐하면 그날 오후 시밍튼 부인은 익명의 편지를 받았을 리가 절대 없었으니까요."

"그럼 편지를 받지 않았다는 말씀이십니까?"

나는 너무 놀라 간신히 물었다.

"물론입니다! 방금 전에도 말씀드렸지만 이 사건은 굉장히 단순합니다. 쉽게 말해서 이 사건은, 점심식사 뒤 신경통이 재발한 부인이 먹을 캡슐에 든 약에 남편이 청산가리를 조금 넣어서 약통 제일 위에 올려둔 것에 지나지 않으니까요. 그 뒤 시밍튼 씨가 할 일은 엘리 홀랜드보다 먼저, 또는 그녀와 비슷한 시간대에 집으로 돌아와서 아내를 부르면서 대답이 없는 것을 확인하고 방으로 올라가, 부인이 늘 약 먹을 때 사용하는 물컵에 청산가리를 조금 넣고 익명의 편지를 구겨서 난로 속에 집어던지고 '도저히 살 수 없어요(I can't go on)'라고 쓴 편지를 부인의 손 근처에 놓아두기만 하면 끝나는 일이었으니까요."

미스 마플은 나를 돌아보았다.

"그런 점에서 당신의 직감은 정확히 맞아떨어진 것이지요, 버튼 씨. '종이쪽지'에 쓰는 것은 분명 이상하니까요. 자살할 때 종이를 조금 찢어서 유서를 쓰는 사람은 아마 없을 거예요. 제대로 된 편지지나 종이 한 장을 사용하는 것이 당연하기 때문이지요. 심지어는 봉투에 얌전히 넣어두는 경우도 드물지 않습니다. 그럼요! 종이쪽지는 너무 이상하다고 생각한 당신의 직감은 정확했습니다. 그걸 당신은 또렷이 의식하고 있었고요."

"너무 추켜세우지 마십시오. 저는 전혀 모르고 있었으니까요."
내가 계면쩍게 말했다.

"아닙니다. 당신은 정말 잘 알고 있었던 것입니다. 그렇지 않으면 그 전화받침대 위에 놓여 있던 여동생의 메모가 왜 그토록 눈길을 끌었겠습니까?"

나는 기억을 더듬으려 천천히 중얼거렸다.

"가만, 화요일에는 갈 수 없어요(I can't go on Tuesday)…… 도저히 살 수 없어요(I can't go on)…… 아하! 그렇군. 그렇게 되는 거였군요!"

"그렇답니다. 시밍튼 씨는 언젠가 아내의 그런 메모를 보고 써먹을 날이 있을 거라고 생각하시고 있었던 모양입니다. 그리하여 아내의 필적임에 분명한 그 글을 찢어서 여차하면 적절하게 사용하리라 잘 간직하고 있었겠죠."

"제가 천재처럼 보이는 사실은 그뿐입니까? 혹시 다른 건 없습니까?" 내가 농담처럼 물어보았다.

미스 마플은 내게 윙크를 보냈다.

"그 밖에도 당신이 내 길잡이 노릇을 톡톡히 해주셨지요. 나를 위해 여러 가지 사실을 순순히 모아주셨으니까요. 그 가운데서도 특히 중요한 일은 엘지 홀랜드 양이 그때까지 익명의 편지를 단 한 번도 받지 않았다는 사실이죠."

"저는 어젯밤 혹시 그녀가 편지의 범인일지도 모른다는 생각을 했답니다. 그렇게 생각하시면 그녀가 왜 편지를 한 통도 받지 않았는지 납득할 수 있는 설명이 되니까요."

"아닙니다. 그 생각은 잘못입니다. 익명의 편지를 쓰는 사람은 반드시 자기에게도 보내는 법이지요. 아마 상당히 쾌활한 자극이 되는가 봅니다. 그러나 내가 그 사실에 흥미를 가진 것은 조금 다른 이유에서였습니다. 그것이 시밍튼 씨의 한 가지 약점이었으니까요. 즉 그는 사랑하는 여인에게는 도저히 해괴망측한 편지를 쓸 자신이 없었던 거지요. 너무도 흥미로운 인간의 일면이기도 합니다. 어떤 의미에서는 아마 자신의 명예가 걸린 때문인지도 모르겠지만, 어쨌든 그는 그 때문에 스스로 제 무덤을 파고 만 격이 되었습니다."

조애너가 끼어들었다.

"시밍튼 씨는 아그네스까지 죽였는데 굳이 그럴 필요가 있었을까요?"

"조애너 양이라면 충분히 그런 말도 할 수 있겠지만, 그것은 아마 당신이 사람을 죽여보지 않아서 미처 깨닫지 못하고 있기 때문입니다. 즉, 사람을 죽인 자는 범행 뒤 판단이 상당히 왜곡되면서 모든 일을 과장되게 보는 경향이 생긴답니다. 따라서 그는 하녀가 전화로 패트리지에게 말하는 것을 엿듣고는, 시밍튼 부인이 죽고 난 뒤 어쩐지 미심쩍은 일이 있어 아그네스가 괴로워하는 것이라고 판단한 것입니다. 이 멍청한 것이 틀림없이 뭔가를 본 게 분명하니 그냥 내버려둘 수 없다고 제멋대로 생각한 거죠."

"하지만 그는 그날 오후 내내 사무실에 있었어요."

"그가 사무실로 돌아가기 전에 하녀를 죽였다고 생각해야겠지요. 엘지 홀랜드와 아그네스가 식당이나 부엌에 있을 때 그는 홀로 나와 마치 나가는 것처럼 현관문을 열었다가는 곧 닫고 그 작은 현관 옆 옷장에 숨어 있었던 거죠. 그러다 이윽고 아그네스가 혼자 남았을 때 그는 아마 현관벨을 눌렀을 것이고, 그녀가 나왔을 때 뒤에서 살금살금 다가가 머리를 내려치고 수납실에 집어넣은 뒤 태연하게 사무실로 갔을 겁니다. 사무실에 들어가는 것이 조금 늦어진 것쯤이야 누가 알았다 하더라도 크게 의심할 만한 일은 아니지요. 사실 그를 의심한 사람은 아무도 없었으니까요."

"참으로 악독한 남자로군!"

딘 칼스롭 부인이 말했다.

"당신은 그를 동정하지 않는군요?" 내가 물었다.

"당연하죠. 그런데 왜 그런 질문을?"

"하여간 그 말씀을 들으니 마음이 놓입니다."

조애너가 나섰다.

"그렇지만 에메 그리피스는 왜 그런 행동을 했을까요? 나는 오엔의 약제실에서 막자가 없어진 것을 경찰이 발견한 사실이며 쇠꼬챙이가 없어진 것을 알고 있었습니다. 남자가 부엌에서 사용하는 물건을 되돌려놓으려고 가는 것은 생각보다 어려운 일일 테니까요. 그래서 그것을 어디에 두었을까 생각하시고 있었던 거지요. 그런데 방금 여기 오던 길에 너시 경감을 만나 들은 이야기인데, 시밍튼의 사무실에 있던 녹슨 서류함 속에 그것이 들어 있더라고 하는군요. 돌아가신 제스퍼 할링튼 웨스트 경의 사서함이었대요."

"세상에! 제, 제스퍼 경?"

딘 칼스롭 부인이 소스라쳤다.

"제 숙부예요! 꼬장꼬장해서 절대 불의를 참지 못하는 분이었죠. 아마 저 세상에서도 지금쯤 펄펄 뛰고 계실 겁니다!"

"그런 것을 숨겨두다니 제정신이 아니군!" 내가 말했다.

"아닙니다. 버리는 편이 오히려 훨씬 위험하지요. 아무도 시밍튼 씨를 의심하는 사람이 없었으니까요."

칼스롭 부인이 대신 말했다.

"하녀를 그 막자로 내리친 것은 아닌 모양이더군요." 조애너가 말했다. "그 집의 커다란 벽시계의 시계추에 머리카락이며 피가 묻어 있더라고 했어요. 에메가 체포된 날에 그가 막자를 훔쳐낸 것이 아닌가 경찰들은 지금 그렇게 생각하시나 봐요. 그리고 책에서 오려낸 페이지도 그때 함께 숨겼다고요. 그런데 처음 질문으로 돌아가겠는데, 에메 그리피스 양은 왜 그런 행동을 했을까요? 경찰은 그녀가 편지를 타이프로 치고 있는 모습을 분명히 목격했다고 하는데?"

"네, 아마 보았을 겁니다. 그녀는 진짜로 편지를 쓰고 있었으니까요." 미스 마플이 대답했다.

"그렇지만 왜?"

"당신은 그리피스 양이 옛날부터 시밍튼 씨를 사랑하고 있다고는 전혀 깨닫지 못하셨습니까?"

"가엾은 여자!" 칼스롭 부인이 기계적으로 맞장구를 쳤다.

"두 사람은 옛날부터 사이가 좋은 친구였어요. 그러니 시밍튼 부인이 죽었을 때, 그녀는 어쩌면 '이번에야말로' 라고 생각했을 겁니다."

미스 마플은 교묘하게 기침을 하면서 말꼬리를 얼버무렸다.

"그런데 얼마 안 가 곧 엘지 홀랜드 양의 소문만 무성하게 떠도는 것이었죠. 아마 그녀는 초조해졌을 겁니다. 그녀의 눈에는 엘지 홀랜드 양이 시밍튼 씨를 주물러 그의 애정을 획득하려고 계획을 꾸미고 있는 것처럼 보였을 겁니다. 그리하여 그토록 하찮은 여자에게 시밍튼 씨를 빼앗길까 보냐고 생각하시게 되었고, 검은 유혹을 받게 된 것이죠. 익명의 편지를 써서 그 여자를 위협하여 내쫓아버릴 유혹 말입니다. 그녀는 자기가 한 짓이 절대 들키지 않을 거라고 자신하고 있었을 겁니다. 아주 신중하게 처리했다고 나름대로 굳게 믿고 있었으니까요."

"그래서요? 결국 그래서 어떻게 되었다는 말입니까?"

조애너가 재촉했다.

미스 마플은 천천히 입을 열었다.

"홀랜드 양이 시밍튼에게 그 편지를 보였을 때, 그는 누가 그 편지를 썼는지 한눈에 알아보았습니다. 그는 이 절호의 기회를 이용하여 사건을 매듭짓고 자신의 안전을 도모하려고 마음먹었어요. 그녀에게 모든 죄를 덮어씌우는 것은 그로서도 썩 기분 좋은 일은 아니었지만 어쨌든 그는 두려웠던 겁니다. 익명의 편지를 쓴 범인이 나타나지 않는 한 경찰의 수사는 계속될 것이 분명했으니까요. 그래서 그는 편지를 들고 경찰서로 갔고, 에메 그리피스 양이 편지를 타이프 치는 장면을 그들이 보았다는 것을 알고는 뜻밖에도 모든 문제가 쉽게 해결되리라는 사실에 하늘이 자기편이라고 생각했겠지요.

　그래서 그는 어제 오후 자기 식구들을 데리고 그 집에 차를 마시러 갔던 것입니다. 책에서 오려낸 페이지의 나머지를 서류가방에 넣어서요. 그것을 계단 밑에 숨긴 것은 참으로 교묘하고 지능적이라 감탄하지 않을 수 없어요. 누가 봐도 금방 아그네스의 사체를 숨긴 방법을 연상케 만드니까요. 물론 현실적으로도 가장 손쉬운 방법이었을 겁니다. 경찰과 에메의 뒤를 따라 홀을 지나칠 때 그곳에 슬쩍 집어넣기만 하면 끝나는 일이었으니까요."

"그런데 갑자기 이런 이야기를 꺼내게 되어 죄송하지만, 저는 당신이 미건을 부추긴 일은 도저히 용서하기 어려울 것 같습니다."

문득 그때 일이 떠올라 나는 미스 마플에게 도발적으로 말했다.

미스 마플은 어느새 손에 잡고 있던 뜨개바늘을 잠시 내려두더니 나를 뚫어져라 쳐다보았다. 아주 엄격한 눈매였다.

"달리 도저히 손을 쓸 길이 없었기 때문이었어요. 굉장히 머리가 좋은 그 악랄한 남자를 체포하는 데 필요한 증거가 전혀 없었기 때문이었죠. 나는 누군가의 협력이 필요했어요. 굉장히 용기가 있고 머리가 좋은 사람으로부터 말이에요. 그래서 그녀에게 하얀 날개가 달린 구원의 화살을 쏘아보냈던 거죠."

"그렇다고 미건을 그토록 위험한 지경에 몰아넣다니!"

"네. 분명 위험한 일입니다. 그러나 친구가 억울한 누명을 덮어쓰고 죽을지도 모르는 마당에 위험하다고 팔짱을 끼고 구경이나 할 사람이라면, 아마 인간이라고는 할 수 없을 겁니다. 아시겠습니까?"

나도 고개를 끄덕였다.

제15장

이른 아침, 한길.

에밀리 부인이 장바구니를 들고 식료품점에서 나왔다. 뺨이 발그레하고 눈은 흥분으로 반짝거렸다.

"어머나, 버튼 씨! 나는 정말이지 안절부절 어찌할 바를 모르겠어요, 드디어 내가 유람선을 타러간다고 생각하시니!"

"분명 즐거울 겁니다. 틀림없어요."

"네, 그럴 거예요. 하지만 나 혼자 떠날 생각을 다 하다니 정말이지 꿈에도 생각 못했어요. 그런데 그런 생각들도 이토록 한순간에 변하다니…… 모두 은혜로운 신의 은혜일 겁니다. 사실 나는 오래전부터 리틀파즈를 이제 그만 포기하지 않으면 안 된다고 생각하시고 있었어요. 내가 계속 지키기는 힘들었지만, 그렇다고 얼굴도 모르는 생판 낯선 사람이 거기서 산다는 것은 상상도 하기 싫어서 좀처럼 포기를 못하고 있었을 뿐이거든요. 그런데 이번에 당신이 그 집을 사서 미건과 함께 살기로 했다니 얼마나 다행한 일인지 모르겠어요. 게다가 에메 그리피스 양이 알다시피 그토록 지독한 일을 당한 직후인데다 오빠마저 이번에 결혼하게 되어서, 나와 함께 유람선 여행을 떠나겠다고 하지 뭐예요? 그러니 당분간은 못 만날 거예요, 우리는……. ”

에밀리 버튼 부인이 갑자기 목소리를 낮추었다.

“세계를 일주할 거예요! 게다가 에메 양은 실제로 굉장히 마음의 의지가 되니까 나도 훨씬 안심하고 여행을 떠날 수 있게 되었고요, 정말이지 모든 것이 꿈꾸던 대로 수월하게 술술 풀려나가는 기분이에요. ”

나는 그 순간 시밍튼 부인과 아그네스가 교회 묘지에서 이 소리를 들으면 과연 부인의 말에 동의해줄까 의심스러웠다. 하지만 곧 아그네스의 연인이 실은 그녀를 별로 좋아하고 있지 않았다는 사실과, 시밍튼 부인이 자기 딸인 미건에게 별로 친절하게 굴지 않았다는 것을 떠올렸다. 인간은 어차피 언젠가는 죽을 목숨! 결국 나는 바라던 대로 모든 일이 술술 풀린다는 행복한 에밀리 부인의 말에 전적으로 찬성했다.

큰길을 걸어가다 시밍튼의 집 대문을 들어섰을 때 마침 집에서 나오던 미건과 마주쳤다.

하지만 별로 로맨틱한 만남은 아니었다. 왜냐하면 엄청나게 큰 영국산 개가 미건과 함께 다가와 나를 금방이라도 쓰러뜨릴 듯이 풀쩍 달려드는 통에 그런 감정은 순식간에 사라지고 말았기 때문이다.

“귀여운 개죠? ”

미건이 말했다.

“좀 압도적이군. 우리 갠가? ”

“그래요, 결혼 선물로 조애너가 보내줬어요, 모두가 여러 가지 멋진 축하를 해주었어요, 어디에 쓰는지는 잘 모르겠지만 마플 여사가 폭신폭신하고 따뜻한 털실로 짠 물건을 보내주었고요, 파이 씨로부터는 크라운 더비의 멋진 찻잔 세트, 그리고 엘지 양은 토스터를요"

"꽤 상징적이군!"

나는 가스 오븐이 떠올라 짓궂게 그녀를 놀렸다.

"엘지 양은 치과의사 집에서 일하게 되어 기뻐하더군요. 그리고 또 …… 어? 내가 어디까지 얘기했죠?"

"많은 이들로부터 축하를 받았다는 이야기를 했어. 그러니 만약 미건이 마음이 변하면 그 모든 걸 전부 되돌려주지 않으면 안되는 거라고."

"내가 왜 마음이 변해요? 그런데 또 어떤 걸 받았더라? 아, 그래! 칼스롭 부인은 이집트 사람에게서 받은 보석을 보내주었어요."

"하여간 참 특이하다니깐!"

"어머! 실례니까 그런 말 하지 마세요. 그런데 축하선물 가운데 가장 걸작은요, 패트리지 부인이 보내준 거예요. 도저히 사용할 마음이 안 드는 이상한 테이블보인데, 하지만 그녀가 전부 자기 손으로 직접 수를 놓았다고 하니까 아마 이제는 나를 좋아해주려나 봐요. 기뻐요!"

"혹시 시큼한 포도와 엉겅퀴 무늬 아니었어?"

"아니에요! 결혼 축하 선물로 어울리는 무늬였어요."

"앗, 패트리지 부인이 오는군."

미건이 얼른 내 손을 잡고 집 안으로 데려갔다. 그리고 고개를 갸웃하며 말했다.

"그런데 잘 모를 일이 하나 있어요. 조애너가 개에게 달아준 끈 말고도 여분의 개목걸이와 쇠사슬을 더 보내주었어요. 왜 그랬을까요?"

나는 쓰게 웃었다.

"여동생이 잠깐 장난친 것뿐이야!"

THE SUBMARINE PLANS

잠수함 설계도

잠수함 설계도

비밀리에 사자가 편지를 가져왔다. 편지를 읽는 포아로의 눈이 흥분과 관심으로 반짝거렸다. 포아로는 사자에게 몇 마디 짧게 말하고 나서 그를 내보냈다. 그리고는 나를 돌아다보며 말했다.

"서둘러 가방을 꾸리게. 곧 샤플스로 내려가야겠네."

나는 앨러웨이 경이 살고 있는 유명한 저택 이름이 포아로의 입에서 튀어나오는 것을 듣고 놀랐다. 앨러웨이 경은 국방성 장관으로 내각에서도 걸출한 인물이었다. 그는 예전에 규모가 큰 기계 회사 사장으로 있으면서, 동시에 하원의원으로서 명성을 떨쳤다. 그 무렵 랄프 커티스 경이 그의 이름이었다. 만일 현 수상인 데이비드 매커덤의 건강에 대한 소문이 사실이라면, 그는 여왕으로부터 내각 구성을 위임받아 차기 수상에 오를 가장 유망한 인물로 공공연하게 이야기되었다.

밖에서 롤스로이스 한 대가 대기하고 있었다. 차가 어둠 속으로 미끄러져 들어가자 나는 쉴 새 없는 질문으로 포아로를 괴롭히기 시작했다.

"도대체 왜 이 늦은 시간에 우리를 보자고 하는 거지?"

벌써 11시가 넘어가고 있었다. 포아로는 내가 너무나 뻔한 것을 물어보자 고개를 저었다.

"무언가 긴급 사태가 일어난 게지."

"내 기억으로는, 몇 년 전인가…… 그때는 앨러웨이 경이라는 작위를 받기 전이니까 랄프 커티스라는 이름이었지…… 좀 안 좋은 추문이 있었다네…… 어떤 주식 사기 같은 것이었지, 아마. 결국 그에게 전혀 혐의가 없다는 것이 밝혀지긴 했지만, 이번에도 그 비슷한 일이 일어난 건가?"

"그런 일이라면 이렇게 한밤중에 나를 불러낼 필요가 없을 걸세."

나는 그 말에 동의할 수밖에 없었다. 그리고 도착할 때까지 나는 입을 다물고 있었다. 일단 런던을 벗어나자 우리가 탄 그 힘 좋은 차는 쏜살같이 달려가기 시작하여 우리는 1시간이 채 안 되어 샤플스에 도착했다.

오만한 표정을 한 집사가 우리를 곧장 앨러웨이 경이 기다리고 있는 작은 서재로 안내했다. 앨러웨이 경은 벌떡 일어나 우리에게 인사를 했다. 그는 키가 크고 마른 편이었지만 몸에서 힘과 생기가 뿜어져 나오는 듯했다.

"만나게 되어 기쁩니다, 포아로 씨. 정부가 당신의 도움을 요청한 것은 이번이 두 번째이죠? 나는 전쟁 중에 수상이 납치되었을 때 당신이 우리에게 해주신 일을 잘 기억하고 있습니다. 당신의 정교한 추리, 그 신중함! 그것이 사태를 수습했지요."

포아로의 눈이 약간 반짝였다.

"장관님, 이번 경우도 저…… 그 신중함이 필요한 사건이 일어난 겁니까?"

"바로 그렇습니다. 해리 경과 나는…… 아 참, 인사 나누시지요.

이쪽은 우리 해군본부위원회 제1군사위원이신 해리 웨어데일 제독, 이쪽은 포아로 씨 그리고 이쪽은······."

"헤이스팅스 대령입니다." 내가 이름을 댔다.

해리 경이 포아로에게 손을 내밀며 말했다.

"말씀 많이 들었소이다, 포아로 씨. 이번 일은 참 어처구니없는 일입니다만, 당신이 해결해 준다면, 더할 수 없이 고맙겠습니다."

나는 첫눈에 제독이 마음에 들었다. 제독은 소박하고 솔직한, 그 옛날 멋진 뱃사람 같았다.

포아로가 묻는 듯한 눈으로 두 사람을 쳐다보자 앨러웨이가 이야기를 하기 시작했다.

"물론, 지금 하는 이야기는 비밀입니다. 포아로 씨, 방금 우리는 아주 커다란 손실을 입었습니다. 새로운 Z형 잠수함 설계도를 도난당했거든요."

"그게 언젭니까?"

"오늘 밤입니다. 3시간도 채 안 됐습니다. 포아로 씨, 당신도 이로 인한 피해가 얼마나 막대한지 짐작할 수 있으시겠지요? 이 일은 절대로 외부에 알려져서는 안 됩니다. 이제 될 수 있는 대로 간략하게 무슨 일이 일어났는지 말씀드리지요. 주말에 우리 집에 오신 손님들은 여기 계신 제독과 그의 부인, 아들, 그리고 런던 사교계에 잘 알려진 콘라드 부인입니다. 부인들은 일찌감치 잠자리에 들었지요, 10시쯤 되었을 것입니다. 제독의 아들인 레너드 웨어데일 씨도 마찬가지로 잠자리에 들었습니다. 해리 경은 그 새로운 잠수함 건조에 대해 나와 의논하기 위해 잠시 여기 내려와 있었습니다. 나는 내 비서 피츠로이에게 저쪽 구석에 있는 금고에서 설계도를 꺼내오라고 일렀습니다. 그리고 관련된 다른 서류들도 함께 준비해 놓으라고 했습니다. 그가 준비를 하는 동안 제독과 나는 테라스를 거닐었습니다. 따뜻한 6월 날씨를 즐기며 담배를 피우고 있었지요, 얼마 뒤 우리는 담배와 한담을 끝내고 일을 시작하기로 했습니다.

바로 그때였습니다. 우리가 막 테라스 저 끝에서 몸을 돌리는 순간, 나는 어떤 그림자가 여기 이 유리문을 빠져나와 테라스 건너로 사라지는 것을 본 듯했습니다. 하지만 별로 신경은 쓰지 않았습니다. 방 안에 피츠로이가 있는데 뭐 잘못될 일이 있겠나 했던 것입니다. 물론 이 점은 제 잘못입니다. 어쨌든 우리가 다시 테라스를 따라 돌아와 유리문을 통해 이 방으로 들어왔을 때, 피츠로이도 홀에서 방으로 들어오고 있었습니다.

'필요한 서류는 다 준비되었나, 피츠로이?'

'네. 서류들은 모두 책상 위에 있습니다.'

그러고 나서 피츠로이는 자리 가겠다고 인사를 했습니다.

'잠깐 기다리게. 가져올 서류가 또 있을지 모르니까.'

나는 책상으로 다가가 놓인 서류들을 쭉 넘겨 보았습니다.

'가장 중요한 걸 잊었지 않나, 피츠로이. 잠수함 설계도 말일세!'

'설계도는 책상 위에 있습니다, 장관님.'

나는 다시 서류들을 넘겨 보았습니다.

'아니, 없어.'

'갖다 놓은 지 1분도 안 됐는데요.'

'하여간 지금은 여기 없네.'

피츠로이는 어리둥절하여 다가왔습니다. 믿을 수 없는 일이었지요. 우리는 다시 책상 위의 서류들을 넘겨보고, 원래 설계도가 들어 있던 금고까지 샅샅이 뒤져 봤습니다. 하지만 결국 그 잠수함 설계도가 없어졌다는 것만 다시 확인한 셈입니다. 피츠로이가 잠깐 방을 비운 3분이라는 짧은 시간 동안 없어져 버린 것입니다."

"왜 비서가 방을 비웠습니까?"

포아로가 앨러웨이 경의 말을 끊고 질문을 했다.

"나도 그 점을 피츠로이에게 물어보았소."

해리 경이 대답했다.

"피츠로이는 책상 위에 막 서류를 정돈해놓았을 때 여자 비명 소리를 들었다는군요. 놀라서 홀로 뛰쳐 나갔더니 계단에 콘라드 부인의 프랑스인 하녀가 서 있었답니다. 하녀는 놀라서 창백한 얼굴로 유령을 보았다고 했다지 뭡니까. 온몸에 흰옷을 둘러쓴, 소리 없이 움직이는 키 큰 유령을 보았다고요. 피츠로이는 웃으며 점잖게 말도 안 되는 이야기는 하지 말라고 타일렀나 봅니다. 그러고 나서 방으로 들어오는 순간 유리문으로 들어오던 우리와 마주친 거지요."

포아로가 생각에 잠긴 채 말했다.

"모든 게 아주 분명하군요. 단지 유일한 의문점은 그 하녀가 공범자였느냐 아니냐는 것입니다. 그 하녀가 이 방 밖에 숨어 있던 다른 공범자와 짜고 비명을 지른 것인지, 아니면 그자는 방 밖에서 그저 기회가 오기만 기다리고 있었는데 우연히 하녀가 비명을 지르는 바람에 기회가 생긴 것인지? 그게 여자가 아니라 남자였지요? 장관께서 보신 그 그림자 말입니다."

"잘 모르겠습니다, 포아로 씨. 그건 단지 그저 그림자일 뿐이었으니까요."

그 순간 제독이 너무나도 독특한 소리로 콧방귀를 뀌었으므로 그쪽으로 모두의 시선이 쏠렸다. 포아로가 가볍게 빙긋 웃음을 띠며 조용히 말했다.

"뭔가 제독께서 할 말이 있으신 것 같은데. 해리 경, 경께서는 그 그림자를 보셨나요?"

"아니, 못 보았소. 그리고 앨러웨이도 못 보았을 거요. 앨러웨이가 본 것은 아마 흔들리는 나뭇가지 따위였을 거요. 그런데 설계도가 도난당한 것을 알고 난 뒤, 나중에서야 누군가 테라스를 가로질러 가는 것을 본 것이라고 비약해서 결론을 내려버린 것이겠지요. 그의 상상력이 잠시 그를 가지고 놀았던 거지. 그뿐이오."

"제가 상상력이 풍부하다는 말은 듣지 못했는데요."

앨러웨이 경이 가볍게 빙긋 웃으며 반박했다.

"아니오, 우리 모두는 상상력을 가지고 있어요. 자칫하면 우리가 실제로 본 것 이상을 보았다고 믿게 되지. 평생을 바다에서 보낸 나는 육지에서 생활하는 누구 못지않게 좋은 눈을 가지고 있소. 나는 테라스 아래쪽을 쭉 바라보고 있었소. 만일 눈에 띄는 게 있었다면 틀림없이 나도 똑같은 것을 봤을 게 아니오."

그는 이 문제를 놓고 매우 흥분해 있었다. 포아로가 일어나더니 빠른 걸음으로 유리문 쪽으로 갔다.

"괜찮으시다면, 지금 그 문제를 해결해 보도록 하지요."

포아로는 테라스로 나갔고 우리도 그 뒤를 따랐다. 그는 호주머니에서 손전등을 꺼내더니 테라스를 둘러싸고 있는 잔디밭 가장자리를 따라 빛을 비추었다.

"장관님, 그자가 어디서 테라스를 가로질렀습니까?"

"글쎄, 유리문 맞은편 언저리였던 것 같은데."

포아로는 얼마 동안 더 손전등을 비추며 테라스를 모두 둘러보고는 돌아왔다. 그는 손전등을 끄고 몸을 바르게 세우더니 조용히 말했다.

"해리 경이 하신 말씀이 맞습니다. 그리고 장관님이 틀리셨습니다. 오늘 초저녁엔 비가 많이 왔지요. 누구든 저 잔디밭을 지나갔다면 반드시 발자국을 남겼을 것입니다. 그런데 없어요. 아무것도 없습니다."

포아로의 눈길이 해리 경에서 앨러웨이 경 쪽으로 옮겨 갔다. 앨러웨이 경은 곤혹스럽고 믿을 수 없다는 표정을 짓고 있었다. 제독은 만족하여 큰소리로 말했다.

"내가 틀릴 리가 없지. 내 눈은 어디서나 믿을 만하다구."

그 전형적인 늙은 뱃사람의 솔직한 모습을 보고 내 입가에는 저절로 웃음이 빙긋 떠올랐다.

포아로가 부드럽게 말했다.

"그러면 집 안에 있던 사람들에 대해서 생각해 볼밖에요. 다시 안으로 들어갑시다. 자, 장관님, 피츠로이가 계단에서 하녀에게 말하고 있는 동안 누군가 홀에서 서재로 들어온 건 아니었을까요?"

앨러웨이 경은 고개를 저었다.

"전혀 불가능합니다. 그 방으로 들어오려면 반드시 피츠로이 앞을 지나가야만 했을 테니까요."

"그렇다면 피츠로이 씨는…… 장관님은 그를 신뢰하십니까?"

앨러웨이 경은 얼굴을 붉혔다.

"전적으로, 포아로 씨. 내 비서에 대해서는 내가 자신 있게 책임질 수 있습니다. 그가 어떤 식으로든 이 문제에 개입되었다는 것은 전혀 있을 수 없는 일입니다."

그러자 포아로가 얼마쯤 무뚝뚝하게 대꾸했다.

"모든 것이 불가능한 것 같군요. 아마 그 설계도에 예쁜 날개 한 쌍이 달려서 휙 날아가버렸는지도 모르겠군요, 이렇게!"

포아로는 우스꽝스러운 천사 같은 표정으로 팔로 날개 모양을 하며, 입술을 삐죽 내밀고 휘파람을 불었다. 앨러웨이 경도 맞받아쳤다.

"죄다 있을 법하지 않습니다. 하지만, 포아로 씨, 만에 하나 피츠로이를 의심한다든가 하는 것은 꿈도 꾸지 말아 주십시오. 생각해

보십시오. 그가 만일 설계도를 손에 넣고 싶었다면, 굳이 그것을 훔치려고 애쓰기보다는 복사하는 쪽이 훨씬 손쉽지 않겠습니까?"

포아로가 고개를 끄덕이며 말했다.

"그 점은 옳은 말씀입니다. 장관님께서는 정말 질서정연하면서도 논리적으로 생각하시는군요. 영국에 장관님 같은 분이 계시다는 것은 정말 다행스러운 일입니다."

벨기에 사람의 느닷없는 찬사에 앨러웨이 경은 당황한 표정이었다. 포아로는 다시 현안 문제로 돌아갔다.

"장관님께서 저녁 내내 앉아 계셨던 방이?"

"응접실 말이군요. 그건 왜요?"

"아까 그쪽으로 나오셨다고 말씀하셔서 생각난 것인데, 그 방에도 테라스를 향해 유리문이 나 있지요. 피츠로이가 없는 동안 누군가 그 응접실 유리문을 통해 테라스로 나와서 이 방 유리문으로 서재에 들어온 다음, 똑같은 방법으로 다시 나가는 것은 가능하지 않을까요?"

"하지만 그랬다면 우리가 못 보았을 리 없소."

제독이 부정했다.

"두 분이 등을 돌리고 반대 방향으로 걸어가고 계신 동안에만 행동했다면 못 보셨을 수도 있지요."

"피츠로이가 방을 비운 건 단 몇 분 사이오. 저 끝까지 한 번 갔다 돌아올 시간에 불과했단 말이오."

"상관없습니다. 단 하나의 가능성에 불과하니까…… 사실 그것이 이치에 맞는 유일한 가능성이긴 하지만."

"그러나 우리가 나올 때 응접실에는 아무도 없었소."

"나중에 그 방으로 들어갔는지도 모르지요."

앨러웨이 경이 그 말을 듣고 천천히 입을 열었다.

"포아로 씨 얘기는, 피츠로이가 하녀의 비명을 듣고 밖으로 나갔다, 그때 이미 누군가가 응접실에 들어와 숨어 있었다, 그리고 재빨리 이 방으로 들어왔다 나갔으며, 피츠로이가 이 방으로 돌아오자마자 응접실을 떠났다, 이런 얘기군요."

"역시 앨러웨이 경은 논리적이시군요, 제 생각을 완벽하게 표현해주셨습니다."

포아로가 앨러웨이 경을 향해 고개를 숙이며 말했다.

"그렇다면 하인 가운데 한 사람일까요?"

"손님 중 한 사람일 수도 있겠지요, 비명을 지른 것은 콘라드 부인의 하녀였습니다. 콘라드 부인에 대하여 자세히 말씀해주시겠습니까?"

앨러웨이 경은 잠시 생각했다.

"콘라드 부인은 사교계에서 잘 알려진 분이라고 이미 말씀드렸지요, 그 말은 맞습니다. 부인이 큰 파티를 자주 열고, 또 어느 곳이나 가지 않는 곳이 없다는 의미에서 말입니다. 하지만 부인이 어디 출신인지, 과거는 어떠했는지는 거의 알려진 게 없습니다. 부인은 무척 자주 외교관이나 외무성 관리들을 찾아다닙니다. 비밀 정보국에서도 그 이유를 알고 싶어합니다."

"알겠습니다. 그래서 부인이 이번 주말에 이곳에 오시도록……."

"아, 그것은 뭐랄까…… 가까운 거리에 두고 관찰하는 편이 나을 거라는 생각에서 초대했던 것입니다."

"좋습니다! 그런데 오히려 깨끗하게 역습을 당했다……."

앨러웨이 경은 어쩔 줄 모르는 표정이었으나, 포아로는 개의치 않고 계속 말을 이어갔다.

"장관님, 혹 장관님과 제독께서 의논하시려던 그 문제에 대해 부인이 들었다고 판단할 수 있는 근거가 있습니까?"

"있습니다. 해리 경께서 '자, 이제 우리의 그 잠수함 문제로 들어갑시다. 일을 시작해야지' 하는 말씀을 하셨거든요. 그때 다른 사람들은 다 방을 나갔었는데, 콘라드 부인은 무슨 책을 찾으러 다시 되돌아와 있었습니다"

포아로가 생각에 잠겨 말했다.

"알겠습니다. 꽤 늦은 시간입니다만, 이건 긴급 사태라 될 수 있으면 당장 이 집 안에 계신 분들께 몇 마디 여쭈어보고 싶습니다."

"물론 그렇게 해볼 수 있습니다. 다만 염려가 되는 건 그렇게 해서 도움을 얻기보다는 소문만 퍼지면 어떡하나 하는 점입니다. 물론 줄리엣 웨어데일 부인과 제독의 아들 레너드는 괜찮습니다. 하지만 콘라드 부인은…… 부인에게 죄가 없다면, 그건 좀 큰 문제가 될 뿐 아니라 소문도 금방 퍼져버리겠지요. 그러니까 그 점이 구체적으로 뭐라거나, 아니면 이러저렇게 사라졌다거나 하지 말고 그냥 중요한 서류 하나가 없어졌다고만 말씀해주시면…… ."

"제가 막 제안하려고 하던 참입니다."

포아로가 환하게 웃으며 대답하고는 말을 이었다.

"실은 세 여자분한테는 모두 그렇게 하려고 합니다. 제독께서도 이해해 주시리라 믿습니다만, 아무리 훌륭한 부인이라도…… ."

해리 경이 말을 받았다.

"아니 괜찮소. 여자들 입이란, 참! 내 아내 줄리엣은 브리지 놀이는 이제 좀 그만두고 말을 좀 많이 했으면 하는데…… 요즘 여자들은 다 그렇지 뭐. 춤추고 노름하는 것이 없으면 행복하다고 생각하지 않으니까. 가서 줄리엣과 레너드를 올라오라고 하겠소. 괜찮겠지, 앨러웨이 경?"

"물론입니다. 난 프랑스인 하녀를 부르겠습니다. 포아로 씨도 그 하녀를 보고 싶어할 테고, 또 여주인도 하녀가 깨워야 하니까. 당장 조처하겠습니다. 그동안에 피츠로이를 들여보내지요."

피츠로이는 귀공자 같으면서도 냉담한 표정을 한, 창백하고 여윈 젊은이였다. 그의 진술은 앨러웨이 경이 이미 우리에게 말한 그대로였다.

"당신 생각은 어떻습니까, 피츠로이 씨?"

피츠로이는 어깨를 으쓱했다.

"틀림없이 누군가 내부를 잘 아는 사람이 바깥에서 기회를 노리며 기다리고 있었을 겁니다. 안에서 무슨 일이 벌어지는지 유리문을 통해서 볼 수 있었겠지요. 그러다가 내가 방을 비우자 살짝 들어왔던 겁니다. 앨러웨이 경이 그자를 보았을 때 바로 그 자리에서 쫓아가지 못한 것이 유감입니다."

포아로는 그의 잘못된 생각을 굳이 지적하지 않고, 질문을 계속 했다.

"당신은 그 프랑스인 하녀가 말한, 유령을 보았다는 이야기를 믿습니까?"

"글쎄, 그런 것을 믿을 수 있겠습니까, 포아로 씨?"

"내 말은 그 하녀가 실제로 유령을 보았다고 생각하는 것 같았느냐는 말입니다."

"아, 그 점에 대해서라면 뭐라 말할 수 없군요. 어쨌든 그녀가 상당히 놀란 것은 틀림없습니다. 손으로 머리를 감싸고 있었으니까요."

"아하!"

포아로는 어떤 발견을 한 사람처럼 탄성을 질렀다.

"정말 그랬겠군요…… 그 하녀는 틀림없이 예쁜 아가씨죠?"

"자세히 보진 않았습니다."

피츠로이는 남을 제압하는 목소리로 대답했다.

"그 하녀의 여주인은 보셨을 것 같은데?"

"예, 보았습니다. 그분은 계단 위 2층 복도에서 '레오니!' 하고 하녀를 부르고 있었습니다. 부인도 나를 보았지요. 물론 나를 보고는 방으로 들어가셨습니다만."

"2층이라?"

포아로가 혼잣말을 하며 얼굴을 찌푸렸다.

"물론 이번 사건으로 저한테 아주 언짢은 일이 생길 수도 있다는 것을 잘 알고 있습니다. 만일 앨러웨이 경께서 우연히 그 도둑이 사라지는 모습을 보지 못하셨더라면, 정말 제 입장이 곤란해졌겠지요. 어쨌든 포아로 씨께서 제 방과 몸을 수색해 주신다면 전 정말 감사하겠습니다."

"정말 그래 주기를 바라십니까?"

"물론 그렇습니다."

포아로가 그 말에 뭐라고 답했는지는 잘 모르겠으나, 그때 앨러웨이 경이 방으로 들어와 우리에게 두 부인과 레너드 웨어데일 씨가 응접실에서 기다리고 있다고 알려주었다.

두 부인은 모두 어울리는 실내복을 입고 있었다. 콘라드 부인은 35 살쯤 되는 아름다운 여인으로 금발 머리에 몸에 약간씩 살이 붙어 가고 있는 것 같았다. 줄리엣 웨어데일 부인은 40살쯤 되어 보였고, 키가 크고 검은 머리에 검은 눈이었으며, 매우 여윈 편이었지만 우아한 손과 발을 가진, 아직도 아름다운 여인이었다. 그러나 좀 고집이 세고 성격이 불안정한 것 같았다. 그녀의 아들은 여자처럼 생긴 젊은이로 소박하고 털털한 그의 아버지와 두드러진 대조를 이루고 있었다.

포아로는 그들에게 우리가 사전에 합의한 대로 그 도난 사건을 잠깐 설명해 주고는, 그날 밤 뭔가 도움이 될 만한 일을 듣거나 본 것이 있는지 알고 싶어서 모이라고 했다고 말했다.

우선 그는 콘라드 부인 쪽을 바라보며, 그날 부인이 했던 일들을 정확히 알려달라고 청했다.

"저, 나는 2층에 올라갔어요. 종을 쳐서 하녀를 불렀습니다. 그런데 그애가 금방 나타나질 않아서 직접 밖으로 나와 이름을 불렀습니다. 하녀가 계단에서 이야기를 하고 있는 소리가 들리더군요. 그애는 들어와서 내 머리를 빗겨준 다음 나갔습니다. 이상하게 뭔가 신경이 예민해 있었어요. 그 다음 한동안 책을 읽다가 잠들었습니다."

"그리고 줄리엣 부인께서는?"

"난 곧장 2층으로 올라가 잠이 들었습니다. 무척 피곤했거든요."

"부인 책은 어떻게 된 거죠?"

부드럽게 웃으며 콘라드 부인이 물었다.

"내 책요?"

줄리엣 부인이 얼굴을 붉혔다.

"네, 왜, 내가 레오니를 보내러 나왔을 때 부인께서 계단을 올라오고 계셨잖아요. 응접실에 책을 가지러 내려갔다 오는 길이라고 하시고선?"

"아, 예, 내려갔었죠. 잠깐 잊고 있었군요."

줄리엣 부인은 신경질적으로 두 손을 꼭 쥐었다.

포아로가 계속 물었다.

"콘라드 부인, 하녀가 지르는 비명을 들으셨습니까?"

"아니, 아니요, 못 들었는데요."

"참 이상하군요. 그 시간에 부인은 응접실에 계셨을 텐데."

"아무 소리도 못 들었어요."

줄리엣 부인이 더욱 단호한 목소리로 말했다.

포아로는 레너드 쪽을 향했다.

"파티가 끝난 뒤 레너드 씨는 무엇을 했소?"

"아무것도, 곧바로 2층으로 올라가 잠자리에 들었지요."

포아로는 자기 턱을 톡톡 두드렸다.

"허 참, 안됐지만 전혀 도움이 안 되는군요. 여러분, 죄송합니다. 잠시라도 여러분들 잠을 방해해서 참으로 미안합니다. 제발 제 사과를 받아주시기 바랍니다."

포아로는 몸짓을 해가며 사과하고 나서, 사람들을 이끌고 밖으로 나갔다. 이윽고 그는 프랑스인 하녀를 데리고 돌아왔다. 예쁘지만 시건방진 모습이었다. 앨러웨이 경과 웨어데일 제독도 부인들과 함께 밖으로 나가고 없었다.

포아로가 큰 목소리로 말을 꺼냈다.

"자, 아가씨, 우리 사실을 얘기해 봅시다. 나한테 거짓말을 꾸며대지 않아도 좋습니다. 왜 계단에서 비명을 질렀지요?"

"아, 선생님, 전 키가 큰 물체를 봤어요. 유령처럼 흰 옷 입은……."

포아로가 집게손가락을 세차게 흔들어 그녀의 말을 막았다.

"내가 말하지 않았던가요? 나한테 거짓말을 꾸며대지 말라고. 내가 대신 말해볼까요. 그가 키스를 했지요, 안 그렇습니까? 레너드 웨어데일 씨 말입니다."

그러자 프랑스인 하녀는 불어를 섞어가며 말했다.

"네, 좋아요, 선생님. 그런데 키스란 게 뭐지요?"

포아로가 친절하게 대답했다.

"그런 상황에서라면, 그건 아주 자연스러운 거지요. 나나 여기 있는 헤이스팅스는 그렇게 생각해요. 자, 일어났던 일 그대로 얘기해 봐요."

"그분이 뒤로 다가와서 나를 껴안았어요. 나는 깜짝 놀라 비명을 질렀지요. 미리 알았더라면 비명을 지르진 않았을 거예요. 하지만 그분은 마치 고양이처럼 살그머니 다가왔거든요. 그러고 나서 장관님의 비서 분이 오셨어요. 레너드 씨는 계단 위로 달려 올라갔죠. 그러니 제가 무슨 말을 하겠어요? 더군다나 그런 젊은 분한테. 그렇게 훌륭한 분인데요. 사실, 그래서 유령 이야기를 지어낸 거예요."

포아로가 기분 좋게 소리쳤다.

"이제야 모든 게 설명되는군. 그러고 나서 당신은 여주인 방으로 올라갔지요. 그런데 여주인 방은 어디입니까?"

"끝 쪽에 있어요, 선생님. 저쪽에요."

"그러니까 서재 바로 위란 말이네요. 좋아요, 아가씨, 더 이상 붙들어 두지 않겠습니다. 그리고 다음 번엔 비명은 지르지 마세요."

하녀를 밖으로 보내고 나서 그는 빙긋 웃음을 띠며 나에게로 돌아왔다.

"재미있는 사건이지 않나, 헤이스팅스? 몇 가지 자잘한 생각들이 모이기 시작했네. 자넨 어떤가?"

"레너드 웨어데일이 계단에서 뭘 하고 있었던 것일까? 난 그 젊은 친구가 마음에 들지 않네. 완전히 난봉꾼 같아."

"내 생각도 그렇다네."

"피츠로이는 정직한 친구 같더구먼."

"앨러웨이 경은 확실히 그 점을 강조했었지."

"하지만 그의 태도에는 뭔가……."

"너무 착해 보여서 오히려 진실해 보이지 않는 면이 있다, 이거지? 나도 그렇게 느꼈네. 반면 콘라드 부인은 전혀 착한 사람 같아 보이지 않더군."

"그리고 그녀의 방은 바로 서재 위층이고."

나는 뭔가 잡아낸 것 같이 말하며, 포아로를 날카로운 눈으로 바라보았다.

그러나 그는 가벼운 웃음을 띠며 고개를 저었다.

"아닐세. 난 그 깨끗한 부인이 굴뚝 속을 기어내려왔다거나, 아니면 발코니를 타고 내려왔다고는 도저히 믿을 수가 없네."

포아로가 말을 이으려고 할 때, 놀랍게도 줄리엣 웨어데일 부인이 헐레벌떡 뛰어들어 왔다.

그녀는 얼마쯤 숨을 헐떡이며 말했다.

"포아로 씨, 단둘이서만 이야기할 수 있을까요?"

"부인, 헤이스팅스 대령은 나의 분신이라고 해도 좋습니다. 저 친구에 대해서는 신경 쓸 필요 없이 말씀하시면 됩니다. 이쪽으로 앉으시지요."

부인은 여전히 시선을 포아로에게 고정시킨 채 자리에 앉았다.

"제 말씀은, 좀 어려운 문젠데요. 포아로 씨가 이 일을 책임지고 계시죠? 만일 그 서류가 돌아온다면, 그걸로 문제는 끝나는 건가요? 제 말 뜻은 서류가 돌아오기만 하면 그 과정에 대해서는 아무것도 물어보지 않을 수 있느냐는 거지요."

포아로는 뚫어져라 부인을 바라보았다.

"자, 무슨 말씀이신지 좀 분명히 해봅시다, 부인. '그 서류가 내 손에 쥐어질 것이다.' 맞습니까? 그리고 나는 그것을 앨러웨이 경께 전달하면서, '이것을 어디서 찾았는지 묻지 말 것을 조건으로 단다,' 이겁니까?"

부인이 고개를 끄덕였다.

"네, 바로 그래요. 그리고 밖으로도 알려지지 않을 것이라는 다짐을 받아야겠어요."

"제 생각엔 앨러웨이 경께서 뭐 특별히 밖으로 공표하고 싶어하지는 않을 것 같군요."

포아로가 딱딱한 표정으로 말했다.

"그러면 받아들이시는 거예요?"

그녀가 간절히 대답을 기다리며 소리쳤다.

"잠깐만요, 부인. 그것은 부인이 얼마나 빨리 그 서류를 제 손에 쥐어줄 수 있느냐에 달려 있습니다."

"당장 해드리겠어요."

포아로는 시계를 바라보았다.

"정확히 얼마나 걸리겠습니까?"

"저, 10분요."

그녀가 작은 소리로 말했다.

"좋습니다, 부인."

부인은 서둘러 방을 나갔다. 나는 입술을 모아 휘파람을 불었다.

"어때, 나한테 어찌된 일인지 한번 설명해주겠나, 헤이스팅스?"

"브리지 놀이지."

내가 간단하게 대답했다.

"아, 자네는 제독이 무심코 흘린 말을 기억하고 있었나? 기억력 대단하네! 존경하네, 헤이스팅스."

앨러웨이 경이 들어왔기 때문에 우리 대화는 거기서 멈췄다. 앨러웨이 경은 궁금한 표정으로 포아로를 바라보았다.

"뭐, 더 생각나신 것이 있으십니까, 포아로 씨? 당신이 물어보신 것들에 대한 답변이 시원치 않아서 유감스럽군요."

"전혀 그렇지 않습니다. 그분들은 아주 만족스러운 답변을 해주었습니다. 이제 더 이상 여기 머무를 필요가 없을 것 같군요. 괜찮으시다면 바로 런던으로 돌아가고 싶습니다."

앨러웨이 경은 어리둥절한 표정이었다.

"하지만 포아로 씨…… 알아내신 겁니까? 누가 설계도를 가져 갔는지 아십니까?"

"예, 압니다. 만일 그 서류가 익명으로 장관님께 돌아온다 하더라도, 더 이상 추궁하지는 않으시겠지요?"

앨러웨이 경은 포아로를 뚫어지게 바라보았다.

"돈을 지불해야 한다는 뜻입니까?"

"아닙니다. 아무 조건 없이 되돌아올 겁니다."

"그렇다면 더 말할 나위 없지요, 무엇보다 계획서를 찾는 것이 중요한 일이니까요."

앨러웨이 경이 천천히 말했다. 여전히 혼란스럽고 이해할 수 없는 듯했다.

"그렇다면 일이 잘 처리되기를 바라겠습니다. 오직 장관님과 제독, 그리고 비서만이 그 계획서를 잃어버린 사실을 알고 있을 뿐입니다. 또한 이 세 사람만이 그것이 되돌아온 사실을 알 것입니다. 그리고 제가 모든 면에서 장관님을 지원하리란 것은 믿으셔도 좋습니다. 그 이상의 비밀은 저만 알고 있겠습니다. 장관님께서는 저에게 서류를 찾아달라고 요청하셨습니다. 그래서 저는 그렇게 했습니다. 그 이상은 장관님께서 관여하실 바가 아닙니다."

포아로는 일어나서 손을 내밀었다.

"장관님, 만나뵙게 되어 정말 기뻤습니다. 저는 장관님을 믿고 있고, 또한 영국에 대한 장관님의 헌신을 믿고 있습니다. 장관님께서는 강력하고 확고한 지도력으로 영국의 운명을 이끌어 나가실 것입니다."

"포아로 씨, 나도 최선을 다할 것입니다. 단점인지 장점인지 모르겠지만, 나도 나 자신을 믿고 있습니다."

"모든 위대한 사람들이 다 그렇지요, 저도 그러니까요."

포아로가 큰소리를 쳤다.

차는 금방 문 앞으로 왔다. 앨러웨이 경은 새삼스럽게 우정이 솟아나는 듯 계단까지 나와서 우리를 배웅했다.

차가 출발하자 포아로가 말했다.

"위대한 사람이야, 헤이스팅스. 저 분은 두뇌와 기지와 능력을 갖추고 있어. 영국이 이 어려운 재건 시대를 헤쳐 나가기 위해서는 저분의 강력한 지도력이 필요하다네."

"나도 기꺼이 자네 말에 동의하네, 포아로. 그런데 줄리엣 부인은 어떻게 할 건가? 부인이 직접 앨러웨이 경에게 서류를 돌려주게 된 건가? 자네가 말 한마디 없이 떠나버린 것을 알면 부인이 자네더러 뭐라고 하겠나?"

"헤이스팅스, 자네에게 한 가지 물어보겠네. 부인이 나와 이야기를 하고 있을 때, 왜 그 자리에서 나한테 설계도를 넘겨주지 않았겠나?"

"가지고 있질 않았으니까 그랬겠지."

"그렇다네. 부인이 자기 방에서 그것을 가져오는 데 얼마나 걸릴 것 같나? 아니면 어디 숨겨놓은 곳에서 가져온다고 할 때. 아, 대답하지 않아도 되네. 내가 말해주지. 잘해야 한 2분 30초쯤 걸릴걸세! 그런데도 부인은 10분을 요구했어. 왜? 분명 누군가 다른 사람한테서 그것을 받아야 했기 때문이지. 그 사람이 서류를 돌려주도록 설득하거나 싸워야 할 테니까. 그러면 그 사람이 누구겠는가? 콘라드 부인은 분명 아니네. 자기 가족 가운데 한 사람이겠지. 남편 아니면 아들이야. 둘 중 누구겠나? 레너드 웨어데일은 바로 잠자리에 들었다고 했어. 우린 그게 사실이 아니라는 걸 알고 있지 않나. 부인이 아들 방에 갔다가 방이 빈 것을 알았다고 가정해 보세. 부인은 뭔가 알 수 없는 두려움에 사로잡혀 아래층에 내려와 보았을 것이네. 부인의 아들은 아주 행실이 좋지 않으니까! 거기서도 아들을 찾지 못했는데, 나중에 아들은 자기가 방을 떠난 적도 없다고 부인했네. 부인은 자기 아들이 한 짓이라고 결론을 내린 것이네. 그래서 나를 찾아 온 거지."

"하지만 이보게, 우리는 줄리엣 부인이 모르는 사실을 알고 있네. 우리는 부인 아들이 서재에 있을 수 없었다는 것을 알고 있지 않나. 그 친구는 계단에서 예쁜 프랑스 하녀와 사랑 놀음을 하고 있었으니까. 부인은 몰랐지만, 레너드 웨어데일은 알리바이가 있는 셈이지."

"아니, 그러면 대체 누가 서류를 훔친 건가? 우린 지금 모든 사람을 대상에서 제외시켰지 않나? 줄리엣 부인, 그의 아들, 콘라드 부인, 프랑스인 하녀……."

"정확하네. 자, 자네의 작은 잿빛 뇌세포를 사용해 보게나. 해답은 바로 자네 눈앞에 있네."

나는 머리가 멍해져서 고개를 가로저었다.

"하지만 사실이야! 조금 더 끈기 있게 생각을 해보란 말일세! 봐, 피츠로이가 책상 위에 서류를 놓아두고 서재를 나간다, 몇 분 뒤에 앨러웨이 경이 방으로 들어와서 책상으로 간다, 그런데 서류가 없다, 단 두 가지 가능성밖에 없네. 하나는 피츠로이가 서류를 책상 위에 두지 않고 자기 호주머니에 집어넣은 경우, 하지만 이것은 비합리적이네. 앨러웨이가 지적했듯이 그는 자기가 편할 때에 설계도를 복사할 수 있을 테니까. 다른 하나는 앨러웨이 경이 책상으로 갔을 때 서류가 여전히 책상 위에 있었을 경우, 이 경우에는 서류가 앨러웨이 경의 호주머니로 들어갔겠지."

나는 어리벙벙하여 말했다.

"앨러웨이 경이 도둑이라고? 하지만 왜? 왜 그런 짓을?"

"자네가 나한테 앨러웨이 경의 과거 추문에 대해서 말해준 적이 있었지. 자네 말대로 앨러웨이 경은 혐의가 없는 것으로 밝혀졌네. 하지만 만일 그 추문이 사실이었다면? 영국 공직 사회에서는 추문이 허용되질 않네. 따라서 그것이 이제 와서 들추어져서 그가 사기친 것이 밝혀진다면? 그걸로 그의 정치 생명은 끝장이지. 따라서 우리는 그가 협박당하고 있었다고 추리할 수 있네. 그 대가는 바로 잠수함 설계도였네."

"그렇다면 그자는 더러운 반역자야!"

내가 소리쳤다.

"아니야, 그렇지 않네. 그는 영리하고 기지가 넘치는 사람이지. 그가 그 설계도를 한 부 베꼈을 경우를 생각해 보게. 그렇지만 여러 부분을 약간씩 고쳐서 실제적으로는 사용할 수 없게 만들었을 것이네. 그는 뛰어난 기술자이기도 하니까. 내 생각으로는 그가 그 가짜 설계도를 적의 첩자에게, 즉 콘라드 부인에게 넘겨주었을 것 같네. 그러나 그 설계도가 가짜가 아닌 것처럼 보이기 위해서는, 그것이 도난당한 것처럼 보여야만 하네. 그러면서도 그는 집 안에 있는 어떤 사람에게도 혐의가 가지 않도록, 유리문으로 나가는 사람을 자기가 보았다고 꾸며댄 거지. 그렇지만 그것은 제독의 고집 때문에 난관에 부딪쳤네. 그렇게 되자 그는 혹시 혐의가 피츠로이에게 돌아갈까봐 안절부절못했던 것이지."

"그것은 자네 마음대로 해보는 추측 아닌가, 포아로?"

내가 반박했다.

"헤이스팅스, 그건 심리학적인 추론이야. 앨러웨이 경이 진짜 설계도를 적에게 넘겨 주었다면 다른 사람에게 돌아가지 않도록 그렇게까지 신경을 쓰지는 않았을 거네. 그리고 또 한 가지, 앨러웨이 경이 콘라드 여사에게 설계도가 도난당했다는 얘기를 하지 말아 달라고 각별히 당부했는데 그 이유가 무엇이겠나? 어제저녁 일찍 가짜 설계도를 콘라드 여사에게 넘겨준 앨러웨이 경은 분실된 설계도에 관한 자세한 얘기를 했다간 그 서류가 자기가 설계도를 넘겨받은 뒤에 도둑맞은 것 같은 인상을 줄 수도 있기 때문이었지."

"자네의 추리가 정말 맞는 것일까?"

내가 묻자 포아로는 이렇게 대답했다.

"물론이지. 앨러웨이 경과 나는 사람 대 사람으로서 솔직하게 대화를 나누었네. 그분도 모든 걸 다 시인하더군. 어쨌든 두고 보세."

한 가지 사실만은 확실하다. 앨러웨이 경이 영국 수상으로 취임하던 날, 수표 한 장과 앨러웨이 경이 직접 서명한 사진 한 장이 배달되었다. 사진에는, '나의 사려깊은 친구 에르큘 포아로에게—앨러웨이로부터'라고 쓰여 있었다.

Z형 잠수함은 해군 관계자들 사이에서 굉장한 흥분을 자아내고 있다. 그들은 Z형 잠수함이 현대 해상 전투에서 혁명에 가까운 변화를 가져올 것이라고들 말하고 있다. 나는 또 어떤 국가에서 Z형 잠수함을 건조하려고 노력을 다했으나 실패하고 말았다는 소리를 들었다. 그러나 나는 지금도 포아로의 추리는 한낱 추측에 불과한 것이었다고 생각한다. 포아로는 조만간 또다시 그런 추리를 하게 될 것이다.

크리스티아나 브랜드의 미스 마플 찬가

크리스티가 죽은 뒤 간행된 그에 대한 평론과 에세이 가운데에는, 반드시 팬이 아니라도 찾아 읽게 되는 책 한 권이 있다. 1977년 런던 웨이든펠드 & 니콜슨 사에서 출판된 《애거서 크리스티, 범죄의 퍼스트 레이디(Agatha Christie, First Lady of Crime)》라는 책이 그것인데, H.R.F. 키딩이 모은 선집이다. 키딩을 비롯하여 미스터리 독자에게는 낯익은 줄리앙 시몬즈, 에드먼드 크리스핀, 마이클 길버트, 또 크리스티가 생전에 책을 냈던 콜린즈 사의 편집자 엘리자베스 월터, 작가이자 비평가인 도로시 B 휴즈, 영화평론가, 음악평론가 등도 저마다의 견지에서 명예를 걸고 여사의 매력을 추천하였다. 사진 자료도 풍부해서 독자들의 즐거움이 배가 되는 그런 책이다.

마침 그 책에 영국 여류 미스터리작가로 여사에게는 후배가 되는 크리스티아나 브랜드가 미스 마플에 대해 언급한 내용이 있어 소개한다. 크리스티아나 브랜드는 《탁월한 솜씨》《초록은 위험해》《제제벨의 죽음》 같은 본격 미스터리소설을 쓴 작가로, 트릭키한 그녀의 작풍은 자주 크리스티 여사와 비교되곤 한다.

애거서 크리스티가 한때 자신만의 독특한 작업방법을 이야기해준 적이 있다. 어느 에세이의 머리말에서 밝힌 그 '작업방법'은 다음과 같다.

그녀는 우선 머릿속에서 어떤 이야기의 구상이 끝나면 매우 시설이 나쁜, 가령 브라운 호텔 같은 곳에 무조건 틀어박힌다. 그곳에서는 집필 말고는 달리 아무 할 일이 없다. 침대도 형편없어서 초저녁부터 잠자리에 들기도 싫고, 늦잠은 아예 꿈도 못 꾼다. 안락의자는 딱딱해서 건들건들 빈둥대면서 게으름도 부릴 수가 없다. 제공되는 식사 또한 맛을 음미하고 싶다는 유혹이 생기지 않는 질 낮은 것이다. 그런 상태를 아무렇지도 않게 버틸 수 있는 손님이라면 아무래도 둔한 사람이 분명하니 친구처럼 수다를 떨면서 귀중한 시간을 낭비하고 싶은 생각도 없다. 따라서 작품은 단숨에 완성되고, 자기는 의기양양하게 집으로 돌아갈 수 있다는 말이었다.

별 괴상한 방법도 다 있다고 생각되는 요란한 작업방법이지만, 실은 크리스티가 이런 방법으로 작업을 한다고 다른 사람한테 이야기했다는 소리를 들은 기억이 없는 걸 보니 어쩌면 순전히 내 착각인지도 모르겠다. 아마 지금쯤 무슨 생뚱맞은 소리냐고 초반부터 헛물을 켠 독자들이 어깨를 크게 들었다 놓을지는 모르겠지만, 정작 내가 하고 싶은 말은 이런 이야기다.

새빨간 거짓말이든 아니든 아무튼 위에서 말한 그런 환경에서 크리스티가 작업에 몰두하고 있을 때, 한 손님이 찾아온다. 그 손님은 여사도 깜빡 착각할 정도로 자기 할머니를 닮았다. 훤칠한 키에 여원 노부인. 머리는 백발이고 발그레 혈색이 도는 얼굴. 푸른 눈동자 가득 담긴 다정하기 그지없는 표정에서는 흔히 노부인에게서 찾아볼 수 있는 시니시즘 같은 것은 아예 흔적도 없다.

바로, 미스 마플인 것이다!

다시 말해 나는, 만약 크리스티가 브라운 호텔 같은 곳에서(내가 진짜로 고해 바치고 싶은 곳은 사실 버트램 호텔이다) 일을 하고 있다는 가정을 해보았더니 갑자기 어떤 상상이 샘솟듯 일어났고, 그 상상을 바탕으로 내 마음껏 공상의 나래를 펴면서 여사와 마플간의 관계를 매력적으로 설명하고 있는 중이다. 독자는 여기서 미스 마플의 모델이 여사의 친할머니라는 유명한 일화를 떠올릴 것이다. 내가 말하고자 하는 것도 바로 그것이다. 여사의 죽음과 더불어 포아로도 죽게 되지만, 마플을 남겨둔 것은 여사도 차마 자기 친할머니는 죽일 수(아무리 허구라 할지라도!) 없었기 때문이었으리라 여사의 입장에서 그 마음을 헤아려본다.

여사가 시설 나쁜 그 호텔에서 미스 마플과 만났을 때, 노부인의 손은 단 한시도 쉬지 않고 뜨개질을 하고 있다. 언제 어느 때라도 마플은 늘 뜨개질거리를 들고 무언가를 짜고 있다. 따라서 얼마 안 되는 생활비 가운데서 염출한 돈을 톡톡 털어 털실값에 대고 있음은 뻔한 일이고, 유복한 소설가인 조카 레이몬드에게 그저 감사할 따름이다. 덕분에 마플이 늘 근사한 휴일을 보낼 수 있으므로……

크리스티는 포아로와 좋은 대조가 되는 미스 마플을 창조했다. 포아로는 늘 이채를 띠는 자만가이나 마플은 내성적인 자기비판가이다. 둘 다 사건이 해결될 때까지는 절대로 손 안에 든 패를 내보이는 법이 없는데, 이는 딱히 두 사람뿐 아니라 거의 모든 탐정들에게서 공통적으로 찾아볼 수 있는 특징이기도 하다. 수수께끼에 둘러싸인 범인의 가면을 서서히 벗겨감으로써 독자의 흥미를 끝까지 지속시킨다는 점에서는, 별로 힌트를 주지 않는 작은 회색 뇌세포의 포아로보다 오히려 마플 쪽이 한 수 위다.

미스 마플의 추리적 특징은 크게 세 가지로 정리할 수 있다. 먼저, 마을에서 떠도는 갖가지 소문에 대한 열렬한 원망(願望), 여러 경로를 통해 수집한 정보를 철저하게 분석하는 기능, 마지막으로 어떤 그룹 속에서 특히 여성에 대해 병적으로 의심을 품는 그런 남성들에 대한 천착이다. 마플은 어떤 사건이 발생하면 자기 마을에서 일어난 아주 사소한 일과 비교하면서 참으로 놀라운 결론을 도출해낸다.

"소문이야 얼마든지 있어요. 게다가 마을사람들도 어쩌면 그리들 모두 잘 알고 있는지. 특히 젊고 현명한 사람들은…… 하지만 나는 그런 젊은 사람들이 도무지 생각을 하려들지 않는 점을 오히려 지적하고 싶어요. 소문 가운데서 진실을 살펴볼 생각을 하지 않는다는 거죠. 중요한 것은, 그런 하찮은 이야기 가운데 얼마나 많은 진실이 숨어 있는지 찾아내는 것이라고 할 수 있어요. 제대로 조사만 한다면 열 번에 아홉 번은 아마 진실을 알게 될 거예요. 이것은 영감 문제가 아니라 오로지 훈련과 경험에서 얻어지는 것이죠. 내 조카가 '쓸모없는 여자들'이라 칭하는 그 사람들은 젊은이들의 짐이되는 귀찮은 존재인 것은 사실이지만, 그 쓸모없는 여자들의 주된 관심사는 항시 세상이라요. 그러니 최소한 그 분야에서는 거의 전문가가 다 되어 있는 셈이죠. 젊은 사람들의 마음은 아슬아슬할 정도로 새하얀 빛깔이어서 세상 어떤 일이든 금세 스며들어 무슨 일이건 쉽사리 믿고 말지요. 그렇다고 우리들이 무슨 충고라도 할라치면 당신들 생각은 빅토리아왕조 시대의 유물이고, '부엌의 싱크대'나 마찬가지라는 소리나 듣기 십상이죠."

이때 이야기를 듣고 있던 상대가 '부엌 싱크대'가 뭐가 나쁘냐고 되물었을 때, 마플은 이렇게 대답한다.

"당신 말이 맞아요. 부엌 싱크대야말로 일반 가정에서 가장 필요한 것 아니에요?"라고.

모든 사건은 미스 마플에게 세인트 메리 미드에서 일어난 작은 일들을 연상시키게 되는데, 그녀의 추리법은 특히 수사과정에서 보다 더 빛을 발휘한다. 어떤 작은 사건이 일어나고, 그 사건이 비록 수수께끼의 해결이라는 큰 목표점에 도달하는 것과는 전혀 관계가 없을지라도 미스 마플의 사고 과정에는 절대 빼놓을 수 없는 깊은 관련을 가지게 되는 것이다.

크리스티의 이 절묘한 솜씨! 그 비난의 여지가 없는 정교한 추리법을 나는 사실 기적이라고밖에는 달리 설명할 말이 없다.

몇몇 장편에서 마플은 세인트 메리 미드를 벗어나는데, 다른 곳에서는 마을에서 떠도는 소문이나 사소한 사건들은 연상에 전혀 도움이 되지 않는다. 따라서 이제는 사람들의 눈 속에서 진실과 허위를 읽어내는 직관에 의지할 수밖에 없어지면서 한정된 사람들과의 대화 속에서 범죄를 탐지하고, 그들의 행위며 태도가 의미하는 진상을 냉정한 눈으로 인식하게 되는 것이다.

마플은 '어떤 특별한 감정적 반응 또는 감수성'을 지니고 있다. 그것을 그녀는 '분위기'라는 말로 표현한다. 그러나 그녀의 창조자가 그 감각적인 코에 방향을 지시한다거나 멋진 사건의 열쇠를 던져 도움을 줄 때 말고는 결코 현실과 유리된 통찰력에는 의지하지 않으려 한다.

크리스티는 이미 가고 없지만, 여사는 대신 아주 매력 있는 노부인을 우리 곁에 남겨두었다. 무언가를 탐색하는 듯한 눈빛을 던지는 다정한 푸른 눈, 추적의 흥분으로 발그레 상기된 뺨, 풍성한 흰머리, 빈틈없는 관찰력을 지닌 눈빛, 남의 말을 몰래 듣기에는 크게 불편을 못 느낄 정도로만 약간 먼 귀, 찌르르 통증을 일으키는 류머티즘, 가차없이 엄습하는 관절염, 분홍과 흰색이 뒤섞인 풍성한 스웨터, 그리고 소박하고 우아한 생활, 런던 미술관에도 박물관에도 가본 적이 없는 우리의 미스 마플이여!

사실상 마지막 마플 시리즈가 된 《복수의 여신》에서는 그녀의 생활을 안정시키기 위한 가장 멋진 선물이 마련되어 있다. 《카리브 해의 비밀》에 등장한 한 인물이 마플을 떠올리면서, 그녀가 어떤 범죄를 조사해준다면 2만 파운드의 유산을 증여하겠다는 유서를 쓰기 때문이다. 그것이 어떤 범죄인지는 전혀 힌트가 없지만, 마플은 모든 종류의 꿩과 조류들을 관찰해보고 싶고, 지금껏 너무 비싸서 감히 엄두조차 못 냈던 마롱 그라세도 맛보고 싶어서(이 얼마나 소박한 바람인가!) 과감히 그 도전을 받아들인다. 그리하여 독자들의 예상대로 마플은 보상금으로 2만 파운드를 손에 넣게 되는데, 더 근사한 일은 그녀가 자기 혼자 그 돈을 모두 써버릴 생각을 한다는 점이다. 이미 조카 레이몬드에게 많은 도움을 받아온 처지지만 그 조카도 이제 나이가 들면서는 잘난 체 위엄만 떨면서 미스 마플의 작은 결점에 대해서 필요 이상으로 엄격하게 간섭하였던 것이다. 그러니 앞으로는 더 이상 그의 도움을 받지 않아도 좋았다.

"몽땅 써버릴 생각이라오, 이 돈이 날 즐겁게 해줄 테니!"

지금까지 우리는 미스 마플에게 많은 즐거움을 얻었으니, 이번에는 그녀도 즐겁게 지냈으면 하는 것이 내 진심이다.

이상이 크리스티아나 브랜드가 지적한 미스 마플의 인간적인 특징이다. 포아로의 인간성과는 좋은 대조를 보이는 마플의 특징은 바로 그만의 독자적인 추리법으로 연결되고, 이《움직이는 손가락》에서도 그 독특한 매력이 유감없이 발휘되고 있다.

요양을 위해 어느 조용한 시골마을로 내려간 남매는 그곳에서 생각지도 못한 기묘한 사건에 휩쓸린다. 마을에서 떠도는 온갖 소문과 비방 속에 주민들은 전에 없이 서로를 불신하며 암중모색하게 되고, 이들 남매는 어떻게 해서든 사건의 실마리를 잡아보고자 노력한다. 그러나 늘 한 걸음 모자라는 곳에서 암초와 부딪치며 한계에 부딪칠 때, 어느 날 알고 지내는 목사 부인이 이렇게 선언한다.

"이런 흉흉한 범죄가 횡행한다면, 세상을 잘 아는 전문가가 꼭 필요합니다!"

비록 마플이 살고 있는 세인트 메리 미드 마을은 아니지만 설정상거의 유사한 작은 마을이 이 작품의 무대가 되었다. 곳곳에 도사리고있는 잔잔한 힌트가 미스 마플의 놀라운 통찰력으로 어엿한 형태를이루어가는 크리스티의 놀라운 연출은 이 책에서도 어김없이 작은 우주를 구축하고 있다.

이 책에 수록된 〈잠수함 설계도(The Submarine Plans)〉는 에르큘포아로가 활약하는 크리스티 여사의 빼어난 단편작품이다.